Anna Johannsen
Nach dem Leben

EDITION M

Das Buch

Kriminalpsychologe Jan de Bruyn und Hauptkommissarin Hanna Will werden zu einem mysteriösen Fall in Damme hinzugezogen: Helmut Gepken, 75 Jahre alt, wurde mit einer Überdosis Insulin getötet. Der Mann lebte nach der Scheidung vereinsamt auf dem Land, und es gibt zunächst keinerlei Ermittlungsansätze für die Polizei. Erst nach und nach melden sich Bekannte und Freunde des Mannes, die der SoKo Einsicht in die letzten Jahre des alten Herrn gewähren.

Eine Spur führt Hanna weit zurück in die Vergangenheit der Familie Gepken, in das dunkelste Kapitel der deutschen Geschichte. Währenddessen versucht Jan, sich auf der Suche nach möglichen Motiven tief in die Vater-Sohn-Beziehung des Opfers hineinzuversetzen.

Privat müssen Hanna und Jan lernen, mit ihrer neuen Beziehung auch im beruflichen Umfeld umzugehen. Dabei sind sie nicht immer einer Meinung …

Die Autorin

Anna Johannsen, aufgewachsen im hohen Norden, liebt die Landschaft und die Menschen der Region. Besonders verbunden ist sie den Nordfriesischen Inseln, auf denen die Fälle der Krimireihe »Die Inselkommissarin« spielen. Zwei weitere Kriminalbuchreihen der SPIEGEL-Bestseller-Autorin haben ihre Schauplätze in ganz Niedersachsen: »Enna Andersen« sowie »Hanna Will & Jan de Bruyn«.

ANNA JOHANNSEN

NACH DEM LEBEN

KRIMINALROMAN

EDITION M

Deutsche Erstveröffentlichung bei
Edition M, Amazon Media EU S.à r.l.
38, avenue John F. Kennedy, L-1855 Luxembourg
August 2025

Umschlaggestaltung: semper smile, München, www.sempersmile.de
Umschlagmotiv: © Mr Doomits / Shutterstock
1. Lektorat: Kanut Kirches
2. Lektorat: Bernadette Lindebacher
Korrektorat: Manuela Tiller/DRSVS
Gedruckt durch:
Amazon Distribution GmbH, Amazonstraße 1, 04347 Leipzig /
CPI Druckdienstleistungen GmbH, Ferdinand-Jühlke-Straße 7,
99095 Erfurt /
CPI books GmbH, Birkstraße 10, 25917 Leck /
Libri Plureos GmbH, Friedensallee 273, 22763 Hamburg

Verantwortliche Person für Produktsicherheit in der EU:
Amazon Publishing, Amazon Media EU S.à r.l.
38, avenue John F. Kennedy, L-1855 Luxembourg
amazonpublishing-gpsr@amazon.com

ISBN 978-2-49671-651-1
e-ISBN 978-2-49671-652-8

www.edition-m-verlag.de

Eins

Jan

Jan trat mit einem Tablett in der Hand auf die große Veranda seiner Villa am Zwischenahner See. Hanna winkte ihm vom Ufer des Sees zu. Er stellte das Tablett ab und rief ihr zu, dass das Frühstück fertig sei. Hanna winkte zurück und lief auf ihn zu.

»Etwas kälter als in Portugal, aber trotzdem schön«, sagte sie mit Blick auf den See und setzte sich an den gedeckten Terrassentisch. »Aber morgen ist der Traum leider vorbei. Ich weiß gar nicht, ob ich das so gut finde.«

Jan reichte ihr den Brötchenkorb. »Wollen wir zurückfahren?«

Hanna griff nach einem Croissant. »Und dann? Kündigen oder ein Sabbatjahr einlegen?«

»Warum nicht?«

»Ja, da muss ich überlegen.« Sie legte die Hand an die Stirn. »Stimmt, jetzt fällt es mir wieder ein. Kann es damit zusammenhängen, dass ich keine Villa und auch kein mehr als gut gefülltes Konto von meinem Vater geerbt habe?«

Jan zuckte mit den Schultern. »Ich könnte den ganzen Ballast spenden. Oder dir schenken. Dann wäre ich ihn endlich los und du …«

»… würdest doch weiterarbeiten«, beendete Hanna seinen Satz und biss in ihr Croissant.

Jan seufzte. »Ja, das würdest du wohl.«

Erst vor wenigen Wochen war aus ihrer Freundschaft mehr geworden. Sie waren gemeinsam nach London zu Jans zehnjährigem Sohn George gefahren und anschließend drei lange Wochen in Hannas Wohnmobil an die Algarve.

»Dann sparen wir uns doch den Aufwand.« Sie sah sich um. »Der alte Kasten hat was, aber hier könnten fünf Familien drin leben. Kannst du das mit deinem Gewissen vereinbaren?«

Jan schmunzelte. Hanna rieb ihm gerne das Erbe seines Vaters unter die Nase. Eines Vaters, den er kaum gekannt hatte und der am Ende sein Vermögen seinem einzigen Sohn vererbt hatte. Warum, war Jan ein Rätsel. Späte Reue oder war es ihm einfach egal gewesen, was nach seinem Tod passierte?

Jans Handy klingelte. Er warf einen Blick aufs Display und nahm das Gespräch an. »Guten Morgen, Herr Kriminaldirektor.«

»Guten Morgen, Herr de Bruyn. Sie sind in Deutschland?«

»Ja. In Bad Zwischenahn.«

Kriminaldirektor Hagemann räusperte sich. »Ich kann Frau Will nicht erreichen. Wissen Sie, wo sie steckt? Die Kollegen in Vechta brauchen Ihre Hilfe.«

Jan und Hanna bildeten seit dem letzten Jahr ein Team, das bei komplizierten Tötungsdelikten die Sonderkommissionen vor Ort unterstützte. Jan hatte lange Jahre als Kriminalpsychologe in London gearbeitet und war, nachdem sich seine Frau von ihm getrennt hatte, zurück nach Deutschland gezogen.

»Um was geht es?«

»Ein Mann Mitte siebzig. Er ist in seinem Haus in der Nähe des Dümmer Sees gefunden worden. Zunächst sah alles nach einem natürlichen Tod aus, aber die Obduktion hat neue Erkenntnisse gebracht.«

»Die da wären?«

»Hypoglykämie oder einfach ausgedrückt Überzuckerung. Ihm ist Insulin gespritzt worden. Der Bericht kam am späten Donnerstagnachmittag, der Tote ist genau vor einer Woche gefunden worden. Der Todeszeitpunkt liegt noch einmal weitere fünf Tage zurück. Alles Weitere finden Sie im Obduktionsbericht.«

»Die Kollegen in Vechta haben uns angefordert?«

»Ja. Hauptkommissar Jens Bölscher erwartet Sie. Er ist personell an seine Grenzen gestoßen, da einige seiner Kollegen der SoKo Ella zugeordnet worden sind. Sie haben sicher davon gehört.«

»Das siebenjährige Mädchen, das mutmaßlich auf dem Weg zur Schule entführt und drei Tage später in einem Wald nahe Cloppenburg tot aufgefunden wurde?«

»Tragische Geschichte. Es steht inzwischen fest, dass es sich um ein Sexualdelikt handelt und die Tötung mit hoher Wahrscheinlichkeit eine Verdeckungstat war. Die SoKo umfasst fast vierzig Kollegen. Von daher ist die Ermittlungsgruppe in Vechta beziehungsweise in Damme nur minimal besetzt.« Der Kriminaldirektor hielt kurz inne. »Den Ermittlungsbericht lasse ich gerade auf den Server hochladen. Sie kümmern sich darum, dass Frau Will informiert wird?«

»Ja. Ich denke, wir werden uns in ein paar Stunden auf den Weg machen.« Jan verabschiedete sich von Hagemann und beendete das Gespräch.

»Mein Handy war aus«, sagte Hanna mit gespielt strenger Miene. »Hatten wir das nicht so vereinbart?« Sie stöhnte leise. »Wo und wann?«

Jan steuerte das Wohnmobil vom Hof der Villa über den schmalen Waldweg auf die Landstraße. Für die hundert Kilometer nach Damme würden sie – je nach Verkehrslage – bis zu eineinhalb Stunden brauchen.

Hanna zog ihr Tablet aus der Tasche, auf dem sie zuvor die Ermittlungsakte geladen hatte. Sie las, bis sie auf die A28 Richtung Oldenburg gefahren waren.

»Wie gehen wir damit um?«, fragte sie unvermittelt.

»Mit dem Fall?«

»Mit uns! Ist es dir egal, ob die Kollegen etwas merken?«

Erst jetzt verstand Jan, auf was Hanna anspielte. Bereits bei vorherigen Fällen hatte es Gerüchte gegeben, dass sie ein Paar sein sollten. Verständlich, da sie zusammen im Wohnmobil übernachtet hatten. Hanna im regulären Doppelbett und er auf der unbequemen Ersatzliege. Weder Jan noch Hanna hatten sich darum gekümmert. Und jetzt?

»Bisher waren es nur Gerüchte, die sicher nicht bis zu Hagemann vorgedrungen sind«, sagte Jan.

»Heißt?«

»Wir müssen nicht unbedingt händchenhaltend in die Polizeistation gehen.«

»Warum nicht? Wäre doch mal was Neues. Heiße Blicke am Besprechungstisch, einen Abschiedskuss, wenn du eher als ich gehst, eventuell sogar …«

»Hanna«, unterbrach Jan sie. Hatte seine Bemerkung über das Händchenhalten sie getroffen? Was hatte sie von ihm erwartet? »Lass uns doch vernünftig darüber reden. Ich will unsere Beziehung doch nicht verleugnen.«

»Nein?«

»Natürlich nicht.«

»Warum nicht?«

Jan warf ihr einen kurzen Blick zu. Hanna schien ihre Frage ernst zu meinen. »Weil es keinen Grund dafür gibt.«

»Gerade hast du noch von Hagemann gesprochen. Gibt es also doch einen Grund, dass wir uns verstecken?«

Jan setzte spontan den Blinker, als er an einem Parkplatzschild vorbeifuhr. Er bog ab und parkte das Wohnmobil.

Hanna hob die Augenbrauen. »Und jetzt?«

Jan beugte sich zu ihr hinüber, wagte aber nicht, sie zu küssen. Wie gerne hätte er ihr jetzt gesagt, dass er sie liebte. Aber bisher hatte er jedes Mal davor zurückgeschreckt, weil er ihre Reaktion fürchtete. Würde sie mit den Augen rollen oder sogar laut lachen?

Er räusperte sich. »Mir ist egal, was wer auch immer über uns sagt oder verbreitet. Wir sind ein Paar und wer auch nur etwas Menschenkenntnis besitzt, sieht das sofort.«

»Dann sind wir ja auf der sicheren Seite«, murmelte Hanna.

»Sei doch nicht so zynisch«, antwortete er leise.

»Wieso? Ist doch wahr, oder?«

»Nein. Ich kenne viele emphatische Menschen. Und damit meine ich nicht Therapeuten oder Ähnliches.«

Hanna zuckte mit den Schultern. »Und wie machen wir es jetzt?«

Ihr schien es ein wirkliches Anliegen zu sein, die Frage vorab zu klären. Warum?, fragte sich Jan, fand aber keine Antwort, die er mit Hanna in Einklang bringen konnte.

»Ich schlage vor, dass wir ganz normal damit umgehen. Weder verstecken wir unsere Beziehung, noch posaunen wir sie aus.«

»Okay«, sagte Hanna, aber es klang nicht so, als sei sie zufrieden mit seiner Antwort. Als er nicht reagierte, zeigte sie nach vorne. »Du kannst weiterfahren.«

Jan schüttelte den Kopf. »Nicht, bevor du mir sagst, was los ist.«

Hanna stöhnte. »Kommt da der Psychologe bei dir durch? Ich dachte, der hat zwischen uns nichts zu suchen.«

Jan erschrak. Würde das ihr erster richtiger Streit werden? Nach so kurzer Zeit? Er hatte spontan geantwortet und ja, seine Reaktion war nicht sehr geschickt gewesen. Hanna konnte man nicht unter Druck setzen. Zwar war die Bemerkung von ihm nicht so gemeint gewesen, aber er hätte wissen müssen, wie es bei ihr ankommen würde.

»Sorry, war dumm von mir.« Er startete den Motor und fuhr vom Parkplatz. Nach einer Weile beugte sich Hanna zu ihm hinüber und strich ihm mit der Hand über die Wange.

Zwei

Hanna

Hanna sah vom Tablet auf. Sie hatten Oldenburg passiert und fuhren jetzt auf der A29 Richtung Ahlhorn. Jan hatte seit dem kurzen Stopp auf dem Autobahnparkplatz geschwiegen. Hanna wusste selbst nicht, warum sie die Situation hatte eskalieren lassen. Bisher war ihr egal gewesen, was andere Menschen über sie dachten. Mehr noch, sie liebte es, gegen alle Konventionen zu verstoßen und das zu tun, was ihr gerade gefiel. War es ihr wirklich wichtig, ob die Kollegen von ihrer Beziehung zu Jan erfuhren, oder war es in dem Gespräch um etwas ganz anderes gegangen? War sie schon wieder auf der Flucht vor sich selbst? Unsinn! Oder? Nach Lukas hatte es keine Beziehungen mehr zu Männern gegeben, die diese Bezeichnung verdient hätten. Sie war diejenige gewesen, die bestimmte, wann sie Lust auf Sex hatte und wann der Mann wieder gehen musste.

Hanna schüttelte sich kurz. Zu viele Gedanken um nichts. Sie hatten einen Fall und sollten sich darauf konzentrieren.

»Willst du hören, was in der Ermittlungsakte steht?«, fragte sie.

Jan nickte. War er etwa immer noch eingeschnappt? Nein, das war nicht seine Art. Er konnte mit vielen, auch schwierigen Situationen umgehen, für die sie selbst kein Händchen hatte.

»Helmut Gepken, fünfundsiebzig, geschieden.«

»Wann?«

Hanna schaute auf ihr Tablet und suchte nach dem Eintrag. »Seit dreizehn Jahren. Seine Ex-Frau Susanne Gepken ist zehn Jahre jünger als er und wohnt in Bramsche. Das liegt kurz vor Osnabrück. Helmut Gepken ist mit dreiundsechzig in Rente gegangen, also kurz nach der Scheidung. Er hat in Damme gewohnt und dort in der Gemeindeverwaltung als Sachbearbeiter gearbeitet. Wo genau … Augenblick.« Sie scrollte sich durch die Seiten der Ermittlungsakte. »Stadtkasse. Was das auch immer bedeutet. Er ist in Damme zur Realschule gegangen und hat gleich danach bei der Stadt seine Ausbildung gemacht. Geheiratet hat er mit achtundzwanzig, ein Sohn. Christian Gepken lebt mit seiner Lebensgefährtin in Frankfurt und arbeitet bei der Deutschen Bank.«

»Damme? Da wohnte Helmut Gepken aber nicht mehr, oder?«

»Nein, das gemeinsame Haus haben die Eheleute oder dann Nicht-mehr-Eheleute verkauft. Gepken ist daraufhin in sein Elternhaus in Rüschendorf eingezogen. Die Ortschaft ist ein Stadtteil von Damme und liegt sechs Kilometer entfernt von der Stadt. Der Vater von Helmut Gepken war Kfz-Mechaniker und hat später in einem Betrieb gearbeitet, der landwirtschaftliche Maschinen an Bauern verleiht. Seine Mutter war Hausfrau.«

»Katholisch?«

»Sind das nicht alle in dieser Gegend?«, fragte Hanna.

»Nicht unbedingt.«

Hanna ging die Ermittlungsakte durch. »Ja, katholisch und auch noch in der Kirche. Also weiter: Helmut Gepken ist mehr oder weniger zufällig vom Postboten entdeckt worden, der ihm ein Paket zustellen wollte. Der wiederum hat den Rettungswagen gerufen, die dann einen Arzt aus der Nähe informiert haben, der glücklicherweise Gepkens Hausarzt war. Da der Arzt sich nicht erklären konnte, woran Gepken gestorben ist – angeblich war er für seine fünfundsiebzig gesundheitlich topfit –, hat er die Polizei in Damme informiert. So kam es letztendlich zu der Obduktion in Oldenburg. Dort wurden zwei Einstichwunden einer Spritze an einer ungewöhnlichen Stelle gefunden.«

»Wo?«

»Im Bereich des Brustwarzenhofs.« Hanna schüttelte sich. »Klingt schmerzhaft, soll aber wenig auffallen. Die weiteren Gewebeuntersuchungen haben dann gezeigt, dass Helmut Gepken Insulin gespritzt wurde. Die Rechtsmedizinerin geht davon aus, dass Gepken zuvor betäubt wurde, mutmaßlich durch K.-o.-Tropfen, also GHB oder GBL. Mutmaßlich, weil es im Körper – wie so häufig – nicht mehr nachgewiesen werden konnte.«

»Was ist seitdem passiert?«, fragte Jan. »Ist der Sohn vor Ort? Bekannte, Freunde, Verwandte, Nachbarn?«

»Der Postbote wurde gefragt, konnte aber nicht viel über Gepken sagen. Mehr als gegrüßt haben sie sich wohl nicht. Er hat ausgesagt, dass Gepken zurückgezogen gelebt habe.« Hanna zuckte mit den Schultern. »Woher er das auch immer weiß.« Sie scrollte sich durch die Seiten. »Der Sohn wurde natürlich gleich nach der Auffindung der Leiche informiert, ist aber noch nicht vor Ort gewesen. Er befindet sich gerade auf einer USA-Reise oder …« Sie las noch einmal den Eintrag. »Nein, er sollte gestern wieder in Frankfurt gelandet sein. Dann werden wir ihn wohl heute oder morgen in Damme oder Rüschendorf treffen. Mehr scheint noch nicht passiert zu sein oder ist zumindest noch nicht in der Akte vermerkt.«

»Das ist nicht viel. Kollege Bölscher erwartet uns in der Polizeistation Damme. Vielleicht erfahren wir dann mehr.«

Jan warf ihr einen kurzen Blick zu. Einen traurigen, wie Hanna gleich bemerkte. Sie schluckte und spürte, wie sich ihr Magen verkrampfte. Was war los mit ihr? Selbst auf Lukas' Stimmungsschwankungen hatte sie nie in der Weise reagiert. *Will ich das wirklich?*, fragte sie sich, blieb sich aber die Antwort schuldig.

Nachdem Jan das Wohnmobil auf einem öffentlichen Parkplatz in der Nähe der Polizeistation geparkt hatte, gingen sie zu Fuß auf das Gebäude zu. Der eineinhalbstöckige gelbe Putzbau älteren Datums wirkte auf Hanna wie eine ehemalige Dorfschule.

Sie betraten die kleine Polizeistation und wurden von einem Mann Anfang fünfzig empfangen, der sich als Hauptkommissar Jens Bölscher vorstellte. Er war kaum größer als Hanna, hatte dunkelblonde, kurz geschnittene Haare, einen Dreitagebart und ein freundliches Gesicht. Nach kurzer Begrüßung führte er sie in einen Besprechungsraum, in dem drei weitere Beamte bereits auf sie warteten.

»Ich habe meine Kollegen gebeten, zur ersten Besprechung nach Damme zu kommen.« Bölscher stellte seine Kollegen vor, zwei Oberkommissare in Hannas Alter und ein junger Kommissar, der erst vor zwei Jahren in Vechta angefangen hatte. »Das sind die Kollegen LKA-Hauptkommissarin Hanna Will und der Kriminalpsychologe Jan de Bruyn. Sie waren bereits in mehreren Fällen zwischen Elbe und Ems sehr erfolgreich unterwegs.« Bölscher wandte sich an Hanna und Jan. »Wir freuen uns sehr auf die Zusammenarbeit.«

»Danke«, sagte Hanna. »Wir werden uns bemühen, den hohen Erwartungen gerecht zu werden.« *Habe ich das tatsächlich gesagt?*, fuhr es ihr durch den Kopf. »Wir haben die Ermittlungsakte gelesen und würden gerne noch einmal die bisherigen Ermittlungen und die laufenden kurz durchgehen, bevor wir uns das Haus von Helmut Gepken anschauen.«

Jens Bölscher nickte und gab einen Kurzbericht der bisherigen Zeugenbefragungen. Neben denen, die Hanna bereits aus der Akte kannte, war mit den Nachbarn von Helmut Gepken gesprochen worden. Nur eine ältere Dame Mitte neunzig, Erna Grote, hatte Kontakt zu Helmut Gepken gehabt. Sie kannte ihn bereits als kleines Kind und hatte eine Zeit lang als Babysitterin bei den Gepkens ausgeholfen.

Michael Harms, einer der beiden Oberkommissare, ein groß gewachsener Mann mit schwarzen, leicht lockigen Haaren, Anfang vierzig, fügte hinzu: »Die alte Dame ist nicht mehr so gut zu Fuß, aber im Kopf scheint sie vollkommen klar zu sein. Leider war sie zur mutmaßlichen Todeszeit für ein paar Tage im Krankenhaus. Ein kleiner Eingriff. Sie hätte uns sicher etwas sagen können.«

»Hat sie von Helmut Gepkens Verhältnis zu seinen Eltern gesprochen?«, fragte Jan.

Michael Harms nickte erstaunt. »Das hat sie tatsächlich. Ich habe nicht einmal danach gefragt, Frau Grote fing von alleine damit an. Der Junge – also Helmut Gepken – habe es mit seinem Vater schwer gehabt. Der sei gebrochen aus dem Krieg zurückgekommen und sehr streng gewesen. Gepkens Mutter habe darunter gelitten und ihr häufig davon erzählt.«

Der Jüngste in der Runde, Finn Eilers, meldete sich zu Wort. »Ich habe die Social-Media-Plattformen abgesucht. Die Chance war gering, Herr Gepken war ja immerhin fünfundsiebzig, aber wer nicht wagt, der nicht gewinnt.« Finn Eilers grinste breit. »Der alte Herr hatte doch tatsächlich einen Facebook-Account. Er hat selbst nur wenig gepostet, aber ich schreibe gerade die wenigen Freunde an, die er auf Facebook hat. Ich hoffe, dass sie mir antworten. Nicht jeder will ja etwas mit der Polizei zu tun haben.«

»Was ist mit seinem Laptop oder Computer?«, fragte Jan.

Als Finn Eilers mit den Schultern zuckte, sprang sein Chef für ihn ein. »Wir haben keinen gefunden. Weder noch. Bisher dachten wir, dass er keinen gehabt hat, aber da auch kein Smartphone im Haus war, werde ich schon etwas hellhörig. Schon da er keinen Festnetzanschluss hatte. Die Info von Finn hatte ich noch nicht bekommen.« Er warf seinem jungen Kollegen einen genervten Blick zu.

»Hat die Spurensicherung fremde Fingerabdrücke gefunden?«, fragte Hanna. »In der Ermittlungsakte war kein Bericht der Kriminaltechnik.«

Jens Bölscher seufzte. »Sie waren erst am Freitag im Haus. Heute ist Montag. Ich habe schon mit dem Kollegen in Cloppenburg gesprochen. Sie sind noch bei der Auswertung.«

»Gibt es Anzeichen für einen Einbruch?«, fragte Jan.

Der Hauptkommissar schüttelte den Kopf. »Die Tür war zwar unverschlossen – ansonsten wäre ja der Briefträger auch nicht ins Haus gekommen –, aber weder an der Tür noch an den Fenstern haben wir Einbruchsspuren gefunden.«

Hanna nickte. »Wir stehen ja auch erst am Anfang der Ermittlungen. Nach den Obduktionsfunden müssen wir allerdings von einem Tötungsdelikt ausgehen. Dass Helmut Gepken ein zufälliges Opfer ist, wäre zwar möglich, ist aber beim jetzigen Ermittlungsstand eher unwahrscheinlich.«

Jens Bölscher nickte. »Davon gehen wir inzwischen auch aus. Die Befragungen haben gezeigt, dass Helmut Gepken sehr zurückgezogen gelebt hat. Wir werden jetzt sein Umfeld abklopfen müssen.« Er schaute in die Runde. »Wir sind hier nicht in der Großstadt, sondern auf dem Land. Die Leute achten aufeinander. Hat Gepken jemandem von einem Kontakt – sei es nun direkt oder im Internet – erzählt? Wer hat ihn besucht? Sind in der letzten Zeit Fremde in der Gegend gesehen worden? Wir werden jeden Stein dreimal umdrehen müssen. Wenn wir das erste Puzzlestück gefunden haben, taucht schnell das nächste auf. Aber das müssen wir erst mal finden.« Der SoKo-Leiter hielt kurz inne. »Es bleibt uns nichts anderes übrig, als die Menschen in Rüschendorf zu befragen. Und du, Finn, grast die Facebook-Freunde ab. Auch da könnte Gepken etwas erwähnt haben. Lass dich nicht abwimmeln. Wenn sie misstrauisch sind, ob du wirklich Polizist bist, sollen sie in Vechta anrufen und sich zu dir durchstellen lassen.«

Finn Eilers nickte.

Sie gingen die nächsten Befragungsrunden durch und verteilten die Aufgaben. Hanna bot sich an, noch einmal mit der Nachbarin zu sprechen und mit der Ex-Frau Kontakt aufzunehmen.

»Okay«, sagte Jens Bölscher. »Wir sehen uns morgen wieder. Ich gebe dann noch durch, wann und wo. Vermutlich wird es der späte Nachmittag werden.«

Sie fuhren hinter dem Passat von Jens Bölscher her und verließen Damme Richtung Osten. Auf der Hinfahrt hatte Hanna gelesen, dass im Stadtgebiet von Damme über siebzehntausend Menschen in etwa siebentausend Haushalten wohnten. Sie passierten ein ortsnahes Industriegebiet mit Autohäusern und Baumärkten und anderen Gewerbebetrieben. Nach dem Ortsschild nahm die Bebauung schlagartig ab und Weiden und Äcker dominierten das Bild.

»Sieben Kilometer – in etwa zehn Minuten sollten wir dort sein«, sagte Jan mit Blick auf sein Handy.

Hanna nickte. »Das Team scheint in Ordnung zu sein. Vielleicht gibt es dieses Mal keinen Ärger mit den Kollegen vor Ort.«

»Seit wann bist du so auf Harmonie aus?«, fragte Jan schmunzelnd.

Hanna ging nicht auf seine Bemerkung ein. Sie selbst hatte sich über ihre Zurückhaltung in der Teambesprechung gewundert. Normalerweise ging sie keiner Auseinandersetzung aus dem Weg. War das Jans Einfluss? Beruflich oder privat? *Konzentration, Frau Will. Du hast einen Fall.*

»Dein erster Eindruck?«, fragte sie.

»Zu früh. Ich muss sehen, wie er gelebt hat.«

»Niemand wird sich freiwillig eine tödliche Dosis Insulin in den Brustwarzenhof spritzen, dann Spritze, Laptop und Handy verschwinden lassen, um sich danach in seinen Fernsehsessel zu setzen, um zu sterben.«

»Eher unwahrscheinlich«, sagte Jan.

Hanna warf ihm einen schnellen Blick zu. »Alles gut zwischen uns?«

»Ich glaube schon.«

»Glaubst du oder weißt du?«

Jan ließ mehr als eine Minute verstreichen, bevor er antwortete. »Wir hätten in Portugal bleiben sollen.«

»Gibt es das? Den ewigen Urlaub? Wir sind beide Jäger – jeder auf seine Art. Ja, es war himmlisch an der Algarve, aber doch nur ein Urlaub. Ein Traum, nicht mehr und nicht weniger.«

Wow, wie vernünftig sie plötzlich war, schoss es Hanna durch den Kopf. Schnell fügte sie hinzu: »Oder?«

Jan zuckte mit den Schultern. »So ganz kann ich das noch nicht fassen, was passiert ist. In den letzten Monaten und vor allem in den letzten drei Wochen. London, Portugal, wir beide. Und …« Er brach ab.

»Ich auch nicht«, sagte Hanna. »Aber es war schön. Wunderschön.«

»Ja, das war es.« Er hielt eine Weile inne. »Wird es das bleiben?«

Hanna hielt die Luft an. Auf diese Frage war sie nicht vorbereitet gewesen. Warum hatte sie mit dem Thema auch anfangen müssen? Jan war doch der Psychologe und sie war die taffe Frau, die alle Fäden in der Hand hielt.

Zögerlich nickte sie. »Warum sollten wir etwas abbrechen, was gerade erst angefangen hat?«

»Weil wir Angst davor haben? Angst, dass es schiefgeht?«

»Ich habe keine Angst.« Sie sah ihn breit grinsend an. »Du weißt doch – ich bin die Frau mit der Waffe.«

Drei

Jan

Sie hielten vor einem eineinhalbstöckigen Backsteinbau, dessen Alter Jan auf siebzig bis achtzig Jahre schätzte. Die ursprünglichen Holzfenster waren – so vermutete Jan – vor Jahrzehnten gegen Kunststofffenster ausgetauscht worden. Nur die alte Holztür hatte die Zeit überlebt. Die Dachziegel waren bis zur Unkenntlichkeit vermoost, nur das Dachfenster schien neuen Datums zu sein. Der Vorgarten sah leidlich gepflegt aus, der Jägerzaun brauchte dringend einen Anstrich.

Sie parkten an der Straße, stiegen aus und standen zu dritt vor dem alten Siedlungshaus.

»Wie lange hat Gepken hier gewohnt?«, fragte Jan.

»Dreizehn Jahre«, antwortete Jens Bölscher. »Seine Eltern waren vier Jahre zuvor in kurzem Abstand gestorben – das Haus stand dann leer. Zumindest gibt es keinen Eintrag beim Einwohnermeldeamt.«

Bölscher schloss die Tür auf. Muffige Luft schlug ihnen entgegen. Jan nahm einen schwachen, süßlich-beißenden Verwesungsgeruch wahr.

Von dem engen Flur, dessen in blassen Farben gehaltene Blümchentapete in den Fünfziger- und Sechzigerjahren des letzten Jahrhunderts modern gewesen war, gingen vier Türen ab. Jens Bölscher zeigte auf eine. »Da geht es in den Keller. Zwei dunkle Räume, die – nach ihrem Aussehen zu urteilen – lange nicht mehr benutzt wurden. Selbst die Treppe nach unten war vollkommen eingestaubt.«

Er deutete auf die gegenüberliegende Tür. »Toilette. Wie man unschwer riecht.«

Bölscher ging vor, zog eine weiß lackierte Tür auf. »Hier ist die Küche.« Sie warfen einen Blick hinein und gingen weiter. »Und hier das Wohnzimmer, in dem der Postbote ihn gefunden hat.« Der Hauptkommissar ging auf einen Ohrensessel zu, der schon bessere Zeiten erlebt hatte. Der Leichengeruch war in diesem Raum am stärksten.

Sie umrundeten den Sessel und verließen das Wohnzimmer. Bölscher zeigte auf eine schmale, steile Treppe, die nach oben führte. »Dort befinden sich zwei nicht allzu große Räume und das Bad. Das eine Zimmer war wohl das Elternschlafzimmer. Wenn Sie mich fragen, ist da in den Jahren seit dem Tod der Eltern niemand mehr drin gewesen. Gepken hat im anderen Zimmer geschlafen. Das ist allerdings komplett neu eingerichtet.«

»Okay«, sagte Hanna und wandte sich an Bölscher. »Mein Kollege sieht sich das jetzt noch einmal genau an. Gehen wir so lange wieder nach draußen?«

Der Hauptkommissar nickte und folgte ihr.

Jan wartete, bis die Haustür geschlossen war. Er ging langsam den Flur entlang, ließ die Tapete auf sich wirken und ging zurück zur Eingangstür. Jan schloss die Augen und stellte sich vor, wie Helmut Gepken als Zehnjähriger nach Hause gekommen war.

Er stand vor der Tür, klingelte und wurde hereingelassen. Die Mutter musterte ihn und fragte mit freundlichem Gesicht, ob in der Schule alles in Ordnung sei. Er nickte stumm und lief an ihr vorbei, zog seine Jacke aus und rannte die Treppe hoch in sein Zimmer. Kurz darauf rief ihn seine Mutter zum Mittagessen. Steckrübensuppe. Sie füllte ihm einen großen Teller auf, obwohl sie wusste, wie sehr er dieses Gericht hasste. Als er darin herumstocherte, erntete er einen warnenden Blick. Du weißt, was Papa macht, wenn er das mitbekommt. *Er führte den gefüllten Esslöffel zum Mund und zwang sich zu kauen. Die ersten Würgegeräusche schluckte er hinunter und aß langsam weiter.*

Jan hielt inne und versank gleich wieder in eine Art Trance. Als er der Kellertür näher kam, schreckte er zurück. Erst im zweiten Anlauf öffnete er die Tür und sah nach unten in die Finsternis. Er tastete nach dem Lichtschalter und fühlte, dass es sich um einen alten Drehmechanismus von der Sorte handelte, die schon seit mindestens fünfzig Jahren nicht mehr eingebaut wurde. Eine starke Glühbirne leuchtete auf. Jetzt sah er die einfache Holztreppe, die steil nach unten führte. Er ging langsam und vorsichtig und blieb bei der vierten Stufe stehen. Der Lack auf dem Holz schimmerte hier matt, als wenn sie häufiger als die anderen Stufen benutzt worden wäre. Hatte hier Helmut gesessen und darauf gewartet, dass die Tür geöffnet und das Licht angeschaltet wurde? Hatte ihn seine Mutter befreit oder der Vater?

Jan ging zurück nach oben, schaltete das Licht aus und setzte sich im Dunkel auf die vierte Stufe. Es war so still, als würde die Erde eine Atempause einlegen. Die Finsternis war absolut. Jan blieb ein paar Minuten sitzen, bevor er sich bis zum Lichtschalter vortastete und ihn umdrehte. Der Schein der Glühlampe blendete ihn, er riss die Hand hoch, um seine Augen zu schützen. Er horchte in sich hinein. Was für ein Gefühl musste der junge Helmut gehabt haben, als endlich das Licht angeschaltet wurde? Hass, Erleichterung, Demut, Angst?

Langsam ging Jan die Treppe hoch und schloss die Tür hinter sich. Sie quietschte laut, als habe sie die Schreie und Tränen der vielen Jahre in sich aufgesogen.

Auf dem Flur stellte Jan sich vor, wie Helmut Gepken das Haus zum ersten Mal nach dem Tod seiner Eltern betreten hatte. Hatte er den Hausschlüssel über all die Jahrzehnte aufbewahrt oder vielleicht sogar am Schlüsselbund mit sich herumgetragen? Er ging ein paar Schritte ins Haus hinein, blieb stehen, aber nichts geschah. Das Haus war leer, aber gefüllt mit allen Erinnerungen seiner Kindheit und Jugend.

Warum hatte Gepken die Flurtapete nicht ersetzt? War es ihm egal gewesen oder hatte er immer noch Angst davor, bestraft zu werden, sollte er etwas tun, was seinem Vater nicht gefallen hätte? Oder war es eine Art täglicher Bußgang, weil er so früh sein Elternhaus verlassen hatte und die ersten Jahre nicht einmal zu Weihnachten nach Hause gekommen war?

Jan öffnete die Küchentür. Das Reich der Mutter. Trotz der überwiegend alten Einrichtung wirkte die Küche heimelig auf ihn. Hier hatte Helmut Ruhe gefunden, hatte mit seiner Mutter reden können, während sie kochte. Wie lange ging das so? Gab es den Bruch in der Pubertät? Hatte Helmut sich irgendwann getraut, sich zu wehren?

Helmuts Vater war Soldat gewesen. Wann war er zurückgekommen? An welchen Fronten hatte er gekämpft? War er traumatisiert gewesen oder frustriert über den Ausgang des Krieges und die für ihn damit einhergehende Demütigung?

Jan setzte sich an den kleinen Küchentisch und sah sich um. Der alte Schrank, die Uhr, die Einbauküche ohne Spülmaschine. Alles schien noch funktionstüchtig zu sein. Der Ofen, der Plattenherd, die Spüle. Hier hatte Helmut sich wohlgefühlt. Früher und auch nach seinem Wiedereinzug.

An der Wand hing ein aktueller Jahreskalender, auf dem kaum etwas notiert war. Gepkens Schrift war schwer bis nicht lesbar. Jan fotografierte die Einträge mit seinem Handy und verließ die Küche.

Das Wohnzimmer war, bis auf den alten Ohrensessel, in den letzten Jahren neu eingerichtet worden. Neben einem bequem aussehenden Sofa gab es zwei Sessel und einen modernen Couchtisch aus Glas. Die Schrankwand passte zum Rest der Einrichtung. Sie enthielt eine Musikanlage, die ebenfalls neuen Datums war. Jan setzte sich auf einen der neuen Sessel und ließ die Atmosphäre des Raumes auf sich wirken. Es gab keine Fotos von den Eltern oder Helmut Gepkens Sohn, keine Bücher oder andere persönliche Dinge. Das Zimmer wirkte kälter und anonymer als die in der Ausstellung eines Möbelhauses.

Der große Flachbildschirm stand neben der Schrankwand und verstärkte Jans Eindruck vom Raum. Er stand auf und setzte sich in den alten Ohrensessel, der zum Fernseher ausgerichtet war. Warum hatte Helmut Gepken ihn nicht entsorgt? War es für ihn ein Triumph gewesen, tagtäglich im Allerheiligsten seines Vaters zu sitzen? Eine späte Rache? Alles andere, was Helmut an seinen Vater hätte erinnern können, war entsorgt worden, lag auf der Müllkippe, zerstört und begraben unter meterhohem Abfall. Oder verbrannt, aufgelöst für alle Zeiten, vergessen und … Nein, Helmut Gepken hatte die Vergangenheit nicht durch einen Austausch von Möbeln entsorgen können. Sie war nach wie vor in ihm gewesen, jeden Tag, jede Sekunde. Vielleicht war es ein Sieg über seinen Vater gewesen, in sein Haus einzuziehen, in seinem Sessel zu sitzen. Aber wie lange hatte sich dieses Gefühl gehalten? Das hier war nicht sein Zuhause, nicht der Ort, an dem er sein wollte. Es war eine Notlösung, um nicht eine Wohnung mieten zu müssen.

Jan stand auf und ging im Zimmer herum. Ein Platz, um einsam zu werden, verbittert und wütend auf die Welt, auf seine Ex-Frau, auf seinen Sohn, auf die Menschen in diesem Ort, die sich alle kannten und ihn als Fremdkörper betrachteten. Ihn, den Sohn, der sich nicht um seine Eltern gekümmert hatte, der undankbare Sohn, der trotzdem alles geerbt hatte.

War das Helmut Gepkens Gefühl gewesen, wenn die Menschen des Ortes ihn zwar gegrüßt hatten, aber keinen weiteren Schritt auf ihn zugegangen waren? Haderte er mit seinem Entschluss, zurück in den Ort gezogen zu sein, in dem er so gelitten hatte?

Oder täuschte sich Jan? Überwogen die guten Erinnerungen? Laut Michael Harms, dem Oberkommissar, der mit der Nachbarin gesprochen hatte, hatte es zahlreiche schwere Konflikte zwischen Vater und Sohn gegeben.

Sie würden mit der alten Dame reden müssen.

Jan verließ das Wohnzimmer und schaute kurz in die Toilette im Erdgeschoss. Hellblaue Fliesen auf dem Boden und an der Wand, eine vollkommen eingestaubte Toilette, die Helmut Gepken nicht mehr benutzt zu haben schien. War ihm dieser Ort genauso verhasst wie das ursprüngliche Wohnzimmer?

Er ging die Treppe hinauf. Die Stufen knarrten laut, als wollten sie einen Eindringling ankündigen. Das Elternschlafzimmer schien sich in dem Zustand zu befinden, wie Helmut Gepken es nach dem Tod seiner Eltern vorgefunden haben musste. Sogar die Federbetten lagen an ihrem ursprünglichen Platz, ordentlich aufgeschüttelt, aber verstaubt. Jan öffnete eine der Schranktüren. Drei dunkle Anzüge, Röcke und Kleider hingen im Schrank, die Regale waren alle gefüllt. Es roch muffig und abgestanden.

Das zweite Zimmer war das genaue Gegenteil vom Elternschlafzimmer. Neu eingerichtet, modern, zweckmäßig, aber gemütlich. Als einziger Raum waren hier die Wände in einem warmen hellen Ocker gestrichen. Das Doppelbett dominierte den Raum, an den Wänden hingen hochwertig gerahmte Drucke. Auch hier standen eine kleine Musikanlage sowie ein Flachbildschirm, der erheblich kleiner war als der im Wohnzimmer.

Das Badezimmer war ebenfalls renoviert worden, allerdings war an der Fugenfarbe zu erkennen, dass es viele Jahre her sein musste.

Jan blieb eine Weile im Raum stehen, bevor er das Haus wieder verließ.

Vier

Hanna

»Kollege Bölscher ist schon zurück nach Vechta. Er hat noch eine Besprechung mit dem zuständigen Staatsanwalt.«

»Hat er Fragen gestellt?«

»Du meinst, weil du dich so lange im Haus aufgehalten hast? Nein, etwas verdutzt war er, aber er scheint flexibel zu sein und wirkte tatsächlich froh darüber, dass wir sein Team unterstützen.«

Jan zeigte auf das Nachbarhaus. »Sprechen wir mit Frau Grote?«

Hanna nickte. »Ich habe uns schon angekündigt.« Sie hielt kurz inne. »Etwas Besonderes im Haus?«

»Helmut Gepken muss ein sehr widersprüchlicher Mensch gewesen sein. Ich verstehe nicht, warum er hier im Ort geblieben ist.«

»So weit ist es ja nicht nach Damme. Und nach Osnabrück auch nicht.«

»Zu viele Erinnerungen«, sagte Jan.

Wer hat die nicht?, fuhr es Hanna durch den Kopf, aber sie beschloss, keine weiteren Fragen zu stellen. Jan musste die Eindrücke erst verarbeiten und wollte wahrscheinlich das Gespräch mit der Nachbarin abwarten.

Sie gingen schweigend auf das Haus zu, das fast identisch mit dem von Helmut Gepken war. Als sie die Tür erreicht hatten, wurde sie von innen geöffnet und eine alte Dame mit kurzen grauen Haaren und einem freundlichen Gesicht empfing sie. »Kommen Sie doch herein. Ich habe eine Kanne Tee aufgesetzt. Sie trinken doch Tee?« Sie trat mit einer einladenden Handbewegung zur Seite. »Die Küchentür steht auf. Gehen Sie ruhig voraus.«

Erna Grote folgte den beiden und bot ihnen einen Platz am Küchentisch an. Dort standen bereits drei Tassen und im Stövchen brannte ein Teelicht. Die alte Dame holte die Kanne und schenkte Tee ein, bevor sie sich zu ihnen setzte.

»Darf ich Sie fragen, warum sich plötzlich so viele Polizisten für Helmuts Haus interessieren und sogar zum zweiten Mal zu mir kommen?«

Hanna nickte. »Natürlich dürfen Sie das. Es besteht der Verdacht, dass es sich nicht um einen natürlichen Tod handelt.«

Erna Grote warf ihr einen entsetzten Blick zu. »Was sagen Sie da, junge Frau? Was um Gottes willen …« Sie stutzte. »Helmut ist ermordet worden?«

»Genau das wollen wir herausbekommen«, sagte Jan. »Unser Kollege aus Vechta hat uns informiert, dass Sie Herrn Gepken schon als Kind und Jugendlichen kannten.«

Erna Grote deutete ein Nicken an. Die Nachricht schien sie getroffen zu haben. »Ja, ich kenne Helmut schon sehr lange.«

»Wir müssen uns ein Bild von Herrn Gepken machen«, sagte Jan. »Kann ich Ihnen einige Fragen stellen?« Als die alte Dame nickte, fuhr Jan fort. »Wie war das Verhältnis zwischen Helmut und seinem Vater?«

Erna Grote schien weder erstaunt noch irritiert über Jans Frage zu sein. »Helmuts Vater war … nun ja, wie die Männer damals waren. Er war derjenige, der sagte, was alle anderen in der Familie zu tun und zu lassen hatten. Er kam verbittert aus dem Krieg. Dabei war er nicht einmal lange in Gefangenschaft. Das waren nur wenige Monate, bevor die Engländer ihn wieder freigelassen hatten. Mein Vater ...«, Erna Grote lächelte mild, »... er war übrigens nicht so einer von diesen Männern, also mein Vater hat mir erzählt, dass Erich, Helmuts Vater, ein strammer Nazi gewesen wäre. Einer von der ganz üblen Sorte, hat mein Vater gesagt. Nun gut, politisch hat sich Erich später zurückgehalten. Er ist sogar in die CDU eingetreten, hat da aber nie etwas gemacht. Im Gemeinderat oder so.« Die alte Dame nickte nachdenklich. »Die alten Zeiten, sie waren nie so gut, wie manche es heute schönreden.« Erna Grote schaute auf. »Aber deshalb sind Sie nicht hier. Ja, wie war das Verhältnis zwischen Helmut und seinem Vater – traumatisch nennt man das wohl heute.« Sie deutete auf das Küchenfenster, durch das man das Nachbarhaus sehen konnte. »Man bekommt eine Menge mit, gerade wenn die Fenster offen stehen. Als Helmut klein war, habe ich häufiger auf ihn aufgepasst. Später, als er ins Jugendalter kam, habe ich mich schon mal hier und da mit ihm unterhalten. Er war oft traurig und in sich zurückgezogen. Kein typischer Junge, der gerne Sport macht und sich auch mal mit den anderen Jungen rauft. So ist es auch geblieben. Sein Vater war ein Hansdampf in allen Gassen ...«, die alte Dame lächelte, »... so nannten wir das früher. Fußball, Feuerwehr, Sonntags-Frühschoppen nach dem Kirchgang. Ich glaube, er war sogar im Männergesangsverein.« Sie hielt inne. »Helmut war da anders, zurückhaltend, ruhig, ein eher weicher Junge. Das war damals nicht so üblich. Da kamen dann schnell Gerüchte auf, dass er ... wie man das damals nannte, vom anderen Ufer sei. Das hörte auf, als Helmut geheiratet hat. Nicht ganz, aber da Helmut zu der Zeit schon ein paar Jahre nicht mehr in Rüschendorf gewohnt und auch nur selten seine Eltern besucht hat, hörten die ganz Hartnäckigen irgendwann auch mit dem Gerede auf.« Sie schüttelte ärgerlich den Kopf. »Menschen können brutal und unbarmherzig sein. Hier kennt doch jeder jeden – viele sind miteinander verwandt oder verschwägert. So ist das eben. Da wird viel geredet, wenn der Tag lang ist.«

Erna Grote schaute zwischen Jan und Hanna hin und her. »Ich weiß jetzt gar nicht, ob Sie diese alten Sachen überhaupt hören wollen. Das ist doch alles lange her.«

»Das interessiert uns sehr«, sagte Jan. »Wir können Herrn Gepken ja nicht mehr persönlich kennenlernen und sind froh, wenn wir mit Menschen reden können, die ihn gut kannten.« Jan trank einen Schluck Tee. »Wann ist Herr Gepken denn aus dem Elternhaus ausgezogen?«

»Das war gleich nachdem seine Lehrzeit zu Ende war und er bei der Stadtverwaltung eine feste Stelle bekommen hat. Aber ich glaube, eigentlich war Helmut schon vorher gar nicht mehr richtig da. Er kam erst abends, hat in seinem Zimmer geschlafen und ist dann morgens gleich wieder früh los. Auch am Wochenende war er nicht viel zu Hause. Er ist gern gewandert, das weiß ich noch. Im Teutoburger Wald, ganz bis nach Bielefeld. Natürlich nicht an einem Tag, da musste er schon übernachten.«

»Gab es zu der Zeit weiter Streit mit seinem Vater?«

»Nicht mehr so viel. Helmut hat sich auch nicht mehr alles gefallen lassen. Das hat Erich nicht verstanden, aber was sollte er machen. Ihn aus dem Haus werfen? Das hätte Helmuts Mutter nicht zugelassen, nein, ganz sicher nicht. Sie hat schon genug unter den ganzen schlimmen Auseinandersetzungen gelitten. Das hat dann wohl selbst Erich gemerkt und damit etwas nachgelassen. Schwere Zeiten waren das für alle. Dabei war Helmut ein ganz lieber Junge. Wenn ich Kinder bekommen hätte, hätte ich mir einen Sohn wie ihn gewünscht.« Die alte Dame seufzte. »Helmut war dann auch nicht mehr oft bei seinen Eltern. Das war schlimm für seine Mutter, aber vielleicht besser so. Erich hat sich eigentlich bis zum Schluss nicht geändert. Ich konnte Helmut immer verstehen.«

»Und nach der Heirat und als später der Sohn geboren wurde?«, fragte Jan weiter.

»Ja, mit dem Kleinen waren Helmut und Susanne hin und wieder hier. Aber ich glaube, dass Susanne das wollte und nicht so sehr Helmut.«

»Aber dann ist Herr Gepken doch zurück nach Rüschendorf gezogen«, sagte Hanna.

Erna Grote nickte. »Das habe ich gar nicht so richtig verstanden. Aber wie sagt man so schön? Die Zeit heilt alle Wunden.«

»War das bei Helmut Gepken auch so?«, fragte Jan.

»Das ist eine schwierige Frage, Herr Kommissar. Helmut war nach seiner Scheidung – wie soll ich das jetzt ausdrücken – er war sehr mitgenommen und betrübt. Ich glaube, er hat nie damit gerechnet, dass sich seine Frau von ihm trennt. Es hat ihn zutiefst erschüttert. Er war viele Monate krankgeschrieben und ist dann früher in Rente gegangen. Wenn Sie mich heute fragen, glaube ich nicht, dass es für Helmut gut war, gerade nach Rüschendorf zurückzukommen. Wo hier doch so viele schlechte Erinnerungen auf ihn gewartet haben.« Sie atmete tief durch. »Nein, es war wohl nicht so, dass bei Helmut alle Wunden geheilt waren.«

Jan nickte. »Hatte Herr Gepken im Ort noch alte Kontakte oder hat er neue gefunden?«

»So ganz genau weiß ich das nicht. Davon erzählt hat er mir nichts und viel aus dem Haus gegangen ist er auch nicht. Es tut mir leid, aber ich weiß es wirklich nicht.«

Hanna räusperte sich. »Haben Sie in der letzten Zeit Besuch bei Ihrem Nachbarn gesehen? Sagen wir, in den letzten drei bis vier Monaten?«

»Ich halte mich viel hier in der Küche auf und natürlich im Wohnzimmer. Aus den Fenstern kann ich Helmuts Eingangstür nicht sehen. Und am Abend gehe ich früh ins Bett.«

»Hatte sich Ihr Nachbar in den letzten Monaten Ihnen gegenüber anders verhalten?«, schob Hanna die nächste Frage nach.

Frau Grote zögerte lange. »Ja, vielleicht war es so. Ich hatte manchmal den Eindruck, als wäre er viel besser gelaunt als zuvor.«

Hanna setzte sich auf den Fahrersitz und wartete, bis Jan einstieg. Sie hatte sich bei dem Gespräch mit Erna Grote zurückgehalten, weil sie wusste, dass Jan die richtigen Fragen stellen würde und er mit älteren Frauen besser zurechtkam als sie.

»Und?«, fragte sie, als er sich den Sicherheitsgurt angelegt hatte.

»Was uns Frau Grote erzählt hat, passt zu dem, was ich im Haus von Helmut Gepken gesehen habe.« Jan erläuterte ihr seinen Eindruck von einem vereinsamten Mann, der mit seiner Vergangenheit haderte und der sein Verhältnis zu den Eltern und insbesondere zum Vater nie geklärt hatte.

»Das geht nicht nur ihm so«, murmelte Hanna, die unweigerlich an ihr Verhältnis zu ihrer eigenen Mutter denken musste. Sie hatte nie verstanden, warum Hanna zum Militär gegangen war, und genauso wenig, was sie bei der Polizei wollte. Sie hatte ihre Tochter als Akademikerin gesehen, bestenfalls als Ärztin, die zur gegebenen Zeit einen Mann heiraten und Kinder bekommen würde. Wie ihre jüngere Schwester.

»Ja, kommt nicht selten vor«, sagte Jan.

Hanna warf ihm einen Blick zu. Dachte er gerade an sein Verhältnis zum Vater, der seine Mutter und ihn früh verlassen hatte und mit dem er sich – soweit Hanna wusste – auch nach dem viel zu frühen Tod seiner Mutter nicht versöhnt hatte?

»Würdest du – angenommen deine Mutter wäre tot – zurück in dein Elternhaus ziehen? Natürlich nicht jetzt, aber zu einem späteren Zeitpunkt?«

»Ganz sicher nicht«, sagte Hanna. »Aber vielleicht hatte Gepken nicht viele Optionen.«

»Er hätte das Haus verkaufen können.«

»Hätte er viel Geld dafür bekommen? Wir sind hier auf dem Land, das ist weder mit Oldenburg und schon gar nicht mit Bad Zwischenahn zu vergleichen. Nein, ein Verkauf hätte nicht viel eingebracht und er hätte zur Miete wohnen müssen.«

»Das war sicher einer der Gründe«, sagte Jan. »Vielleicht wollte er für sich etwas klären. Sich selbst und seiner Mutter etwas beweisen.«

»Und seinem Vater zeigen, dass er kein Weichei ist?«

»Wenn du es so ausdrücken willst. Ja, vielleicht wollte er seinem Vater auch etwas beweisen.«

Hanna startete den Motor. »Ich habe, während ich auf dich gewartet habe, mit Susanne Gepken telefoniert. Sie ist …«, Hanna schaute auf die Uhr im Armaturenbrett, »… in einer Stunde zu Hause zu erreichen. Wir könnten uns irgendwo eine Kleinigkeit zum Essen besorgen und dann nach Bramsche fahren.«

»Gute Idee«, sagte Jan und schien bereits wieder in seinen Gedanken versunken zu sein.

Fünf

Jan

Eine attraktive Frau, die Jan allenfalls auf Ende fünfzig geschätzt hätte, öffnete ihnen die Tür der Penthouse-Wohnung. Sie stellten sich vor und Susanne Gepken bot ihnen einen Platz im komponierten Wohn- und Essbereich an.

»Möchten Sie etwas trinken? Kaffee, Tee, Wasser?«

Jan und Hanna hatten auf dem Weg nach Bramsche an einem Imbiss gehalten und einen Burger gegessen. Für Kaffee war keine Zeit mehr gewesen.

»Gern Kaffee, wenn es keine Umstände macht«, sagte Jan.

»Überhaupt nicht. Ich habe einen Vollautomaten. Was möchten Sie? Espresso, Cappuccino oder Latte macchiato?«

Wenige Minuten später reichte sie ihnen die Kaffeetassen und setzte sich zu ihnen. »Sie kommen wegen meinem verstorbenen Ex-Mann? Hatte ich Sie da richtig verstanden?« Bevor Jan antworten konnte, fuhr sie fort. »Ist Helmut …« Sie brach ab.

Hanna räusperte sich. »Die Obduktion Ihres Ex-Mannes hat deutliche Anzeichen für Fremdverschulden ergeben.«

»Fremdverschulden? Sie meinen damit doch nicht, dass Helmut ermordet wurde?«

»Davon müssen wir im Moment ausgehen«, antwortete Hanna. »Wir sprechen allerdings von einem Tötungsdelikt, solange die Umstände und Motive noch nicht geklärt sind.« Sie hielt kurz inne. »Hatten Sie nach der Scheidung noch Kontakt zu Ihrem Ex-Mann?«

»In den ersten vier oder fünf Jahren nur über den Anwalt. Weder Helmut noch ich hatten Interesse daran. Danach hat er mir einen Brief geschrieben. Ich wohnte zu der Zeit noch an der alten Adresse, die auch in den Scheidungsunterlagen vermerkt war.«

»Sie haben geantwortet?«

»Ja, aber nicht per Brief und auch nicht sofort. Er hatte mir seine Handynummer mitgeteilt und ich habe ihm dann per WhatsApp eine Nachricht geschrieben. Sie war nur kurz, aber Helmut hat darauf geantwortet. So kamen wir wieder ins Gespräch.«

»Haben Sie sich auch persönlich getroffen?«

»Ja, aber das letzte Mal ist mindestens ein Jahr her. Helmut hatte mich darum gebeten. Wir haben uns einmal in einem Bramscher Café getroffen, einmal in Damme und ein anderes Mal sind wir am Dümmer spazieren gegangen.«

»Sie wohnen hier alleine?«, fragte Hanna.

»Ja, und bevor Sie fragen, es ist meine Wohnung, die ich vor sechs Jahren gekauft habe.« Susanne Gepkens Stimme klang verärgert. »Wahrscheinlich wollen Sie auch noch wissen, woher ich das Geld habe.«

»Wenn Sie es erzählen möchten«, sagte Hanna, die mit dem plötzlichen Stimmungsumschwung von Susanne Gepken nicht gerechnet hatte.

»Das ist kein Geheimnis. Ich habe die zweihunderttausend Euro aus dem Verkauf des Hauses auf Rat eines Freundes in einer Kryptowährung angelegt und sie für das Vielfache des ursprünglichen Wertes wieder verkauft. Alles ordnungsgemäß beim Finanzamt angegeben und, soweit erforderlich, versteuert.«

Hanna entschloss sich, den sich anbahnenden Konflikt direkt anzusprechen. Die Ex-Frau von Helmut Gepken schien Informationen über ihn zu haben, die wertvoll für sie sein konnten. »Es tut mir leid, wenn ich Ihnen mit meiner Frage zu nahe getreten bin. Vielleicht verstehen Sie, dass ich überrascht war, als Sie vorhin die Wohnungstür geöffnet haben. Es mag ein Vorurteil meinerseits sein, aber ich habe jemand anders erwartet. Wir gesagt, ich wollte Ihnen nicht zu nahe treten.«

»Schon gut. Ich weiß, was Sie meinen. Aus heutiger Sicht würde niemand verstehen, dass ich einmal mit Helmut verheiratet war, ein Kind mit ihm habe und über so viele Jahre bei ihm geblieben bin. Ich reagiere schnell allergisch auf bestimmte Fragen oder Andeutungen. Es tut mir leid.«

Hanna nickte und hielt sich zurück.

»Ich war sehr jung, als ich Helmut in Damme traf, und hatte nicht nur finanzielle Probleme, sondern auch eine kleine Drogenkarriere hinter mir. Keine Ausbildung, keinen Beruf. Helmut war meine Rettung und dafür war ich ihm unglaublich dankbar. Er hat mich gedrängt, meine Mittlere Reife nachzuholen, und mich dabei unterstützt, eine Ausbildung als Bürokauffrau zu machen. Ich habe vor der Geburt unseres Sohnes auch zwei Jahre in dem Beruf gearbeitet, und als Christian im Kindergarten war, habe ich wieder halbtags in einer kleinen Werbeagentur angefangen. Irgendwann bin ich nach Bramsche gewechselt – auch halbtags. In eine größere Agentur, die inzwischen auch bundesweit tätig ist. Als Christian Abitur gemacht hat, bin ich auf ganztags gegangen. Helmut hat mir nie Steine in den Weg gelegt, obwohl er gesehen hat, dass unsere Leben sich immer weiter voneinander getrennt haben.

Irgendwann ging es nicht mehr. Ich musste den Weg gehen und mich von ihm trennen.«

Jan beugte sich leicht vor. »Aber Sie blieben weiter mit Ihrem Ex-Mann in Kontakt?«

Susanne Gepken nickte. »Ja, wie gesagt, nach einigen Jahren haben wir uns sogar einige Male getroffen. Aber in aller Regel waren es nur ein paar Worte über WhatsApp oder auch mal eine kurze E-Mail. Nicht sehr häufig, und in fast allen Fällen hat er mich angeschrieben und ich habe geantwortet.«

»Auch in den letzten Monaten?«

Susanne Gepken griff nach ihrem Handy, tippte und schüttelte den Kopf. »Tatsächlich, ich habe da gar nicht so drauf geachtet. Die Zeit vergeht so schnell. Die letzte WhatsApp kam vor fünf Monaten und per Mail hat Helmut sich zum letzten Mal im Februar gemeldet. Das ist jetzt über sechs Monate her.«

Jan nickte. »Haben Sie verstanden, weshalb Ihr Ex-Mann nach der Scheidung und dem Verkauf Ihres gemeinsamen Hauses wieder nach Rüschendorf gezogen ist?«

»Nein. Er hasste den Ort und das Haus und … nun ja, seinen Vater, aber der war ja zu dieser Zeit schon einige Jahre nicht mehr am Leben.«

»Haben Sie ihn nie gefragt?«

Susanne Gepken zuckte leicht mit den Schultern. »Vielleicht ja, aber ich glaube nicht, dass Helmut mir geantwortet hat. Ich vermute, dass er es selbst nicht wusste oder gar nicht vorhatte, lange dort zu bleiben, es aber dann einfach so gekommen ist. Helmut war nie der aktive Part in unserer Ehe. Ich musste die Initiative ergreifen und habe viel gemanagt. Warum auch nicht? Aber dann war ich plötzlich nicht mehr da und er auf sich allein gestellt.« Sie hob ihre Hände mit einer entschuldigenden Geste. »Ich weiß wirklich nicht, warum er dahin zurückgegangen ist. Er hätte doch das Haus verkaufen können und dann ausreichend

Geld gehabt, um zumindest eine Eigentumswohnung anzuzahlen und den Rest …« Sie brach ab und senkte den Kopf.

Jan hatte sie während des Gesprächs aufmerksam beobachtet. Susanne Gepken schien sich weit mehr für ihren Ex-Mann verantwortlich gefühlt zu haben, als sie bisher zugegeben hatte. Auf die Nachricht, dass er mutmaßlich getötet worden war, hatte sie mit Entsetzen reagiert und sich erst langsam wieder im Griff gehabt.

»Nach den ersten Befragungen haben meine Kollegin und ich den Eindruck, dass Ihr Ex-Mann nur sehr wenig soziale Kontakte hatte.«

»Ja, das war Helmut. In unserer Ehe hat er mir diesen Part überlassen. Wie das so ist bei einer Trennung – Freunde und Bekannte werden häufig auch mit getrennt. Und dann ist Helmut noch in dieses Kaff gezogen. Was sollte anderes dabei herauskommen? Er machte auf mich einen ziemlich einsamen Eindruck.«

»Kennen Sie Bekannte oder Freunde von Ihrem Ex-Mann, die wir noch ansprechen können?«, fragte Hanna.

»Ja, ich könnte Ihnen da ein paar Namen nennen. Allerdings weiß ich weder, ob die Personen noch leben, noch, ob sie weiter Kontakt zu Helmut hatten. Darüber habe ich mit ihm nie gesprochen.« Sie stand auf, holte sich einen Notizblock und einen Kugelschreiber und schrieb drei Namen und den jeweiligen Ort auf. »Ich glaube, die Nachbarin in Rüschendorf kennt …«, sie stutzte, »… kannte Helmut auch gut. Mir ist gerade der Name entfallen.«

»Mit Frau Grote haben wir bereits gesprochen«, sagte Hanna.

»Gut. Das ist gut«, murmelte Susanne Gepken.

»Hatte Ihr Mann einen Laptop oder Computer und ein Smartphone?«, fragte Hanna weiter.

»Ein Handy auf jeden Fall. Und die Mails hat er sicher nicht damit geschrieben. Dafür waren sie zu lang.« Susanne Gepken warf Hanna einen überraschten Blick zu. »Warum fragen Sie das? Die Geräte müssten doch …« Sie brach ab. »Die Sachen sind verschwunden?«

»Dazu darf ich Ihnen keine Auskunft geben«, sagte Hanna.

Jan räusperte sich. »Würden Sie uns die Mails und WhatsApp-Nachrichten überlassen? Das würde uns sehr helfen.«

Susanne Gepken zögerte, nickte aber schließlich und sagte zu, die Mails weiterzuschicken. Auf Nachfrage erhielt Hanna die Handynummer von Helmut Gepken.

Die Frage, ob ihr Sohn Kontakt zu seinem Vater gehabt habe, konnte Susanne Gepken nicht beantworten. Sie selbst telefonierte nur unregelmäßig mit ihm. Zu Weihnachten besuchte er sie, und hin und wieder fuhr Susanne Gepken für einen Kurzbesuch nach Frankfurt.

»Schluss für heute?«, fragte Jan mit Blick auf die Uhr. Er saß am Steuer des Wohnmobils und aktivierte das Navi. »Wo schlafen wir?«

»Das hat mich Kollege Bölscher auch gefragt. Ich habe ihm gesagt, dass wir uns selbst darum kümmern. Als er mich fragte, hat er aufs Wohnmobil geschaut.«

Jan seufzte innerlich auf. Wollte Hanna noch einmal über das Thema diskutieren? Schon am Vormittag waren sie nur knapp an einem Streit vorbeigeschlittert.

»Ich habe ihm gesagt, dass wir wahrscheinlich im Wohnmobil schlafen. So wie wir's immer gemacht haben.«

»Und wie hat er reagiert?«

»Gar nicht. Er war weder erstaunt noch neugierig, was das genau bedeutet. Es geht niemanden etwas an, was wir in unseren vier Wänden treiben.«

Jan zog die Augenbrauen hoch. »Unseren?«

»Ja, du bist ab sofort stolzer Mitbesitzer eines nicht mehr ganz neuen Wohnmobils.« Hanna verdrehte die Augen. »Nein, natürlich nicht. Das war einfach ein freudscher Versprecher.« Sie grinste breit. »Darauf kannst du dir etwas einbilden. Aber bitte nicht zu viel.«

Jan lächelte und nahm ihre Bemerkung als Friedensangebot an. Hanna war vielschichtiger, als sie wirkte. Sie überraschte ihn jeden Tag aufs Neue. Er ließ es geschehen und genoss es, nicht zu wissen, was auf ihn zukam. Bei ihr konnte er akzeptieren, nicht alles über sie wissen zu müssen oder zu wollen. Er konnte seinen Beruf vergessen und sich fallen lassen. *Kann ich das wirklich?*, fragte er sich. *Oder ist das nur der erste Liebesrausch, der sich irgendwann verflüchtigen wird?* Nein, er war unsagbar verliebt in diese Frau, auch wenn er es ihr bisher noch nicht gestanden hatte. Er musste bei ihr nicht jemand anders sein, weder Psychologe noch ihr Retter oder Held. Einfach Jan schien ihr zu reichen.

»Worüber grübelst du jetzt schon wieder?«, sagte Hanna.

»Über eine Frau, die ich nicht mehr missen möchte.«

»Wow! War das jetzt eine Liebeserklärung?«

Jan nickte. »Ja, das war es wohl.«

Hanna schluckte. »Okay …« Sie schien für einen Moment aus der Fassung gebracht worden zu sein. »Können wir das auf später verschieben? Ich habe einen Wohnmobilplatz direkt am Dümmer See gefunden. In Fußnähe gibt es ein Lokal. Einverstanden?«

Jan nickte und startete den Motor.

Jan ließ seinen Blick über den Dümmer See gleiten. Sie hatten das Wohnmobil am Olgahafen auf dem Stellplatz geparkt und waren die wenigen Meter zu Fuß zum Wasser gegangen. Zahlreiche Segelboote wankten im Wind leicht hin und her. Auf einigen saßen Segler, tranken Bier oder Wein und unterhielten sich.

»Der See ist größer als deiner, oder?«, fragte Hanna.

»Ja, fast dreimal so groß. Aber im Durchschnitt nur einen Meter tief. Im Bad Zwischenahner Meer sind es immerhin über drei Meter.«

»Dann wird es schwer mit dem Ertrinken. Kommst du also morgen früh mit ins kühle Nass?« Hanna ging auf den Steg zum Sporthafen, legte sich flach auf den Boden und ließ ihre Hand ins Wasser gleiten. »Korrektur. Richtig kühl ist es nicht. Zwanzig Grad würde ich schätzen.« Sie stand wieder auf. »Also?« Sie grinste breit. »Ich ziehe mir auch meinen Badeanzug an.«

Jan hob beide Hände hoch. »Wie kann ich dir etwas abschlagen?«

Hanna ging auf ihn zu und küsste ihn auf den Mund. »Das war jetzt schon die zweite Liebeserklärung an einem Tag. Ich werde gleich rot.« Sie sah ihn gespielt streng an. »Nicht, dass du gleich auf die Knie fällst, mir ein kleines schwarzes Schmuckkästchen reichst und um meine Hand anhältst.«

Jan schaute sich um. »Der Romantik-Faktor wäre hier auf jeden Fall ausreichend. Allerdings würde ich schon bis zum Sonnenuntergang warten. Dann könnte es perfekt sein.«

»Spinner«, sagte Hanna, schien sich aber nicht ganz sicher zu sein, wie ernst Jan seine Bemerkung gemeint hatte.

»Wir können also noch nett im Fischlokal essen«, fuhr Jan fort. »Oder möchtest du vorher einen kleinen Spaziergang machen?«

Hanna lehnte sich auf dem Stuhl zurück. »Alles gut bei dir?«

Sie hatten sich im *Fischhaus* geräuchertes Forellenfilet mit Bratkartoffeln und Preiselbeersahne bestellt und dazu einen Weißburgunder getrunken.

»Guter Durchschnitt. Ein Gourmetrestaurant habe ich hier auch nicht erwartet.«

Hannas Handy vibrierte. Sie griff danach und las eine Nachricht. »Kollege Bölscher schreibt, dass Gepkens Sohn zurück ist und morgen um zehn für ein Gespräch in die Dammer Polizeistation kommt.«

Jan nickte. Seine Gedanken schweiften ab zu dem spaßigen Wortwechsel vor ihrem Spaziergang. Wie ernst hatte sie es gemeint und wie ernst er selbst? Ihm war die Antwort auf Hannas Frotzelei spontan gekommen. Warum hatte Hanna das Thema überhaupt aufgegriffen? Wollte sie lediglich scherzen?

»Worüber denkst du nach?«, riss Hanna ihn aus seinen Gedanken.

»Dies und das«, wich Jan ihr aus.

Hanna hob den Zeigefinger. »Das klingt aber gewichtig. Sei ehrlich, was war es? Raus damit!« Sie sah ihm tief in die Augen. »Doch nicht etwa über unsere kleine Unterhaltung vorhin bei den Segelbooten? Das war ein Scherz, Jan.« Sie hielt inne. »Du hattest doch nicht ernsthaft vor …« Hanna brach ab.

»Nein, natürlich nicht. Wann bitte schön hätte ich einen Ring besorgen sollen? Wir waren in den letzten vier Wochen die ganze Zeit zusammen.« Wich er ihr schon wieder aus? Dabei war es das Letzte, was er vorhatte.

»Dann ist ja gut. Heiraten ist nicht mein Ding, und daraus habe ich nie einen Hehl gemacht. Wofür braucht man dieses Dokument? Ja, man spart Steuern. Aber sonst? Heiraten ist etwas für Spieß…« Sie brach ab. »Sorry, du bist natürlich ausgenommen.« Sie stöhnte theatralisch. »Was ist das heute für ein verrückter Tag? Können wir einfach zum Algarve-Feeling zurückkehren und uns darüber freuen, dass wir gleich nicht alleine ins Bett gehen?«

»Das können wir.« Jan schmunzelte. »Bist du denn schon müde?«

»Lass dich überraschen, Jan de Bruyn.«

Sechs

Hanna

Hanna zog das Tempo noch einmal an. Seit zwanzig Minuten lief sie am See entlang und würde gleich umkehren, um zusammen mit Jan zu frühstücken. Wahrscheinlich hatte er irgendwo frische Brötchen besorgt, den Tisch gedeckt und Kaffee gekocht.

Der gestrige Tag hatte ein angenehmes Ende gefunden. Ohne sinnlose Diskussionen über Ereignisse, die nie stattfinden würden. Oder machte sie sich gerade etwas vor? Hanna lief langsamer und blieb schließlich stehen. Jans Reaktion hatte sie irritiert. War doch etwas dran an der Sache? Bei ihr ganz sicher nicht. Sie wollte keine Heirat, kein Haus, kein Kind. Das stand definitiv fest. Lukas erschien vor ihrem geistigen Auge. Er wiegte den Kopf hin und her und schien etwas sagen zu wollen. Sie schüttelte sich und lief weiter, kehrte nach wenigen Metern um und rannte in Richtung Wohnmobilstellplatz.

Jan winkte ihr zu, als sie in Sichtweite ihres Fahrzeuges kam. Sie blieb kurz stehen, winkte zurück. *Ich will dich nicht verlieren*, schoss ihr durch den Kopf. Sie sah zu Jan. *Wie komme ich nur auf die Idee? Wir sind erst seit ein paar Wochen ein Paar und lernen uns gerade erst richtig kennen. Es gibt nicht den geringsten Grund, Angst zu haben. Aber warum habe ich sie dann?*

»Eigentlich wollten wir zusammen ins Wasser«, sagte Hanna, als sie das Wohnmobil erreicht hatte. Am frühen Morgen hatte sie Jan nicht wecken wollen und sich entschlossen, eine lange Runde zu joggen.

Jan küsste sie. »Guten Morgen! Gut geschlafen?«

»Fantastisch.« Sie grinste schelmisch. »Nach dem Essen und dem langen Nachtisch.«

»Draußen oder drinnen?«

»Wenn es dir nicht zu kalt ist, ist es mir lieber hier. Ich dusche noch kurz.« Sie betrat das Wohnmobil und wandte sich noch einmal zu ihm um. »Und dann sprechen wir noch mal über unseren Schwimmgang morgen früh und heute am späten Abend.«

Christian Gepken reichte zunächst Hanna die Hand und anschließend Jan. Der schlanke, große Mann mit dunkelbraunen, kurzen Haaren und einer eleganten Hornbrille entschuldigte sich, dass er nicht hatte früher kommen können. »Es war kein Flug zu bekommen.«

Hanna nickte, obwohl sie ihm nicht glaubte, dass innerhalb einer Woche kein Platz in einem Flieger aus den USA frei gewesen war.

Christian Gepken räusperte sich. »Ihr Kollege hat mir gesagt, dass mein Vater … ja, dass er ermordet wurde? Ich kann mir das gar nicht vorstellen. Rüschendorf? Mein Vater? Wer sollte das gemacht haben? Sind Sie ganz sicher?«

»Davon müssen wir leider im Moment ausgehen«, antwortete Hanna. »Wann haben Sie Ihren Vater zum letzten Mal gesehen oder mit ihm gesprochen?«

»Das muss vor etwa zwei Monaten gewesen sein. Ich habe meine Mutter auf dem Weg von Hamburg zurück nach

Frankfurt besucht. Wenn man über die A1 fährt, liegt Bramsche ja quasi auf der Strecke.«

»Bei der Gelegenheit haben Sie auch Ihren Vater besucht?«

»Ich wollte mich mit ihm treffen und hatte ihm ein Café in Bramsche vorgeschlagen. Aber leider hat sein Auto an dem Tag gestreikt.«

Zwei Fliegen mit einer Klatsche, fuhr es Hanna durch den Kopf. *Hattest du nicht mal Zeit, die wenigen Kilometer nach Rüschendorf zu fahren? Oder hattest du von vornherein darauf spekuliert, dass dein Vater absagen würde?*

»Sie haben dann sicher ersatzweise mit ihm telefoniert?«

»Puh, das kann ich im Moment gar nicht sagen. Aber ja, als er anrief, um abzusagen, haben wir natürlich noch ein paar Worte miteinander gewechselt.«

Jan beugte sich leicht vor. »Aber nicht über das Thema, weshalb Ihr Vater sich eigentlich mit Ihnen treffen wollte.«

Hanna ließ sich ihr Erstaunen nicht anmerken und schaute Christian Gepken fragend an.

»Woher wiss...« Er brach ab und atmete tief durch. »Ja, mein Vater wollte eigentlich mit mir sprechen.«

»Um was ging es?«, fragte Hanna.

»Er wollte sich Geld von mir leihen. Deshalb hatte er mich einige Wochen vorher angerufen.«

»Wie viel?«

»Er sprach von zehntausend Euro.« Hanna sah Gepken junior an, wie unangenehm ihm das Thema war. Er lockerte seinen Schlips und zuckte mit den Schultern. »Ich weiß nicht, wofür er das Geld brauchte.«

»Sie haben ihn nicht gefragt?«

Christian Gepken schüttelte den Kopf. »Schon, aber er sprach davon, etwas am Haus renovieren zu müssen. Aber als ich ihn fragte, um was es genau ginge, hat er mir nicht gleich geantwortet. Dann hat er mir doch noch erzählt, dass seine

Heizung immer mal wieder streiken würde und er Angst hat, dass er sie bald ersetzen muss. Ich habe ihm aber nicht geglaubt. Vor etwa zwei Jahren, es mögen auch drei gewesen sein, hat er mir erzählt, dass er noch den größten Teil der Summe vom Hausverkauf zurückgelegt habe. Er wollte das Geld sparen, falls er ins Pflegeheim müsste. Er hatte Angst, dass er vor sich hinvegetieren würde. Und das ja wohl mit Recht. Die Pflegeversicherung reicht ja hinten und vorne nicht.«

»Haben Sie ihn darauf angesprochen, wo dieses Geld geblieben ist?«, fragte Jan.

»Das weiß ich nun wirklich nicht mehr. Ich war mehr oder weniger geschockt, dass mein Vater mich um einen so hohen Betrag anfragt. Sollte es nicht umgekehrt sein? Die Eltern unterstützen die Kinder, wenn sie zum Beispiel ein Haus bauen oder selbst Kinder bekommen.«

»Und? Planen Sie etwa gerade eins von beidem?« Hanna merkte zu spät, wie scharf ihre Frage geklungen hatte. Gepken zuckte zusammen und starrte sie ärgerlich an.

»Meine persönlichen Verhältnisse gehen Sie überhaupt nichts an. Suchen Sie einfach den Mörder meines Vaters. Und wenn sein Geld verschwunden ist – was ich inzwischen stark vermute –, suchen Sie auch den Dieb. Es ist nämlich mein Erbe, das geklaut wurde.«

»Sie müssen da etwas missverstanden haben«, mischte sich Jan ein. »Meine Kollegin hat eine ganz normale Frage gestellt. Wenn Sie tatsächlich keine Mittel haben und Ihr Vater davon wusste, ist es natürlich verständlich, dass Sie verärgert über die Anfrage Ihres Vaters waren.«

»Durchaus. Das war ich tatsächlich«, sagte Christian Gepken, der sich schlagartig wieder im Griff zu haben schien.

»Er hat Sie also angerufen und um Geld gebeten?«, fragte Jan. »Können Sie den Zeitraum noch etwas mehr eingrenzen?

Vor zwei Monaten haben Sie Ihre Mutter besucht und das Treffen mit Ihrem Vater hat nicht stattgefunden, weil sein Auto streikte.«

»Ja, ich habe mir das natürlich nicht aufgeschrieben, wann er angerufen hat. Gut, vielleicht waren es doch mehr als zwei Wochen, etwa vier würde ich sagen. Es ist also ungefähr drei Monate her.«

»Wie häufig haben Sie in der Regel mit Ihrem Vater gesprochen oder ihn getroffen?«, fragte Jan weiter.

»Nicht so häufig. Unser Verhältnis war nicht so gut. Als ich ein Kind war, war mein Vater wenig zu Hause, und wenn, war er eher distanziert. Das hat sich später nicht geändert. Er hat schon dies und das gefragt und so getan, als wenn er sich für das interessiere, was ich so mache. Aber das kam mir nie echt vor. Ich war nun mal da und um alles andere hat sich meine Mutter gekümmert. Während des Studiums war ich natürlich häufiger mal in Damme, aber eigentlich nur wegen meiner Mutter. Ich war ihm egal. Ist ja auch in Ordnung. Man kann niemanden zu seinem Glück zwingen.«

»Sie hatten also selten Kontakt?«

»Ja, sehr selten. Schon gar, nachdem meine Mutter ihn endlich verlassen hatte. Ich habe nie verstanden, warum sie es so lange mit ihm ausgehalten hat.«

»Merkwürdige Familie«, sagte Hanna, als Christian Gepken gegangen war. »Gibt es keine Bilderbuchfamilien mehr?«

»Wir beide sind in dem Punkt wohl keine Experten, oder?«

»Nein, wohl eher nicht.«

Jemand klopfte an die Tür und Jens Bölscher trat ein. »Haben Sie kurz Zeit?«

Hanna, die gerade dabei war, die drei Protokolle zu schreiben, fasste kurz die Zeugenbefragungen zusammen.

»Interessant, dass er sich Geld leihen wollte«, bemerkte Jens Bölscher. »Dabei scheint Helmut Gepken doch kein gutes Verhältnis zu seinem Sohn gehabt zu haben.«

Jan nickte. »Es wird nicht einfach, Zeugen zu finden. Der alte Herr scheint sehr zurückgezogen gelebt zu haben. Wir benötigen allerdings einen Beschluss für die Bankdaten sowie die Handyverbindungsdaten von Herrn Gepken.«

Jens Bölscher nickte. »Darum kümmere ich mich gleich. Sie vermuten, dass Herr Gepken einem Betrüger aufgesessen sein könnte?«

»Oder einer Betrügerin«, warf Hanna ein. »Romance Scamming, die moderne Art des Heiratsschwindels. Das läuft alles online über verschiedene Plattformen wie zum Beispiel Dating-Portale, aber auch über Social Media. Es wird Liebe vorgegaukelt und sogar ein Treffen vereinbart, was dann aber aus irgendeinem Grund nicht stattfinden kann. Dann kommt die Frage nach dem Geld.«

»In Rüschendorf? Und das bei einem fünfundsiebzigjährigen Mann? Und warum sollte die Person Helmut Gepken töten, wenn schon Geld geflossen ist?«

»Berechtigte Fragen, auf die ich auch keine Antworten habe«, sagte Jan. »Aber wir sind ja noch ganz am Anfang. Was wir bisher aus den Zeugenbefragungen herauslesen konnten: Helmut Gepken scheint kaum soziale Kontakte gehabt zu haben und hat sich wohl nach der Scheidung vollkommen zurückgezogen. Außer der Nachbarin konnte bisher niemand gefunden werden, der Gepken gut kannte und regelmäßig Kontakt zu ihm gehabt hat. Sollte Helmut Gepken kein Zufallsopfer sein – und davon gehen wir im Moment aus –, müssen wir tiefer in die letzten Monate und vielleicht auch Jahre seines Lebens vordringen. Ich kann zwar heute in der SoKo-Sitzung Eckpunkte eines ersten Täterprofils benennen, aber sie werden uns nicht weiterbringen. Ich brauche mehr Informationen. Wir haben von Gepkens Ex-Frau drei Personen genannt bekommen, die wir gerne heute noch befragen würden.«

Jens Bölscher nickte. »Dann schlage ich vor, dass wir die Sitzung auf morgen früh um neun Uhr verlegen.«

»So sollten wir es machen«, sagte Hanna. »Vielleicht haben wir ja morgen auch schon die Bankdaten. Helmut Gepken wird ja vermutlich ein Institut vor Ort gehabt haben.«

»Ich kümmere mich darum«, sagte der SoKo-Leiter, stand auf und verabschiedete sich von ihnen.

Sieben

Jan

Jan stellte das Wohnmobil auf dem Parkplatz eines Supermarktes ab, fünf Minuten Fußweg entfernt zur Wohnung von Joachim Rolfs, einem ehemaligen Arbeitskollegen von Helmut Gepken. Hanna hatte mit dem Rentner telefoniert und einen Termin ausgemacht.

Sie liefen durch die Innenstadt, vorbei an einem Mix aus alten und neuen Gebäuden, passierten eine große neugotische Kirche, von der Jan gelesen hatte, dass sie im Volksmund Dammer Dom genannt wurde, und standen schließlich vor einem dreigeschossigen Mietshaus neueren Datums.

Auf ihr Klingeln meldete sich eine männliche Stimme aus der Gegensprechanlage. Hanna nannte ihren Namen, der Türöffner summte und sie fuhren mit dem Fahrstuhl in den dritten Stock, wo sie von einem groß gewachsenen Mann in Cordhose und Flanellhemd empfangen wurden. Er führte sie in das Wohn- und Esszimmer und bot ihnen Kaffee an.

»Ich war sehr bestürzt, als ich von Helmuts Tod gehört habe«, sagte Joachim Rolfs, als er sich zu ihnen an den Tisch gesetzt hatte. »Habe ich Sie am Telefon richtig verstanden? Das war kein …« Er brach ab.

»Wir gehen im Moment von einem Tötungsdelikt aus«, sagte Hanna. »Aus diesem Grund befragen wir auch Bekannte und Freunde des Verstorbenen.«

»Das ist ja fürchterlich! Getötet? Wer macht denn so etwas?«

»Das wissen wir noch nicht, Herr Rolfs. Sie waren ein Arbeitskollege von Herrn Gepken?«

Joachim Rolfs nickte. »Über vierzig Jahre. Eine Weile waren wir auch in der gleichen Abteilung tätig, haben uns aber häufig zum Mittagessen in der Kantine getroffen oder sind auch mal abends ein Bier trinken gegangen.«

»Und nachdem Ihr Kollege in den Ruhestand gegangen ist?«, fragte Hanna.

»Nun gut, das war damals eine schwere Zeit für Helmut.« Rolfs schaute zwischen Hanna und Jan hin und her. »Sie wissen, dass sich seine Frau von ihm hat scheiden lassen?« Als Hanna nickte, fuhr er fort. »Es war damals ein Schock für Helmut. Ach, was sage ich. Eine absolute Katastrophe, Weltuntergang. Ich habe getan, was ich konnte. Was leider nicht viel war. Dann ging alles sehr schnell. Helmut hat sich krankschreiben lassen und ist dann früher als geplant in die Rente gegangen. Verkrochen hat er sich im Haus. Einmal dachte ich sogar, dass er sich was angetan hat.«

»Es war aber nicht so?«, fragte Jan, als Joachim Rolfs nicht weitersprach.

»Nein. Aber ich gehe davon aus, dass er kurz davor war.« Rolfs atmete tief durch. »Ja, er rief mich damals spätabends an. Ich habe gleich gemerkt, dass er wieder einmal zu viel getrunken hatte. Er bekam kaum ein klares Wort heraus und ich musste mir zusammenreimen, was er von mir wollte. Als er dann nicht mehr auf meine Fragen geantwortet hat, bin ich sofort los zu ihm nach Hause.« Joachim Rolfs hielt inne und seufzte. »Die Haustür war zu, auf mein Klingeln hat er nicht reagiert. Ich bin ums Haus gelaufen und habe die Terrassentür offen vorgefunden.

Und Helmut im Wohnzimmer. Er lag vollkommen weggetreten auf dem Sofa, in der Hand hatte er eine Schachtel mit Tabletten. Ich wollte erst den Rettungswagen rufen, aber dann habe ich gesehen, dass die Blister alle voll waren.«

»Sie sind bei ihm geblieben?«, fragte Jan.

Joachim Rolfs nickte. »Natürlich. Ich konnte Helmut dann auch wach bekommen und nach zwei oder drei Stunden war er wieder ansprechbar.«

»Haben Sie mit ihm über die Tabletten gesprochen?«

»Nein. Aber ich habe sie auf dem Tisch liegen gelassen und bin über Nacht bei Helmut geblieben. Als er am nächsten Morgen wieder klar war – natürlich mit einem gewaltigen Kater –, sind ihm die Tabletten aufgefallen. Er wirkte erschrocken und hat sie schnell weggeräumt.«

Jan kannte das Phänomen. Kaum jemand war in der Lage, mit Freunden, Bekannten oder Verwandten offen über Suizidgedanken zu sprechen. Weder die, die über einen Freitod nachdachten, und noch weniger das Umfeld. Verschweigen, verdrängen, hoffen.

»Ich weiß …«, fuhr Joachim Rolfs fort, »… ich hätte meinen Freund darauf ansprechen sollen. Heute würde ich es vielleicht machen, damals schien es mir unmöglich. Vielleicht hätte es etwas geändert, wenn Helmut professionelle Hilfe bekommen hätte.«

»Geändert?«, fragte Jan.

Joachim Rolfs zögerte. »Ich bin kein Psychologe, aber ich glaube, die Scheidung und später auch noch der Umzug nach Rüschendorf haben Helmut das Leben kaputtgemacht. In den ersten Jahren hatten wir wenig Kontakt. Ich habe es immer wieder versucht, wir waren verabredet, aber Helmut hat regelmäßig die Treffen abgesagt. Am Telefon war er wortkarg und hat kaum etwas erzählt. Er hatte nichts mehr, an dem er sich festhalten konnte. Als ich gehört habe, dass er gestorben ist, habe ich zuerst an einen Selbstmord gedacht. Obwohl …« Joachim Rolfs brach ab.

»Wann hatten Sie das letzte Mal Kontakt zu Ihrem Freund?«

»Das ist eine Weile her. Aber wo Sie mich jetzt fragen, es ging ihm da tatsächlich besser. Er war gut gelaunt und hatte Pläne. Deshalb war ich mir gerade auch nicht so sicher damit, dass Helmut sich selbst etwas angetan hat.« Er hielt inne. »Hat er ja auch nicht, wie ich jetzt weiß.«

»Wann hat dieses letzte Telefongespräch stattgefunden?«, fragte Jan.

»Da muss ich überlegen. Das ist viele Monate her. Es muss im Januar oder Februar gewesen sein. Aber sicher bin ich mir nicht.«

»Was hat Ihr Freund Ihnen erzählt?«

»Im Einzelnen weiß ich das nicht mehr so genau. Es war seine gute Stimmung, die mir in Erinnerung ist. Er hatte Pläne, wollte reisen und aus Rüschendorf wegziehen. Wäre es nicht Helmut gewesen, hätte ich gedacht, dass er verliebt ist.«

»War er es?«, fragte Hanna.

Joachim Rolfs warf ihr einen erstaunten Blick zu.

»Mit fünfundsiebzig? Liebe Frau, das wäre ja ziemlich kurios. Helmut war so ein Einsiedler geworden, ich glaube kaum, dass sich eine Frau für ihn interessiert hat.«

»Warum nicht?«, fragte Hanna.

»Wenn Sie das sagen.« Joachim Rolfs Stimme klang leicht spöttisch. »Helmut hat mir davon nichts erzählt. Und das hätte er bestimmt gemacht.«

Da bin ich mir nicht so sicher, dachte Jan und stellte seine nächste Frage: »Gab es keine konkreten Hinweise, warum es Ihrem Freund so gut ging?«

Joachim Rolfs zuckte mit den Schultern. »Ich kann Ihnen da wirklich nicht helfen. Vielleicht gab es sie und ich habe nur nicht so genau hingehört.«

»Verliebt?«, fragte Hanna, als sie zurück zum Wohnmobil gingen.

»Du hast ja schon vermutet, dass eine Frau involviert ist. Wie hast du es genannt?«

»Romance Scamming.«

»Ich dachte, dass in erster Linie Frauen davon betroffen sind.«

»Bei Frauen scheint die Masche besser zu funktionieren. Frag mich nicht, warum das so ist.«

Jan blieb stehen. »Männer denken vielleicht eher an Sex, wenn es um Frauen geht, und werden sich nicht so leicht online vertrösten lassen.«

»Und sie sind geiziger«, warf Hanna breit grinsend ein.

Jan schmunzelte. »Ja, das sind sie wohl.« Er zeigte in Richtung des Wohnmobils. »Wollen wir? Wo wohnt Frau Schwieters?«

»Diepholz. Zwanzig Kilometer Richtung Nordosten. Wer fährt?«

Eine halbe Stunde später fuhren sie auf die Kreisstadt zu. Hanna, die sich zuvor bei Frau Schwieters telefonisch angekündigt hatte, dirigierte Jan durch den Ort zu einer alten Wohnsiedlung am Rande von Diepholz. Sie hielten vor einem eineinhalbstöckigen Haus mit gepflegtem Vorgarten, stiegen aus und wurden, bevor sie klingeln konnten, von einer Frau Anfang siebzig an der Tür empfangen. Sie führte sie in ihre Wohnküche, die eine wohlige Wärme ausströmte. Eva Schwieters hatte alte und neue Möbel geschickt zu einer Einheit zusammengestellt, an der Wand hingen gerahmte Zeichnungen und Aquarelle, am Fenster eine Küchengardine mit Blätterstickereien.

»Ich habe Tee aufgesetzt. Möchten Sie auch eine Tasse?«, fragte Eva Schwieters.

»Gern«, sagte Jan. Sie setzten sich an einen alten Eichentisch, Eva Schwieters deckte auf und schenkte ihnen Tee ein, bevor sie sich zu ihnen an den Tisch setzte.

»Susanne hat mich über Helmuts Tod informiert«, sagte sie. »Aber warum interessiert sich die Polizei jetzt dafür?«

Jan erklärte ihr die Situation, Eva Schwieters hörte ihm mit weit aufgerissenen Augen zu und schien fassungslos über die Information zu sein. »Sind Sie sich ganz sicher? Helmut doch nicht. Wer sollte das …« Sie schluckte schwer.

»Seit wann kennen Sie Herrn Gepken?«, fragte Jan.

Eva Schwieters trank einen Schluck Tee, setzte die Tasse wieder ab und reagierte nicht. Nach einer Weile wiederholte Jan die Frage.

»Entschuldigung, ich war in Gedanken. Helmut ist ein sehr alter Freund von mir. Wir haben uns auf der Berufsschule in Vechta kennengelernt. Das war gleich zu Anfang. Seit der Zeit sind wir in Verbindung geblieben. Das ist jetzt über fünfzig Jahre her.«

»Sie waren ein Paar?«, fragte Hanna.

Eva Schwieters schüttelte unmerklich den Kopf, wandte sich aber nicht an Hanna, als sie antwortete. »Nein, das waren wir nie. Zumindest nicht wirklich.«

Jan gab Hanna einen unauffälligen Wink, sich zurückzuhalten, und wartete eine Weile, bevor er die nächste Frage stellte.

»Fünfzig Jahre – das ist eine lange Zeit für eine Freundschaft. Sie haben immer in Diepholz gewohnt?«

»Nein, nach der Lehre bin ich nach Hannover gezogen. Und später nach Berlin.« Sie sah sich im Raum um. »Das hier ist mein Elternhaus. Ich bin erst seit drei Jahren wieder hier.«

»Wir sind mit unseren Ermittlungen noch ganz am Anfang und versuchen gerade, uns ein Bild von Ihrem langjährigen Freund zu machen.«

Eva Schwieters nickte nachdenklich. »Er war ein sehr widersprüchlicher Mensch. Letztlich wie wir alle. Geprägt durch seine Kindheit und Jugend, die katholische Erziehung, das ganze Umfeld und vor allem durch die kaputte Beziehung zu seinem Vater.« Sie sah auf. »Was genau wollen Sie wissen und was soll das alles mit seinem … Tod zu tun haben? Ich verstehe das nicht.«

»Sie wissen sicher, dass Herr Gepken sehr zurückgezogen gelebt hat. Wir gehen davon aus, dass er den Täter kannte, und suchen in seinem Umfeld nach einem Motiv. Deshalb ist es so wichtig, dass wir Ihren Freund näher kennenlernen.«

Eva Schwieters ließ sich Zeit, bevor sie tief durchatmete und Jan direkt ansah. »Ja, ich habe natürlich mitbekommen, dass Helmut sich in seinem Elternhaus regelrecht verkrochen hat. Als sich Susanne von ihm getrennt hat, bin ich für eine Woche aus Berlin nach Damme gekommen, habe bei Helmut im Haus übernachtet und versucht, ihn …« Sie brach ab. »Ja, was eigentlich? Die eine Woche hat mich damals schon viel Überwindung gekostet. Ich hatte mit meinen Eltern gebrochen und habe die Gegend hier gemieden wie der Teufel das Weihwasser. Verrückt, oder? Anstatt mich dem zu stellen, bin ich weggelaufen. Aber gut, Sie wollen etwas über Helmut wissen und nicht über mein verkorkstes Leben.«

»Wir haben Zeit. Auch Sie waren ein Teil von Herrn Gepkens Leben«, warf Jan mit zurückhaltender Stimme ein.

»Ja, das ist wohl richtig. Aber ich habe wenig getan, habe mich zu viel mit meinen eigenen kleinen Problemen beschäftigt und nicht gesehen, wie es Helmut nach der Trennung ging. Nein, ich wollte es nicht sehen, weil ich wusste, was das bedeutet.«

»Hatte sich Ihr Freund nach der Woche, die Sie bei ihm verbracht haben, etwas stabilisiert?«, brachte Jan das Thema wieder auf Helmut Gepken.

»Etwas, ja. Er hat mir versprochen, wieder zur Arbeit zu gehen und auf sich aufzupassen. Ich wollte mich auch kümmern, aber als ich zurück nach Berlin kam …« Sie atmete schwer. »Meine langjährige Lebensgefährtin hat in den Tagen danach ihre Diagnose bekommen. Ein Tumor im Kopf. Zuerst hatten wir noch viel Hoffnung, aber …« Erneut brach sie ab und schwieg eine Weile. »Ich will mich nicht herausreden, aber zu dem Zeitpunkt, als mein, unser ganzes Leben zusammengebrochen ist, habe ich mich voll und ganz auf Julia konzentriert. Ich fürchte sogar, ich habe Helmut noch zusätzlich mit meinen Problemen belastet und ihm am Telefon etwas vorgeheult.«

»Sie müssen sich keine Vorwürfe machen. Das ist absolut verständlich, wenn Sie sich zuerst um Ihre Lebensgefährtin gekümmert haben.«

»Ja, vielleicht. Julia ist vor vier Jahren gestorben. Nach langer, schwerer Krankheit. Sagt man das nicht so?«

Jan nickte und schwieg.

»Ich habe eine Weile gebraucht, um wieder auf die Beine zu kommen. Mit viel Unterstützung von professioneller Seite und meinen Freunden. Sie waren da, als ich sie brauchte. Aber ich war nicht für Helmut da.«

Jan ließ ihr Zeit, wartete, bis sie weitersprach.

»Als ich nach Diepholz gezogen bin, habe ich natürlich Helmut besucht. Und bin aus allen Wolken gefallen. Die Jahre allein in diesem Haus hatten ihm nicht gutgetan. Ich habe ihn kaum wiedererkannt. Er war eigenbrötlerisch geworden, lebte vor sich hin, hatte kaum Kontakte nach außen. Das Internet war für ihn der Ersatz geworden. Ich habe ihn nicht gefragt, aber ich glaube, er hat die meiste Zeit vor dem Laptop verbracht.«

»Sie sind sicher, dass er einen Laptop hatte?«, fragte Jan, als Eva Schwieters in ihren Gedanken versunken schwieg.

»Auf jeden Fall. Ich habe ihn bei Helmut im Haus gesehen.«

»Ihr Freund hat also viel Zeit am Laptop verbracht. Blieb es dabei?«

Sie schüttelte mit dem Kopf. »Nein, ich habe ihn gedrängt, nach draußen zu gehen, sich nicht einfach aufzugeben. Vielleicht habe ich zumindest den Anstoß dafür gegeben, dass Helmut noch einmal neue Kraft geschöpft hat. Er hat im Haus einiges renoviert. Nur der alte Ohrensessel ist stehen geblieben. Der Sessel seines Vaters.« Sie hielt für einen Augenblick inne, sah Jan direkt an. »Ist das nicht verrückt, dass ein über Siebzigjähriger immer noch nicht mit seinem Vater ins Reine gekommen ist? Aber was rede ich da, ich habe auch eine Ewigkeit gebraucht, um meinen Eltern verzeihen zu können. Zum Glück war es noch rechtzeitig, bevor sie gegangen sind.«

»Ihr Freund lebte also auf? Kann ich das so verstehen?«

»Ja und nein. Ich bin nicht seine Therapeutin gewesen und auch nicht seine Betreuungsperson. Mal ein klares Wort zu einem Freund ist das eine, ihn ständig zu bemuttern oder gar zu bevormunden etwas ganz anderes. Trotzdem habe ich gehofft, dass ich Helmut mit unseren Gesprächen helfen würde.«

»Ich höre da ein *aber*?«

Eva Schwieters lächelte. »Sie sind ein aufmerksamer Zuhörer, Herr de Bruyn. Ja, es war eine Hoffnung und vielleicht hätte ich mehr tun müssen. Aber wäre das nachhaltig gewesen? Eine Veränderung des Lebens muss auch gewollt sein. Nur von außen kann das nicht funktionieren.«

»Wie häufig haben Sie später mit Ihrem Freund gesprochen oder ihn getroffen?«

»Telefoniert haben wir bestimmt alle zwei Wochen. Allerdings war fast immer ich es, die angerufen hat. Mal haben wir lange geredet, mal nur ein paar Worte. Das hing ganz von Helmuts Stimmung ab. Und natürlich auch von meiner. Getroffen haben wir uns nicht so häufig. Ich habe kein Auto, nicht einmal einen Führerschein. Mit dem Bus nach Damme und dann weiter nach Rüschendorf, das ist sehr umständlich und zeitaufwendig. Helmut hat mich aber hin und wieder besucht. Ich habe dann gekocht und wir haben lange Spaziergänge gemacht. Das hat uns beiden gutgetan.«

Eva Schwieters erzählte von Helmut Gepkens schwerer Kindheit, dem Vater, der dem Alkohol zugeneigt war und der Frau und Sohn tyrannisierte. Der kleine Helmut war mehrmals in der Woche von ihm geschlagen worden, viele Stunden im Monat musste er im dunklen Keller verbringen, in den ihn sein tobender Vater verbannt hatte. Seine Mutter konnte sich nur selten gegen ihren Ehemann durchsetzen, erst als Helmut größer wurde und seinen Vater um einen Kopf überragte, hörten die Schläge auf. Zu dem Zeitpunkt traten die Nebenwirkungen des Alkoholmissbrauchs immer deutlicher zutage. Helmut zog sich immer mehr zurück, hatte wenig Freunde und verließ nach der Ausbildungszeit das Elternhaus.

»Helmut hat mir nicht nur einmal seine Leidensgeschichte geschildert. Selbst vor zwei bis drei Jahren war das Thema auf unseren langen Spaziergängen immer präsent. Seine Kindheit und Jugend haben Helmut viel mehr geprägt, als er sich eingestanden hat. Dass er schließlich ausgerechnet mit Susanne zusammengekommen ist, hat auch damit zu tun.«

»Inwiefern?«, fragte Jan.

»Er hat in ihr jemanden gefunden, den er beschützen konnte. Bei seiner Mutter war er machtlos, aber Susanne hat er vor dem Unheil von außen abgeschirmt. Den Drogen, ihrem Zuhälter und den Freiern.«

»Frau Gepken war als Sexarbeiterin tätig?«, fragte Jan erstaunt.

»Ach, hat sie Ihnen das nicht erzählt? Gut, so ganz freiwillig wird das damals nicht gewesen sein. Sie war drogenabhängig und ist in einen Strudel von Gewalt und Abhängigkeiten hineingeraten. Das hat Helmut an seinen gewalttätigen Vater erinnert, der seine Mutter wie Dreck behandelt hat.« Eva Schwieters hielt kurz inne. »Das war keine Liebe zwischen Helmut und Susanne. Sozusagen eine eingebildete Liebe. Ein Wunder, dass sie so lange gehalten hat.«

»Wir haben einige Zeugenaussagen, dass sich Herr Gepken im letzten halben Jahr verändert habe«, sagte Jan. »Ist Ihnen das auch aufgefallen?«

»Vor einem halben Jahr? Nein, sein Wandel fing schon früher an. Das habe ich Ihnen doch bereits erzählt. Wer hat das gesagt? Susanne? Sie hat doch kaum Kontakt zu Helmut gehabt. Zumindest keinen echten.«

»Die Frage ist, ob Herr Gepken in den letzten zwölf bis achtzehn Monaten jemanden kennengelernt hat«, konkretisierte Jan seine Frage. Er wunderte sich, dass Eva Schwieters so abweisend reagierte. War ihr Freund in den letzten Monaten doch nicht so offen zu ihr gewesen, wie sie es glaubte?

»Eine Frau?«, fragte Eva Schwieters.

»Ja.«

»Davon wüsste ich. Nein, Helmut hat niemanden kennengelernt.«

Acht

Hanna

Zwei Stunden, nachdem sie das Haus von Eva Schwieters betreten hatten, verließen sie es wieder. Hanna setzte sich ans Steuer und fuhr langsam aus der Stadt hinaus.

»Ganz so ohne Kontakte war unser Mann doch wohl nicht«, sagte Hanna, als sie die Umgehungsstraße von Diepholz erreicht hatten.

Jan nickte, antwortete aber nicht. Hanna wusste, dass er gerade das Gespräch noch einmal im Kopf durchging. Oder, wie er es formulieren würde, auf der Gefühlsebene nachempfand, um einen Weg tief hinter die eigentlichen Worte zu finden.

Nach weiteren zehn Minuten sah Jan auf. »Was hattest du vorhin gefragt?«

»Nicht so wichtig. Was sagst du jetzt zu Helmuts alter Freundin?«

»Eva Schwieters hat ihren Freund nicht so gerne mit anderen Menschen geteilt.«

»So kann man es auch ausdrücken.«

»Sie war kein Klammeraffe, wenn du das vermutest. Das war schon eine echte, tiefe Freundschaft. Beide haben auf ihre Weise mit ihrer Kindheit und Jugend gehadert. Mit Recht übrigens. Das schweißt zusammen. Auf jeden Fall hat sie mir wertvolle Hinweise zu Helmut Gepken gegeben.«

»Hunger?«, fragte Hanna. Als Jan nickte, schlug sie ein türkisches Restaurant vor, an dem sie auf der Hinfahrt in Steinfeld vorbeigefahren waren.

Eine halbe Stunde später saßen sie in dem kleinen Lokal, bekamen einen Döner Kebab und ein alkoholfreies Bier serviert.

»Guten Appetit«, sagte Jan und griff nach seinem Döner.

Schweigend aßen sie und bestellten sich anschließend einen Espresso.

»Warum hat sich Helmut Gepken nach der Trennung in dieses Dorf zurückgezogen?«, fragte Hanna. »Okay, seine Welt ist zusammengebrochen, aber eine Trennung ist doch kein Grund, sich aufzugeben?«

»Das kommt darauf an«, sagte Jan. »Wenn der einzige Lebensinhalt von jetzt auf gleich wegfällt, kann das Leben zur Qual werden.«

»Für ein paar Wochen oder auch Monate. Aber dann …«

Ihr Espresso wurde serviert. Jan bedankte sich und bat darum, bezahlen zu können. Die junge Frau nickte und ging zurück zum Tresen.

»Warum hat Gepken sich gerade in eine Frau verliebt, die drogenabhängig ist und in einer absoluten Zwangslage steckt?«

Hanna zuckte mit den Schultern. »Sie musste ihm auf ewig dankbar sein?«

Jan nickte. »Er war der Starke, hat sie aus der Gosse geholt und ihr ein neues Leben gegeben. Seine Mutter hat ihn nicht beschützen können, sein Vater hat ihn tausendfach verraten und ihm immer wieder gezeigt, wie schwach und klein er ist. Beide haben ihn auf ihre Art alleingelassen und verletzt. Er hatte das Gefühl, nicht geliebt zu werden, mehr noch, es nicht wert zu sein, geliebt zu werden. Liebe heißt Vertrauen, Respekt, Kommunikation auf Augenhöhe. Das hat er nie gelernt. Helmut

Gepken hat der jungen Susanne geholfen, aber es ging nicht um sie, sondern um ihn. Sie war sein Lebensprojekt. Aber konnte er je vergessen, was sie gewesen ist? Eine Frau, die ihren Körper verkauft? Die so schwach ist, dass sie drogenabhängig wurde? Die sich einem Zuhälter untergeordnet hat? Hat er sich selbst befreien wollen, als er sich um sie gekümmert hat?« Er hielt kurz inne. »Erinnerst du dich, weshalb Frau Gepken so lange bei ihm geblieben ist?«

»Weil er sie gerettet hat«, sagte Hanna. »Aber was heißt das jetzt für unsere Ermittlungen?«

»Helmut Gepken ist wahrscheinlich einem Menschen begegnet, der in ihm genau dieses Gefühl erneut ausgelöst hat. Er hilft ihr oder ihm und wird dafür geliebt.«

»Er ist also das klassische Opfer für einen Romance Scam.«

»Könnte man so sagen. Aber wir sollten uns nicht ausschließlich auf die professionelle Variante konzentrieren. Diese Art der Beziehung zwischen zwei Menschen kann auch in ganz normalen, analogen Begegnungen stattfinden. Es ist keine bezahlte Liebe im eigentlichen Sinn – wie bei der Sexarbeit –, sondern ein Aufeinandertreffen von zwei Menschen, die Liebe unterschiedlich definieren.«

Hanna musste unwillkürlich an ihre sexuellen Beziehungen in den letzten Jahren denken. Hatte sie diese Männer ausgenutzt, mit ihren Gefühlen gespielt? Mit manchen von ihnen vermutlich ja, andere waren auch nur auf einen One-Night-Stand aus gewesen. Auch sie hatte ihre Bedürfnisse in den Vordergrund gestellt und ohne Wenn und Aber durchgesetzt. Hatte sich das mit Jan geändert? Was machte ihre Beziehung aus?

»So nachdenklich?«, fragte Jan.

»Nicht wirklich«, wich Hanna seiner Frage aus. »Hilft uns deine Analyse jetzt weiter? Du gehst also davon aus, dass wir eine Frau suchen.«

Die junge Frau trat an ihren Tisch, Jan bezahlte und bedankte sich. »Lass uns zum Wohnmobil gehen.«

Kurz darauf fuhren sie aus Steinfeld heraus Richtung Damme.

»Um auf deine Frage im Restaurant zurückzukommen: Ja, ich gehe davon aus, dass wir nach einer Frau suchen. Alter zwischen dreißig und fünfzig Jahren, praktische Kenntnisse im Pflege- oder Gesundheitsbereich, alleinstehend oder in einer losen Beziehung, aus Norddeutschland, unter Umständen aus der Umgebung von Rüschendorf.«

Hanna, die am Steuer des Wohnmobils saß, warf ihm einen kurzen Blick zu. »Umgebung? Direkt aus dem Dorf?«

»Das vermutlich nicht. Aber zieh einen Kreis von dreißig Kilometer um den Dümmer See.«

»Das würde bis Osnabrück reichen«, warf Hanna ein. »Und wie sind die beiden in Kontakt gekommen? Gepken ist doch kaum aus dem Haus gegangen. Online? Bei dem Altersunterschied?«

»Laut Eva Schwieters hat sich Helmut Gepkens Verhalten in den letzten zwei Jahren zum Positiven geändert. Vielleicht hat er sich irgendwo ehrenamtlich betätigt und darüber den Kontakt bekommen.«

»Die Kollegen haben im Haus nichts gefunden, was darauf hinweist«, warf Hanna ein.

»Online wäre auch möglich. Aber warten wir ab, was uns die Daten des Handyproviders verraten.«

Zurück in Damme rief Jan seine E-Mails ab, fand die Nachricht von Susanne Gepken, die ihm die angekündigten Mails ihres Ex-Mannes weitergeschickt hatte.

Nachdem Hanna und er die Befragungsprotokolle geschrieben hatten, machte sich Hanna allein auf den Weg zu Klaus Stoever, der dritten Person, die Susanne Gepken ihnen genannt hatte.

Stoever wohnte in Rüschendorf, war achtundsechzig Jahre alt und Leiter eines örtlichen Vereins, der sich um karitative Aufgaben in der Gemeinde kümmerte. Er empfing Hanna in seinem Haus und führte sie in die Küche, in der bereits die Teekanne auf dem Tisch stand.

Nachdem sie Stoever erklärt hatte, dass sie die Umstände von Gepkens Tod untersuchen würden, fragte sie nach seinem letzten Kontakt zu Helmut Gepken.

»Als Helmut zurück in sein Elternhaus gezogen ist, haben wir uns häufiger am Sonntag in der Kirche gesehen. Wir sind zwar nicht der gleiche Jahrgang, aber unsere Väter waren befreundet. Sie waren zusammen im Krieg und einige Jahre sogar zur gleichen Zeit in Frankreich stationiert. Also in der gleichen Einheit.«

Hanna machte sich eine Notiz: »2. Weltkrieg – Frankreich – Gepken und Stoever.«

»Sie haben auch zusammen im örtlichen Fußballverein gespielt und waren beide in der freiwilligen Feuerwehr aktiv. Ich habe Helmut nach einer der Sonntagsmessen angesprochen, ob er nicht mit zum Frühschoppen gehen will. Er ist mitgekommen und wir haben uns eine ganze Weile unterhalten. Sie müssen wissen, dass meine Frau früh an Krebs gestorben ist und ich von daher verstehen konnte, wie Helmut sich gefühlt haben muss, als seine Frau ihn verlassen hat.«

Hanna nickte. Die Trennung der Eheleute schien sich blitzschnell im Ort herumgesprochen zu haben. Wahrscheinlich waren sich auch alle einig, wem dafür die Schuld zu geben war.

»Man konnte ja von Weitem sehen, wie sehr Helmut gelitten hat. Nun gut, über seine Frau und ihre Vergangenheit gab es so einige Gerüchte. Ich halte mich aus solchen Dingen heraus, aber wenn nur ein kleiner Teil davon wahr ist, ist es kein Wunder, dass sie Helmut verlassen hat.«

Sieh an, dachte Hanna. *Hier bleibt so schnell nichts geheim. Sodom und Gomorra in Rüschendorf. Da hat Susanne Gepkens Geschichte wohl über Wochen oder Monate für reichlich Gesprächsstoff gesorgt.*

»Herr Gepken ist also zusammen mit Ihnen einen trinken gegangen«, sagte Hanna, die kurz davor war, die Befragung abzubrechen.

»Der Frühschoppen hat bei uns eine lange und gute Tradition. Ein Bier am Sonntagvormittag und ein gutes Gespräch unter Freunden. Das sollte erlaubt sein, oder?«

»Worüber haben Sie gesprochen?«, wich Hanna seiner Frage aus.

»Über dies und das. Und natürlich über unsere Väter. Das war noch eine andere Generation. Der Krieg und die Entbehrungen haben sie geformt. Nicht immer zum Guten. Ich habe Helmut dann eingeladen, bei uns im Verein mitzumachen. Er ist ein paar Monate später auch gekommen, hat dann aber nur sehr unregelmäßig an einigen Treffen teilgenommen. Manchmal hatte ich den Eindruck, dass er nicht gerne unter Menschen ist. An unseren ehrenamtlichen Einsätzen in der Gemeinde hat Helmut aber leider nie teilgenommen. Schade eigentlich. Helmut war doch einer von uns.«

»Gab es einen Grund dafür, dass Herr Gepken nicht auf Dauer bei Ihnen mitgemacht hat?«

Klaus Stoever zögerte die Antwort lange hinaus. »Man steckt ja nicht so drin in einem Menschen. Von den Gerüchten habe ich Ihnen ja bereits erzählt – es mag sein, dass Helmut davon etwas mitbekommen hat. Über Helmut selbst habe ich aber nie ein böses Wort gehört. Vielleicht … also es mag sein …« Er brach ab.

Hanna horchte auf. Gab es weitere Gerüchte? »Ja?«

»Ach, das sind uralte Geschichten. Helmuts Vater soll im Krieg … – also nicht in Frankreich, wo er einige Zeit mit meinem Vater zusammen stationiert war, das muss in den ersten Jahren des Krieges gewesen sein. In Polen und Russland. Von Kriegsverbrechen war die Rede, aber ich glaube nicht, dass da etwas dran ist. Und wenn, Erich Gepken weilt seit Langem nicht mehr unter uns und hat sich in der Gemeinde nie etwas zuschulden kommen gelassen.«

»Wissen Sie mehr über die mutmaßlichen Kriegsverbrechen von Herrn Gepkens Vater?«, fragte Hanna, die nicht länger um den heißen Brei herumreden wollte.

»Ich weiß ja nicht einmal, was genau passiert sein soll. Es war aber die Rede von Erschießungskommandos, an denen Helmuts Vater als Soldat beteiligt gewesen sein soll. Das waren aber alles Gerüchte, die ich auch, wenn ich Wind davon bekommen habe, immer sofort unterbunden habe. Das interessiert heutzutage doch niemanden mehr und bringt nur böses Blut. Wir leben in einer anderen Zeit. Damals sind schreckliche Dinge passiert – das wissen wir alle –, aber sie werden sich nicht wiederholen.«

Hanna konnte nur mit Mühe eine bissige Bemerkung unterdrücken. Auch Klaus Stoever musste mitbekommen haben, dass in Europa und auch in Deutschland politische Bewegungen entstanden waren, die keine Lehren aus der Vergangenheit gezogen hatten.

»Haben diese Gerüchte Herrn Gepken erreicht?«

Klaus Stoever zuckte mit den Schultern. »Das mag sein. Ich kann das weder bestätigen noch verneinen.«

»Selbst wenn diese Gerüchte vor zehn Jahren aufgekommen sind, ging es um Geschehnisse, die zu dem Zeitpunkt schon siebzig Jahre zurücklagen. Wie kom…«

»Genau meine Meinung«, fiel Klaus Stoever Hanna ins Wort. »Das ist alles lange her, die angeblich Beteiligten sind längst tot und niemand kann mehr mit Sicherheit sagen, was damals genau passiert ist.«

»Meine Frage ist, wie sich die Gerüchte so lange halten konnten. Schon gar, weil es sich bei Helmut Gepken um den Sohn handelt und ihn ja wohl kaum eine Mitschuld an den Handlungen seines Vaters trifft.«

Klaus Stoever schenkte Hanna und sich Tee nach, ließ sich Zeit für eine Antwort. »Manche Gerüchte werden über Generationen weitergegeben. Nicht alle Menschen waren während dieser schrecklichen Zeit für die gottlosen Verbrecher, die selbst keinen Halt vor der katholischen Kirche machten. Es gab durchaus andere Meinungen, auch wenn das zu der Zeit nur im Geheimen gelebt werden konnte. Menschen wurden denunziert und kamen ins Gefängnis oder gar ins KZ. Vielleicht haben Sie schon einmal von dem Kreuzkampf im Oldenburger Land gehört.«

»Ich meine schon«, sagte Hanna, die keinen blassen Schimmer hatte, von was Klaus Stoever gerade sprach.

»Das war 1936 eine Protestbewegung gegen die gottlosen Nationalsozialisten, die uns das Kreuz wegnehmen wollten. Sie haben den Erlass zurückgenommen, aber ein Jahr später kamen sie zurück und haben wahllos Menschen verhaftet und ins KZ gesteckt. Das hat jetzt alles nichts mit Helmuts Vater zu tun. Ich wollte nur klarmachen, wie stark der Katholizismus im Oldenburger Münsterland verwurzelt ist.«

»Sie vermuten also, dass Helmut Gepken auch wegen dieser Gerüchte nicht dauerhaft im Verein mitgemacht hat?«

»Nein, das glaube ich nicht. Wahrscheinlich hat er da gar nichts von mitbekommen. So ist es doch mit Gerüchten: Die Betroffenen erfahren davon als Letzte.«

Neun

Jan

Jan las die erste von vierzehn Mails, die Susanne Gepken ihm in einer einzigen Mail-Nachricht zusammenkopiert und mit einer Notiz des Versendetages versehen hatte. Die Antworten oder der vorherige Mailverlauf wurden so nicht mitübertragen. Jan fragte sich, ob Susanne Gepkens Antworten doch distanzierter gewesen waren, als sie hatte zugeben wollen.

Helmut Gepken hatte die E-Mails fünf Jahre nach seinem Umzug nach Rüschendorf geschrieben. Schon in den ersten Zeilen war seine Unsicherheit zu spüren, ob die Kontaktaufnahme nach den vielen Jahren des Schweigens der richtige Schritt war. Er erkundigte sich, ob es seiner Ex-Frau gut gehe, und entschuldigte sich dafür, dass er sich nicht früher gemeldet habe. Weiter schrieb er über sein, wie er es nannte, neues Leben und verlor sich dann in Allgemeinplätzen. Weder erwähnte er, dass es ihm schwergefallen war, ins Elternhaus zurückzuziehen noch dass er in den Jahren nur wenige Kontakte geknüpft hatte. Einzig Klaus Stoever bezeichnete er als alten Bekannten, der ihn dazu ermutigt habe, sich sozial zu engagieren.

Am Schluss der Mail wünschte er sich, wieder Kontakt zu seiner Ex-Frau zu haben, und hoffte, dass sie ihm nicht verübelte, dass er sie angeschrieben habe.

Jan ging zur nächsten Mail, die drei Monate nach der ersten verschickt worden war. Hier bezog sich Helmut Gepken auf Susannes Antwort, die zu dem Zeitpunkt erst wenige Tage vorher bei ihm eingetroffen war.

Da Susanne Gepken lediglich die Mails ihres Ex-Manns geschickt hat, konnte Jan nur mutmaßen, was sie ihm nach drei Monaten geantwortet hatte.

Liebe Susanne, ich habe mich sehr über deine Mail gefreut. Noch mehr freut es mich, dass es dir so gut geht und du auch finanziell unabhängig bist. Ich war leider nicht so klug, das Geld aus dem Hausverkauf gewinnbringend anzulegen.

Du fragst, wie es mir wirklich geht. Darüber habe ich in den letzten zwei Tagen lange nachgedacht. Es ist tatsächlich so, dass ich dir nicht alles erzählt habe. Ich wollte dich nicht mit meinen kleinen (und manchmal auch großen) Problemen belasten. Wäre das nicht ein schlechter Neustart für uns gewesen?

Ja, wie geht es mir? Inzwischen habe ich mich eingewöhnt in diesem Haus, das so viele schlechte Erinnerungen für mich bereitgehalten hat. Warum ich gerade zurück nach Rüschendorf gezogen bin, fragst du. Auch darüber habe ich in den letzten zwei Tagen nachgedacht. Und bin zu keinem Ergebnis gekommen. Es war – so habe ich es mir zumindest eingeredet – doch die naheliegendste Option. Du weißt vielleicht noch, dass das Haus seit dem Tod meiner Eltern leer stand. Nun ja, ich habe es wohl als einen Wink des Schicksals angesehen und bin dann den Weg gegangen. Vielleicht war es in der damaligen Zeit auch die einfachste und schnellste Lösung. Ich war sehr durcheinander und konnte mich einfach nicht aufraffen, mir eine neue Wohnung zu suchen.

Sicher lächelst du gerade, wenn du meine Zeilen liest, und denkst, dass ich schon immer nicht so entscheidungsfreudig war. Das ist auch so geblieben – ich fürchte sogar, dass ich noch vorsichtiger geworden bin. Ich müsste dringend etwas im Haus renovieren. Das Wohnzimmer ist eine Katastrophe. Die alten Tapeten müssen ab und die Möbel sind auch nicht mehr die neusten. Wer weiß, vielleicht gehe ich da in den nächsten Monaten tatsächlich ran. Zeit genug habe ich ja.

Hast du etwas von unserem Sohn gehört? Christian meldet sich so selten bei mir. Besucht hat er mich noch nicht ein Mal in Rüschendorf. Es liegt wohl nicht auf der Strecke.

Ansonsten geht es mir gut, meistens zumindest. Ich muss raus aus dem Haus, aber das ist leichter gesagt als getan. Du brauchst dir aber wirklich keine Sorgen um mich zu machen. Ich komme gut zurecht.

Es wäre schön, wenn wir uns hin und wieder schreiben könnten. Du hast ja jetzt meine E-Mail-Adresse und kannst mich darüber jederzeit erreichen. Ich würde mich sehr freuen, wenn du dich wieder meldest.

Dein Helmut

Jan wechselte zur nächsten Mail. Helmut Gepken hatte sie vier Monate nach der letzten geschrieben. Aus dem Text konnte Jan herauslesen, dass Gepkens Ex-Frau auf seine zweite Mail nicht geantwortet hatte. Gepken fragte, wie es ihr gehen würde, da er so lange nichts von ihr gehört habe. Er schrieb, dass er jetzt endlich das Wohnzimmer renoviert und neue Möbel bestellt habe, die in ein bis zwei Monaten geliefert werden würden. Auch im Garten habe er das Unkraut entfernt und den Rasen neu ausgesät.

Die E-Mail war kurz und endete damit, dass er sich freuen würde, wenn sie in Kontakt bleiben würden.

Jan nahm sich die nächste Mail vor, die nur einen Monat später verschickt worden war. Susanne Gepken schien geantwortet zu haben, auch wenn Jan vermutete, dass die Nachricht nur kurz gewesen war. In Helmut Gepkens Antwort war herauszuhören, wie froh er war, dass der Kontakt nicht abgerissen war. Er schilderte ausführlich seine Arbeit im Garten, der er sich mindestens dreimal in der Woche widmete, sprach von seinem Auto, mit dem er dringend zur TÜV-Abnahme fahren musste, und schrieb von langen Spaziergängen rund um den Dümmer See.

Jan machte sich Notizen, las die nächsten sechs Mails, die über einen Zeitraum von vier Jahren geschrieben worden waren. Der Ton in den Schreiben änderte sich nach und nach. Helmut Gepken gab hier und da preis, dass er mit der einen oder anderen Angelegenheit überfordert war und zunehmend an seiner Situation verzweifelte. Dabei sprach er seine Probleme nicht direkt an, sondern ließ sie in Nebensätzen einfließen, die er in aller Regel gleich darauf relativierte.

Jan ging schließlich zur elften Mail und sah sofort, dass sich etwas geändert hatte. Der Abstand zur zehnten Nachricht betrug elf Monate, sie war am Tag vor Heiligabend verschickt worden.

Liebe Susanne,
ich wünsche dir frohe und erholsame Weihnachten und einen guten Rutsch ins neue Jahr.

Wird Christian dich besuchen? Ich habe schon wieder über ein Jahr nichts mehr von ihm gehört. Dabei ist es nicht einmal so, dass wir uns am Telefon gestritten hätten oder auch nur irgendein schlimmes Wort gefallen wäre. Die Gespräche waren vielleicht nicht so herzlich, wie ich es mir gewünscht hätte, aber trotzdem war ich jedes Mal froh, wenn wir ein paar Worte miteinander gewechselt haben.

Du hast doch ein viel besseres Verhältnis zu ihm. Sag mir ehrlich, was habe ich falsch gemacht, dass mein Sohn fast ein Jahr lang keine Zeit für mich hat? Ich will doch gar nicht, dass er mich zu Weihnachten besucht oder mich jede Woche anruft, aber ich bin doch sein Vater.

Entschuldige, dass ich so herumjammere. Und das direkt vor Heiligabend. Das ist eigentlich gar nicht meine Art. Oder kommen einem diese Gedanken gerade zu Weihnachten? Ja, vielleicht. Es tut weh, so alleine zu sein und nicht einmal von seinem Sohn beachtet zu werden. Habe ich selbst schuld? War ich zu wenig für ihn da? Konnte ich ihm zu wenig Liebe schenken? Ich verstehe es einfach nicht.

Es tut mir leid, dass ich dich damit behellige. Ich weiß ja, dass Christian eine anstrengende und zeitraubende Arbeit hat. Wenn ich ihn anrufe, springt immer der Anrufbeantworter an. Ich habe ihm schon einige Mal aufs Band gesprochen, aber zu sehr drängen will ich ihn auch nicht. Es ist wohl am besten, wenn ich abwarte. Was meinst du?

Ich habe mir übrigens zum ersten Mal in meiner neuen (alten) Heimat einen Weihnachtsbaum gekauft. Er ist nicht sehr groß, aber für mich reicht er allemal. Es ist schön, hier abends zu sitzen, die Lichter am Baum sind an und leise Musik läuft im Hintergrund. Ich frage mich dann, warum ich das zu unserer Zeit nicht genießen konnte. Nicht, dass du denkst, dass ich dir das anlaste. Ganz im Gegenteil. Du hast dir für die Bescherung am Heiligabend immer so viel Mühe gegeben. Allein, wie du den Baum jedes Jahr geschmückt hast … Das bekomme ich so nicht hin. Leider.

Auch jetzt, wo ich dir schreibe, sitze ich im Wohnzimmer, die Musik läuft und der Baum leuchtet. Wenn es jetzt noch schneien würde, wäre die Romantik perfekt.

Liebe Susanne, ich hoffe, du hast erholsame Feiertage vor dir und auch noch ein paar freie Tage bis Silvester. Lass es dir gut gehen, und falls du Zeit hast, können wir uns im nächsten Jahr vielleicht in Bramsche treffen. Das wäre wunderbar.

Liebe Grüße

Helmut

Jan las die Mail ein zweites und drittes Mal durch und machte sich Stichpunkte. Bisher wurden seine Annahmen über Helmut Gepkens Verfassung nach der Scheidung mehr als bestätigt.

Er wechselte zur nächsten Mail, die auf Anfang Mai datiert war, und las. Susanne Gepken schien ihrem Ex-Mann erst nach Monaten geantwortet zu haben und nicht auf seine Themen eingegangen zu sein. Helmut Gepken schwärmte von seinem Garten, der nach seiner Auskunft in voller Blüte stand, und vermittelte den Eindruck, als habe es die Weihnachtsmail nie gegeben. Er fragte ein weiteres Mal, ob sie sich in Bramsche oder am Dümmer See treffen wollten, und schlug einen Termin Anfang Juni vor.

Jan griff auf die dreizehnte Mail zu, die Mitte Juni geschrieben worden war. Helmut Gepken bedankte sich bei seiner Ex-Frau dafür, dass sie sich mit ihm am Dümmer See getroffen hatte. Aus dem Text ging hervor, dass sie einen langen Spaziergang und anschließend in einem Café Pause gemacht hatten. In der Mitte der Mail ging Gepken auf das Gespräch während des Spaziergangs ein.

… Ich habe in den letzten Tagen viel darüber nachgedacht, was wir auf dem Spaziergang besprochen haben. Du meinst, dass ich nie nach Rüschendorf in mein Elternhaus hätte zurückziehen dürfen und dass ich hier vereinsame. Ich glaube nicht, dass das eine etwas mit dem anderen zu tun hat. Rüschendorf ist ein guter Platz, um seinen Lebensabend zu verbringen. Der Ort ist nicht zu klein, aber auch nicht zu groß. Man kennt die Menschen, man grüßt sich hier noch, geht sonntags in die Kirche und kümmert

sich um die Leute in der Umgebung. Das ist die eine Seite, die ich auch sehr mag. Es ist aber nicht nur gut, dass jeder jeden kennt. Es wird viel geredet. Auch über mich und meine Familie. Damit meine ich meinen Vater. Dieses nicht totzukriegende Gerücht, dass er während des Krieges an Erschießungskommandos in Polen und Russland beteiligt war, ist wieder hochgekocht. Allen Ernstes gibt es hier Menschen, die mir das anlasten. Als wäre ich dabei gewesen oder müsste die Verantwortung für etwas übernehmen, was mein Vater getan hat. Dabei sind das alles nur haltlose Gerüchte. Und was noch schlimmer ist als diese Polensache, jetzt wird meinem Vater auch noch vorgeworfen, dass er Menschen in Deutschland denunziert haben soll, die anschließend ins KZ gekommen sind. Kannst du dir das vorstellen?

Aber ich schweife ab. Es geht ja um mich und dass ich mich, wie du es genannt hast, zu sehr in mein Schneckenhaus zurückziehe. Ja, vielleicht hast du sogar recht und ich sollte etwas ändern. Es ist ruhig um mich herum geworden. Seit ich in Rente bin, habe ich Tag für Tag mehr das Gefühl, dass ich nicht hierhergehöre in diese Welt, diese laute Welt, der man so viel geben muss und von der man so wenig bekommt. Ich komme mir vor wie ein Fremdkörper, der abgestoßen werden muss. Bin ich kein Teil dieser Welt mehr? Bin ich überflüssig? Was kann ich der Welt noch geben oder sie mir?

Mir gehen so viele Gedanken durch den Kopf, die ich nicht ordnen kann. Sie ziehen an mir vorbei, als wäre ich ein achtlos am Wegesrand vergessener Gegenstand. Werde ich langsam verrückt?

Nein! Ich will wieder leben, ich sein und nicht der Sohn meines Vaters. Ich habe genug unter diesem Menschen gelitten, mein halbes Leben lang, vielleicht sogar mehr. Verfolgt er mich immer noch?

Du siehst, Susanne, ich mache mir viele Gedanken über das, was ist und wie es mit mir weitergehen soll. Ich weiß nur nicht, ob ich die Kraft habe, noch einmal von vorne anzufangen. Bin ich nicht zu alt dafür? Ich werde nicht ewig leben. Aber vielleicht noch fünf oder zehn Jahre. Reicht die Zeit für einen Neuanfang?

Liebe Susanne, danke für das lange Gespräch, das in mir so viel ausgelöst hat. Ich sitze in meinem Garten und träume von einer neuen Zeit. Vielleicht begegne ich ja noch einmal einem Menschen, der mich auf meinen letzten Wegen begleitet.

Liebe Grüße

Helmut

Jan starrte nachdenklich auf den Bildschirm. Damit, dass Helmut Gepken sich so intensiv mit seiner Situation auseinandergesetzt hatte, hatte er gerechnet.

Er öffnete die letzte Mail, die im Dezember des gleichen Jahres geschrieben worden war. In der Zwischenzeit schienen die Ex-Eheleute sich weder geschrieben noch persönlich gesehen zu haben. Gepken schrieb über seinen Sommer in seinem Garten, über seine Pläne, eine längere Reise zu machen, und dass er inzwischen neue Kontakte geknüpft habe. Der Ton der Nachricht war positiver als alle zuvor, auch wenn zwischen den Zeilen leichter Zweifel mitschwang.

Jan ging noch einmal im Schnelldurchgang die Mails durch und notierte sich einzelne Passagen in seinem Notizbuch. Auf dem Weg zur Teeküche kam ihm Hanna entgegen.

Zehn

Hanna

Pünktlich um siebzehn Uhr saßen Hanna und Jan mit der kleinen SoKo zusammen. Stefan Böhmer, einer der beiden Oberkommissare, berichtete von ihren Befragungen in Rüschendorf.

»Wir kommen erheblich langsamer voran als gedacht. Nur wenige Personen waren bereit, über Helmut Gepken zu sprechen. Viele geben an, dass sie ihn nur vom Sehen kannten oder aus Zeiten, als er noch bei seinen Eltern gewohnt hat. Interessant waren allenfalls die Befragungen in unmittelbarer Nähe von Gepkens Haus. Helmut Gepken kaufte beim örtlichen Lebensmittelhändler ein, wurde regelmäßig beim Kirchgang gesehen und bei Spaziergängen in der Umgebung. Mehr als einen Gruß hat kaum jemand mit ihm gewechselt.«

»Habt ihr etwas zu Gerüchten über den Vater von Helmut Gepken gehört?«, fragte Hanna.

»Dazu wollte ich gerade kommen. Von einer älteren, sehr redseligen Dame haben wir erfahren, dass seit Jahrzehnten hinter vorgehaltener Hand über die Familie geredet wird. Erich Gepken, der Vater von Helmut Gepken, soll ein eingefleischter Nazi gewesen sein, der, nachdem er aus dem Krieg und der

Gefangenschaft zurückkam, von nichts wissen wollte. Auch war die Rede von Kriegsverbrechen, an denen er beteiligt gewesen sein soll. Wir haben dann weitergefragt – was wie gesagt nicht so einfach war – und haben diese Gerüchte von einigen bestätigt bekommen. Allerdings wusste angeblich niemand Genaueres. Wenn ich die bisherigen Befragungen zusammennehme und auch zwischen den Zeilen lese, war Helmut Gepken nicht integriert in der Gemeinde. Und das, obwohl er in Rüschendorf geboren und aufgewachsen ist und seit über zwölf Jahren wieder dort lebt.«

»Mich interessieren die Gerüchte um Gepkens Vater«, sagte Jan. »Konntet ihr die lokalisieren? Aus welcher Richtung kamen sie?«

»Leider nein«, antwortete der Oberkommissar. »Ich habe mich auch gewundert, dass sich das Gerücht über so lange Zeit gehalten hat. Auch hatte ich den Eindruck, als würde noch mehr dahinterstecken. Helmut Gepken selbst ist ja erst 1949 geboren, kann also nichts mit der Nazi-Zeit zu tun haben.«

»Ich habe bei einer Befragung auch von den Gerüchten gehört«, sagte Hanna. »Wir sollten da etwas tiefer bohren. Ich könnte mich darum kümmern.«

Jens Bölscher nickte. »Eine gute Idee.« Er wandte sich an Stefan Böhmer. »Michael und du setzt die Befragungen vor Ort fort. Ein weiterer Tag sollte reichen.« Er sah auf seine Notizen. »Die Bankunterlagen sind vor gut einer Stunde gekommen. Ich habe sie einmal quergelesen. Interessant ist, dass Gepken in den letzten sieben Monaten mehrfach dreißig- bis vierzigtausend Euro in bar abgehoben hat – insgesamt beläuft sich der Betrag auf hundertsechzigtausend Euro, die er auf einem Tagesgeldkonto liegen hatte. Vermutlich stammt das Geld aus dem Hausverkauf nach der Scheidung.«

»Gibt es Hinweise, wofür er das Geld gebraucht hat?«, fragte Michael Harms. »Hat er Handwerker schwarz bezahlt?«

Jens Bölscher schüttelte den Kopf. »Nach unseren Recherchen gab es keine größeren Arbeiten am Haus oder Garten, die Gepken hätte bezahlen müssen. Weder sein Sohn noch seine Ex-Frau haben laut deren Aussagen Geld von ihm bekommen.«

Jan meldete sich zu Wort. »Im Gegenteil, Gepken hat bei seinem Sohn angefragt, ob er ihm Geld leihen kann.«

»Das deutet stark darauf hin, dass Helmut Gepken einer Person Geld geliehen oder geschenkt hat«, brachte der SoKo-Leiter die Fakten auf den Punkt. »Das wäre ein starkes Motiv, sollte Gepken sein Geld zurückgefordert haben und die Person Angst haben, dass sie von ihm angezeigt wird. Leider haben wir bisher keine Hinweise auf eine solche Person.« Er wandte sich an Finn Eilers. »Bist du weitergekommen mit deinen Recherchen in den sozialen Medien? Der Kontakt könnte ja durchaus online gelaufen sein.«

Der junge Kommissar schlug sein Notizbuch auf. »Gepken war auf Facebook aktiv. So weit schon bekannt. Leider habe ich keinen Zugang zu seinem Facebook-Account und kann somit seine Kommunikation über den Messenger nicht einsehen. Der Beschluss ist da und an Facebook übersandt. Ich habe mir allerdings sagen lassen, dass es Wochen und Monate dauern kann, bis die reagieren. Wenn überhaupt. Von daher habe ich die öffentlich einsehbaren …«, er malte Anführungszeichen in die Luft, »… Freunde angeschrieben und sie um Mithilfe gebeten. Die Resonanz ist leider gering. Von den fünfunddreißig Personen, die sich in seiner Freundesliste befinden, haben sich sieben bei mir gemeldet und mir ihre Kontaktdaten durchgegeben. Mit vier von ihnen habe ich inzwischen gesprochen. Zwei hatten nur losen schriftlichen Kontakt zu Helmut Gepken, die zwei weiteren Personen, ein Mann und eine Frau, waren häufiger mit Gepken in Kontakt. Die Frau am intensivsten. Der Mann: Franz Huber, wohnhaft in Rosenheim, Bayern. Die Männer sind gleichaltrig, hatten einen ähnlichen Beruf, beide alleinstehend. Sie haben sich vor allem darüber ausgetauscht, wie man im Alter am gesellschaftlichen Leben teilnehmen kann. Herr Huber ist gehbehindert und hat kein Auto, von daher ist er weit mehr eingeschränkt als Helmut Gepken. Huber hatte den Eindruck, als wenn sein Facebook-Freund in einer Art Aufbruchstimmung war. Die beiden kennen sich bereits seit drei Jahren und seit etwas über einem Jahr habe sich Gepken immer mehr geöffnet und über seine Situation gesprochen. Huber meint – und das wissen wir ja inzwischen auch aus anderen Quellen –, dass Gepken eine schwere Kindheit gehabt haben muss und immer noch mit seinen Eltern, besonders dem Vater, gehadert habe. Ebenso habe Gepken viel über die Trennung von seiner Frau gesprochen. Er habe selbst nach den vielen Jahren nicht verstanden, warum seine Frau den Schritt gemacht habe.«

»Das bestätigt tatsächlich, was wir bereits von anderen Zeugen gehört haben«, sagte Jens Bölscher. »Was hat die Facebook-Freundin über Gepken ausgesagt?«

Finn Eilers blätterte eine Seite in seinem Notizbuch um. »Die beiden haben nicht nur über den Messenger kommuniziert, sondern auch telefoniert. Dazu muss ich sagen, dass Frau Tanja Jäger ehrenamtlich bei der Telefonseelsorge tätig ist. Wir können also davon ausgehen, dass sie einige Erfahrungen im Umgang mit Menschen hat, die sich in schwierigen Lebenslagen befinden.« Nach einem Blick in die Runde fuhr er fort. »Frau Jäger hat im letzten halben Jahr mehrere lange Telefongespräche mit Helmut Gepken geführt. Dabei sind ihr seine erheblichen Stimmungsschwankungen aufgefallen. Er sei in einem Augenblick euphorisch und hoffnungsvoll und im nächsten in depressiver Stimmung gewesen. Frau Jäger hatte sogar Angst, dass ihr Freund sich etwas antun würde. Sie hat ihm mehrfach geraten, sich professionelle Hilfe zu suchen, hat für ihn Adressen und Ansprechpartner herausgesucht, glaubt aber nicht, dass

Gepken ihrem Rat gefolgt ist. Etwa ein Dreivierteljahr vor seinem Tod brach die Verbindung abrupt ab. Helmut Gepken hat nicht mehr auf ihre Nachrichten reagiert, die Anrufe hat er nicht angenommen.«

»Hat Frau Jäger eine Vermutung geäußert, woran das gelegen haben könnte?«, fragte Jens Bölscher.

»Die Frage habe ich ihr gestellt. Sie hat vermutet, dass Gepken sich entweder vollkommen zurückgezogen und eine schwere Depression bekommen hat, oder das Gegenteil, dass er in einer länger andauernden euphorischen Stimmung war, die ihn davon abgehalten hat, sich seinen wirklichen Problemen zu stellen.«

»Gab es Hinweise auf eine Person, mit der Herr Gepken engen Kontakt hatte?«

»Darauf wollte ich gerade kommen«, sagte Finn Eilers. »Gepken hat in einigen Telefongesprächen mit Frau Jäger über Vertrauen gesprochen. Wie wichtig es ist, den Menschen, die man kennenlernt, einen Vertrauensvorschuss zu geben und sie nicht gleich in irgendwelche Schubladen zu stecken. Er schien – so Frau Jäger – bei dem Thema hin- und hergerissen zu sein. Sie geht davon aus, dass das keine hypothetische Frage war, sondern einen konkreten Hintergrund hatte. Sprich: Es ging darum, ob Gepken einer ganz bestimmten Person vertrauen kann oder nicht.«

»Danke, Finn«, sagte Jens Bölscher. »Auch diese Aussage passt ins Bild. Aber gehen wir erst mal weiter.« Er warf einen Blick zu Hanna, die daraufhin von den Befragungen berichtete. Jan gab anschließend einen Einblick in Helmut Gepkens E-Mails an seine Ex-Frau.

Der SoKo-Leiter bedankte sich und fragte, ob Jan bereits ein Täterprofil entwickeln konnte.

Jan wiegte den Kopf hin und her. »Aus den bisherigen Ermittlungsergebnissen lässt sich noch kein eindeutiges

Täterprofil aufzeigen, allerdings kann ich ein vorläufiges Profil skizzieren.«

»Warum nicht? Ich bin gespannt.«

Jan schlug seine Notizen auf und schaute in die Runde. »Helmut Gepken ist nach unserem bisherigen Kenntnisstand in seiner Kindheit durch seinen alkoholkranken Vater systematisch misshandelt worden, was für den Jungen traumatisierend war. Helmut konnte kein emotionales Verhältnis zu seinem Vater aufbauen, fühlte sich von ihm und auch von seiner Mutter im Stich gelassen. Liebe, Vertrauen, menschliche Nähe wurden für ihn zu einer Art Ware, die für ihn fast unerreichbar schien. Das prägte auch sein Verhältnis zu Frauen. Er erkaufte sich die Zuneigung und Liebe durch seine Hilfe, die selbstlos daherkam, aber unterbewusst einem ganz bestimmten Zweck diente. Als er seine Frau kennenlernte, war sie drogenabhängig und musste sich zwangsprostituieren, um zu überleben. Er unterstützte sie, hielt zu ihr und holte sie aus der Gewalt- und Abhängigkeitsspirale heraus. Der Preis war ein Leben mit ihm. Als seine Frau sich von ihm trennte, brach sein gesamtes Lebensmodell zusammen, er konnte nicht verstehen, was passiert war und wie es zu dem radikalen Schritt seiner Frau gekommen war. In der Folge zog er sich zurück, brauchte Jahre, um auch nur halbwegs wieder auf die Beine zu kommen. Verstanden hat er es bis zum Schluss nicht und konnte sich und seinen Anteil an der gescheiterten Ehe nicht hinterfragen. Sein Zustand wurde von Jahr zu Jahr instabiler und daher anfälliger für die Art von Beziehung, in der er der Helfer und Befreier ist. Hier kommt unser Täter oder vielmehr unsere Täterin ins Spiel. Eine Frau zwischen vierzig und fünfzig Jahren, wohnhaft im näheren oder weiteren Umfeld – bis zu dreißig Kilometer um Helmut Gepkens Wohnort –, attraktiv, aber bodenständig. Gepken sieht in ihr die Chance, sich aus seiner Isolation zu befreien – vielleicht wird die Frau auch zu seiner neuen Familie, die er verloren hat. Er hilft ihr aus einer angeblichen oder auch tatsächlichen finanziellen Zwangslage und übergibt nach und nach seine sämtlichen Ersparnisse an die Frau. Er will sich sogar weiteres Geld von seinem Sohn leihen, was der aber ablehnt.«

»Wieso hat die Frau Gepken getötet?«, wirft Finn Eilers ein. »Sie hätte doch einfach verschwinden können? Vermutlich hat sie nicht einmal unter ihrem tatsächlichen Namen agiert.«

»Ich glaube nicht, dass das Tötungsdelikt von vornherein geplant war. Es muss etwas passiert sein, sodass sich die Frau zu der Tat gezwungen gesehen hat. Um das auch nur halbwegs einzugrenzen, fehlen mir zu viele Informationen. Wir wissen nicht, wie und wo die beiden aufeinandergetroffen sind, ob ein Betrug von vornherein beabsichtigt war und wie das Verhältnis der beiden zueinander ausgesehen hat. Mir fehlen da noch zu viele Puzzleteile. Die Ermittlungen stehen aber ja auch noch am Anfang. Das wäre es erst mal von meiner Seite. Wie gesagt, ein unvollständiges und vorläufiges Täterprofil, das uns allenfalls eine gewisse Richtung aufzeigen kann.«

In der Runde wurde genickt, aber niemand sagte etwas. Schließlich räusperte sich Jens Bölscher und klopfte anerkennend mit der Hand auf den Tisch. Die Kollegen folgten seinem Beispiel.

»Das war eine Menge interessanter Informationen, die wir sicher alle erst mal sacken lassen sollten.« Jens Bölscher sah auf die Uhr. »Für heute machen wir Schluss. Finn wird sich einen weiteren Tag um die Facebook-Kontakte von Helmut Gepken kümmern, Michael und Stefan sind morgen wieder in Rüschendorf unterwegs. Wir treffen uns morgen um die gleiche Zeit. Ich hoffe, dass bis dahin der Bericht der Spurensicherung vorliegt.« Er sah in die Runde. »Noch Fragen?«

Elf

Jan

»Warum sind wir Menschen so fasziniert vom Wasser?«, fragte Hanna, als sie auf einer Bank am Olgahafen saßen und auf den Dümmer See schauten.

»Da gibt es verschiedene Theorien. Wahrscheinlich hängt es damit zusammen, dass das Leben ursprünglich aus dem Meer gekommen ist.«

»Ich liebe die Stärke, die das Meer, aber auch dieser See ausströmen. Als wenn ihm nichts und gar nichts etwas anhaben könnte.«

»So wie dir?«, fragte Jan.

»Bin ich stark und kann mir nichts etwas anhaben?«

»Siehst du dich so?«

Hanna stieß ihm spielerisch in die Seite und grinste breit. »Eine Frage mit einer Frage beantworten. Herr de Bruyn, das ist nicht erlaubt.« Sie wurde ernst. »Vielleicht habe ich mich früher so gesehen. Inzwischen …« Sie brach ab.

»… fühlst du dich verletzlicher?«

Sie zuckte mit den Schultern. »Das auch. Mir fehlt manchmal mein Schutzschild, an dem alles abprallt. Wo ist der geblieben?«

»Alles im Leben hat zwei Seiten. Ohne Schutzschild schmerzt jeder Aufprall doppelt und dreimal so stark. Dafür spürt man das Leben umso mehr.«

»Habe ich mich so verändert?«

Jan schüttelte den Kopf. »Das glaube ich nicht. Du bist du geblieben, aber deine Prioritäten sind wohl nicht mehr die gleichen.«

»Der Schutzschild ist nur heruntergefahren und kann jederzeit wieder aktiviert werden.«

»Möglich. Das weißt aber nur du. Mir gefällt die Hanna in ihrer ganzen Widersprüchlichkeit. Niemand ist nur so oder so. Du nicht, ich nicht.« Jan sah sich um. »Die anderen Menschen hier. Aber nicht alle lassen es zu und bauen Schutzwände um sich auf, die dann leider die Sicht nach beiden Seiten verhindern. Ich bin da nicht anders, verkrieche mich und lasse niemanden an mich ran.«

Hanna drückte ihm einen Kuss auf die Wange. »Dann passen wir doch gut zusammen. Zwei Menschen, die zu viel Ballast aus der Vergangenheit mit sich herumschleppen.« Sie sah aufs Wasser. »Heute Nacht schwimmen wir eine Runde. Ich akzeptiere keine Ausreden.«

Jan lachte. »Wenn es unbedingt sein muss.«

Kurz vor dreiundzwanzig Uhr lagen sie nebeneinander im Bett. Hanna hatte ihre Drohung wahr gemacht und Jan in den Dümmer See gezerrt. Sie waren im Schein der Dämmerung eine große Runde geschwommen, bevor sie, in Bademäntel gehüllt, zurück zum Wohnmobil gegangen waren.

Hanna schmiegte sich an Jans nackten Körper und fuhr langsam mit der Hand über die Brust zum Bauchnabel und weiter nach unten. Jan stöhnte leise auf. Eine wohlige Wärme breitete sich in seiner Leistengegend aus.

Jan drehte sich auf den Rücken und tastete mit geschlossenen Augen die andere Bettseite ab. Hanna schien bereits aufgestanden zu sein. Er richtete sich im Bett auf und suchte das Wohnmobil nach ihr ab. In diesem Augenblick wurde die Tür von außen geöffnet, Hanna beugte sich herein und strahlte Jan an.

»Aufgewacht! Ich wollte gerade mit einer Schüssel Wasser nachhelfen!«

Jan stieg aus dem Bett. »Nicht nötig.«

»In fünf Minuten ist das Frühstück fertig. Ich habe frische Brötchen geholt und Kaffee gibt es auch gleich. Der Tisch ist draußen schon gedeckt.«

»Noch einen Kaffee?«, fragte Hanna, als Jan den letzten Schluck aus seinem Becher getrunken hatte.

Jan stand auf. »Ich setze schnell noch einen auf. Du auch?«

Als Hanna nickte, verschwand er im Inneren des Wagens, goss Wasser in die Maschine und löffelte Kaffeepulver in den Filter, bevor er sich wieder zu Hanna an den Campingtisch setzte.

»Hast du schon einmal von dem Kreuzkampf im Oldenburger Land gehört?«, fragte Hanna.

Jan nickte. »Lange her. Ich glaube, das war 1936. Die NSDAP-Landesregierung hat per Erlass bestimmt, dass alle Kreuze aus öffentlichen Gebäuden entfernt werden müssen. Also auch in den Schulen. Nach einem Aufstand in der Bevölkerung hat sich der oldenburgische Gauleiter genötigt gesehen, den Erlass zurückzunehmen. Ein ungewöhnlicher Vorgang in dieser dunklen Zeit.«

»Bei Klaus Stoever klang das eher nach einer Widerstandsgruppe gegen den Naziterror.«

»Mutig war es schon«, meinte Jan. »Als Widerstandsbewegung wurde es aber nie eingeordnet. Es ist nicht einmal gesagt, dass die Menschen, die sich in großem Umfang daran beteiligt haben, grundsätzlich etwas gegen die nationalsozialistische Herrschaft hatten. Aber der Erlass hat im erzkatholischen Gebiet einen Nerv getroffen, weil sich der Staat plötzlich in innerkirchliche Angelegenheiten einmischte.«

»Ich werde mich heute mit dem Thema NS-Zeit in dieser Region beschäftigen. Ich weiß nicht, wie, aber meine Intuition sagt mir, dass die Sache etwas mit Gepkens Tod zu tun hat.«

»Die Vorwürfe sind – sollten sie überhaupt der Wahrheit entsprechen – an Helmut Gepkens Vater gerichtet. Schwer zu glauben, dass nach über achtzig Jahren jemand seinen Sohn dafür verantwortlich macht.«

Hanna zuckte mit den Schultern. »Anzeigen konnte die Person Erich Gepken ja nicht mehr. Nur noch der Sohn der Familie lebte. Ich weiß, es klingt unwahrscheinlich, dass sich der Täter oder nach deinem Profil die Täterin an Erich Gepkens Sohn gerächt hat. Trotzdem ...«

»Wenn du meinst, dass da etwas dran sein könnte, solltest du die Spur weiterverfolgen«, sagte Jan. »Fahren wir nach Damme in die Polizeistation? Ich will noch einmal Gepkens Mails durchgehen und seine Facebook-Freundin Frau Jäger anrufen.« Er stand auf und stellte Teller und Tassen übereinander, um sie ins Wohnmobil zu bringen. »Ich wasche noch kurz ab, dann können wir los.«

Eine Dreiviertelstunde später saß Jan in ihrem provisorischen Büro und ging noch einmal alle Mails durch, die ihm Susanne Gepken zur Verfügung gestellt hatte. Er notierte sich weitere Details und fügte am Schluss alle Punkte in einer neuen Liste zusammen, bevor er Tanja Jägers Telefonnummer wählte.

»Jäger, guten Tag.«

Jan begrüßte Tanja Jäger, stellte sich vor und fragte, ob sie ein paar Minuten Zeit für ihn hätte.

»Wenn ich helfen kann, nehme ich mir gern die Zeit.«

»Unser Kollege hat mich bereits ausführlich über Ihr Gespräch informiert. Auch haben wir inzwischen eine ganze

Reihe Zeugen befragt, und dabei bin ich letztlich zu dem gleichen Schluss gekommen wie Sie. Ich gehe davon aus, dass Herr Gepken in den Jahren nach der Trennung von seiner Ehefrau vereinsamt ist und einen Weg gesucht hat, der ihn wieder ins Leben führt.«

»Das geht in unserer Gesellschaft leider vielen älteren Menschen so. Sei es aus finanziellen Gründen, weil sie nicht mehr so mobil wie in jüngeren Jahren sind oder weil Freunde und Bekannte vor ihnen gestorben sind. Auch der inzwischen häufig fehlende Familienzusammenhalt spielt eine Rolle. Kinder und Enkel wohnen nicht mehr in der Nähe und schon gar nicht mit im Haus, wie es in früheren Zeiten üblich war. Die Alten werden mehr als Kostenfaktor wahrgenommen und nicht als Bereicherung des eigenen Lebens. Der ursprüngliche Generationenvertrag hat keine Gültigkeit mehr.«

»Mein Kollege sagte mir, dass Herr Gepken in den letzten Monaten seines Lebens den Kontakt zu Ihnen eingeschränkt beziehungsweise ganz eingestellt hat. Was ist genau passiert, dass es dazu kam? In den Schilderungen meines Kollegen klang es so, als hätten Sie eine tiefe Beziehung – soweit man das aus der Ferne haben kann – zu Ihrem Freund gehabt.«

»Das ist eine gute Frage, Herr de Bruyn, über die ich mir schon einige Gedanken gemacht habe. Wie kam es zu dem Bruch – und ja, es war keine langsame Entwicklung und ich weiß nicht, was sie ausgelöst hat.«

»Worum ging es bei Ihrem letzten Telefonat?«

»Sie wissen, dass ich in der Telefonseelsorge tätig bin?«

»Ja, das hat mein Kollege mir berichtet.«

»Sie kennen das als Psychologe sicher auch. Es ist nicht immer leicht, das eine vom anderen zu trennen. Ich war vielleicht in gewisser Weise übergriffig, indem ich Helmut nicht als Freundin, sondern als Beraterin begegnet bin. Als

Entschuldigung kann ich nur anbringen, dass ich Angst um ihn hatte.«

»Was genau ist passiert? Worüber haben Sie gesprochen?«

»Nun ja, ich will offen zu Ihnen sein. Immerhin suchen Sie Helmuts Mörder.« Sie räusperte sich und atmete hörbar ein und aus. »Helmut fragte mich, ob es moralisch in Ordnung sei, wenn er mit Frauen zusammen wäre, die er dafür bezahlt.«

»Er suchte den Kontakt zu Sexarbeiterinnen?«, fragte Jan direkt.

»Darum ging es wohl. Helmut meinte, dass Männer doch immer für Sex bezahlen müssten – auf die eine oder andere Weise. Das wäre quasi ein Naturgesetz. Dem habe ich wohl zu vehement widersprochen. Ich habe in den letzten Jahrzehnten schon mit vielen Frauen gesprochen, die ihren Körper verkaufen mussten, dazu von Männern gezwungen wurden, drogenabhängig waren. Nach meiner Überzeugung gibt es nur wenige Frauen, die diese Tätigkeit absolut freiwillig ausüben. Nun ja, ich habe auf Helmuts Frage sehr heftig reagiert. Das war unprofessionell und falsch.«

»Er hat Sie als Freundin gefragt und nicht als Telefonseelsorgerin. Sie haben ehrlich als Tanja Jäger geantwortet. Das ist vollkommen in Ordnung.« Jan hielt einen Moment inne. »Herr Gepken hatte zu dem Zeitpunkt schon eine Frau getroffen, die er für ihre Dienste bezahlte?«

»So konkret habe ich nicht nachgefragt, da Helmut die Frage auch sehr allgemein gestellt hat. Das war aber durchaus seine Art, nicht direkt mit der Tür ins Haus zu fallen.«

»Wie genau ging das Gespräch aus? Haben Sie sich gestritten?«

»Nein, dazu kam es nicht. Helmut hat irgendwann einfach aufgelegt. Ohne Kommentar oder einen Streit.«

Jan bedankte sich und beendete das Gespräch. War die neue Information relevant für ihren Fall? Hatte Helmut Gepken regelmäßig Kontakt zu einer Sexarbeiterin gehabt? Wo hatten sie sich getroffen? In Gepkens Haus?

Jan rief Jens Bölscher an und fragte, ob die Telefondaten inzwischen vorliegen würden. Als der SoKo-Leiter verneinte, wählte er Susanne Gepkens Nummer.

Sie meldete sich nach dem ersten Klingelton, Jan begrüßte sie und fragte, ob sie einen Augenblick Zeit für ihn hätte.

»Gibt es Neuigkeiten? Haben Sie den Täter gefunden?«

»Nein, leider noch nicht«, antwortete Jan. »Ich habe eine sehr persönliche Frage an Sie.« Als Susanne nicht nachfragte, fuhr er fort. »Wo und wie haben Sie seinerzeit Ihren späteren Mann kennengelernt?«

Susanne Gepken zögerte lange. »Warum ist das für Sie wichtig?«

Jan entschied sich, offen mit der Situation umzugehen. »Sie haben uns erzählt, dass Sie drogenabhängig waren. Wir haben inzwischen erfahren, dass Sie …«

»Ist es wirklich wichtig, die alten Geschichten wieder aufzuwärmen?«, fiel Susanne Gepken ihm mit ärgerlicher Stimme ins Wort.

»Wenn ich es nicht für wichtig hielte, würde ich Sie damit nicht behelligen. Ich kann nachfühlen, dass es sehr schwierig sein kann, über diese Zeit in Ihrem Leben zu sprechen.«

»Ja, das ist es tatsächlich. Kann ich Sie wieder anrufen? Ich bin auf der Arbeit und mache gleich eine kurze Pause.«

»Selbstverständlich«, sagte Jan, verabschiedete sich und wartete, bis sie wenige Minuten später wieder zurückrief.

»Ich vermute mal, dass Sie bereits wissen oder ahnen, dass ich Helmut nicht so ganz normal kennengelernt habe.«

»Zumindest habe ich eine Vermutung«, gab Jan zu.

»Ich habe damals den falschen Menschen vertraut. Sie haben mich mit Drogen versorgt, um mich dann zu zwingen, meinen Körper zu verkaufen. Helmut war einer meiner Freier.

So haben wir uns auch kennengelernt. Ich habe Ihnen ja erzählt, dass er mir aus der Drogenszene herausgeholfen hat. Vorher hat er mich von meinem Zuhälter freigekauft. Ein brutaler Typ, der über Leichen ging. Aber Helmut hat es geschafft, mit ihm etwas auszuhandeln. Ich weiß bis heute nicht, was genau das war. Wollte es auch nie wissen.«

»Vielen Dank für Ihre Offenheit, Frau Gepken. Ich melde mich bei Ihnen, wenn es Neuigkeiten gibt.«

Zwölf

Hanna

Hanna schob den Laptop zur Seite. Sie hatte über eine Stunde im Internet recherchiert, aber weder zu Damme noch zu Rüschendorf relevante Informationen über die Zeit zwischen 1933 und 1945 gefunden. Weder gab es Informationen zur Judenverfolgung noch zur Pogromnacht 1938. Auch zu Verhaftungen aus politischen Motiven fand sie keine frei verfügbaren Hinweise. Ihre Recherchen zu Kriegsverbrechen in Polen und Russland ergaben unzählige Treffer, aber keine Anhaltspunkte, dass der Vater von Helmut Gepken beteiligt gewesen war.

Schließlich griff sie zum Handy, suchte in den Kontakten Florian Schneider heraus, wählte die Nummer ihres ehemaligen LKA-Kollegen und meldete sich mit ihrem Namen.

»Hanna Will! Das ist ja eine Überraschung. Man hört ja so einiges von dir und deinem neuen Kollegen. Respekt!«

»Die Kollegen reden viel, wenn der Tag lang ist. Hast du ein paar Minuten Zeit für mich?«

»Immer doch! Schieß los.«

»Du hast mir mal von einem Fall erzählt, der etwas mit einem Kriegsverbrechen in Polen zu tun hatte.«

»Das ist fast fünfzehn Jahre her. Ich war noch gar nicht beim LKA, sondern in Lüneburg. Eine Anzeige von Angehörigen polnischer Juden. Es ging um den Kommandeur eines SS-Erschießungskommandos, der zu diesem Zeitpunkt bereits siebenundachtzig Jahre alt war. Es kam sogar zum Prozess und einem Urteil. Die Gefängnisstrafe hat der Mann allerdings nie angetreten.«

»Bei mir geht es um einen Mann, der vor ein paar Tagen getötet wurde. Es gibt Gerüchte in dem Ort, dass der Vater des Opfers an Kriegsverbrechen in Polen beteiligt war. Ich konnte im Internet nichts finden, was mir weitergeholfen hat. Kannst du mir helfen?«

»Oje, da hast du dir ja was aufgehalst. Okay, als Erstes musst du herausfinden, ob der Mann in einer SS-Einheit war. Das kannst du schnell und sicher über das Bundesarchiv erfahren. Entweder, indem du selbst nach Berlin fährst, oder indem du eine Anfrage stellst. Da erfährst du auch, ob der Mann in der NSDAP war.«

»Wie lange dauert das?«

»Viele Monate bis zu einem Jahr.«

»Inakzeptabel. Hast du nicht einen Kontakt, über den es schneller geht?«

Florian Schneider stöhnte theatralisch. »Muss das sein?« Er seufzte. »Schon gut, ich versuche es.«

Hanna diktierte ihm Name, Geburtsdatum und Geburtsort.

»Und wie bekomme ich raus, ob er an Erschießungen beteiligt war?«, fragte Hanna weiter.

»Du kannst in den *Arolsen Archives* suchen. Dort findest du die Opfer von NS-Verbrechen und Dokumente, die das belegen. Der Sitz ist in Bad Arolsen in Hessen. Da habe ich keinen Kontakt. Ruf da an und schildre dein Anliegen. Wie lange die brauchen, kann ich dir nicht sagen.«

»Ich kenne die Opfer aber nicht. Komme ich dann da überhaupt weiter?«

»Vermutlich nicht. Versuchen kannst du es aber. Welche Position hatte der Mann inne?«

»Ich vermute, dass er einfacher Soldat war.«

»Dann wird es wirklich schwierig. Ich würde mich an deiner Stelle an die Uni wenden. In Vechta oder Osnabrück. Dort gibt es sicher Historiker, die auch die Regionalgeschichte aufgearbeitet haben. Die können dir unter Umständen weiterhelfen.«

»Klingt verdammt zeitaufwendig«, murmelte Hanna.

Florian Schneider lachte. »Dachtest du, das wäre mit einem Anruf getan? Die Nazis und ihre Schergen waren zwar extrem ordnungsliebend und haben alles und jeden fein säuberlich registriert, aber sie waren auch eifrig, als es fünfundvierzig um die Vernichtung von Beweisen ging. Und in den Jahrzehnten nach der NS-Zeit haben sich die Justizbehörden auch nicht darum geschlagen, die Verbrechen der Nazis zu verfolgen. Da wurde viel unter den Teppich gekehrt.«

Dieses Mal stöhnte Hanna. »Das habe ich mir tatsächlich leichter vorgestellt.«

»Ach komm schon, Kollegin. Nicht gleich die Flinte ins Korn werfen. Machen wir erst mal den ersten Schritt und dann sehen wir weiter.«

Hanna bedankte sich bei Florian Schneider und beendete das Gespräch.

Nach einer halbstündigen Recherche im Internet rief sie Dr. Ulrich Rietz an, der an der Universität Osnabrück eine Professur als Historiker innehatte. Sie erreichte einen seiner Assistenten, schilderte ihm ihr Anliegen und bat um Rückruf des Professors.

»Pause?«, fragte Hanna mit Blick auf Jan, der in seine Notizen vertieft war. »Ich muss hier raus.«

Jan klappte seinen Laptop zu und stand auf. »Ich komme mit.«

Auf dem Weg zu einem Innenstadt-Café erzählte Jan von seinem Gespräch mit Tanja Jäger und Susanne Gepken.

»Das könnte unsere Suche sehr eingrenzen«, sagte Hanna. »Vorausgesetzt, die Dame hat ihr Gewerbe angemeldet.«

»Es ist nicht ausgeschlossen, dass die Frau aus einem bestimmten Grund ihre Dienste anbietet. Helmut Gepken könnte nicht ihr einziges Opfer gewesen sein.«

Hanna nickte. »Wenn es sie tatsächlich gibt. Aber irgendwer muss Gepkens kleines Vermögen bekommen haben. Das könnte die Suche nach der berühmten Nadel im Heuhaufen werden.«

Sie standen vor einem Café, dessen Einrichtung einladend aussah. Jan öffnete die Tür und ließ Hanna den Vortritt.

»Und bei dir?«, fragte Jan, als sie am Tisch saßen und bestellt hatten.

»Ergebnislose Recherche im Netz. Ein LKA-Kollege fragt beim Bundesarchiv nach, ob Erich Gepken in der SA und der NSDAP war. Und ich habe Kontakt zu einem Osnabrücker Professor aufgenommen, der sich mit der Geschichte des Oldenburger Landes befasst hat.« Sie hob entschuldigend die Hände. »Also noch nicht viel.«

Hannas Handy machte sich bemerkbar. Sie warf einen Blick aufs Display. »Eine Nachricht von Jens Bölscher. Es gibt Neuigkeiten. Wir setzen uns um vierzehn Uhr zusammen.«

Jans Handy summte ebenfalls. Auch er hatte eine Nachricht vom SoKo-Leiter bekommen.

Ihr Kaffee wurde serviert. Hanna hatte zusätzlich ein Sandwich bestellt, Jan ein Stück Nusskuchen.

»Merkwürdigerweise gibt es überhaupt kein Gerede oder Getuschel über uns«, bemerkte Hanna, nachdem sie ihr

Sandwich gegessen hatte. »Verrückte Welt. Als nichts war, gab es Gerüchte, und jetzt …«

Jan schmunzelte. »Vielleicht verhalten wir uns anders, normaler.«

»Ist das nun gut oder schlecht?«, fragte Hanna.

»Wie fühlst du dich?«

»Supergut.« Sie hob den Zeigefinger. »Auch wenn ich gerade lieber zweitausend Kilometer weiter südlich im Liegestuhl mit Blick auf den Atlantischen Ozean sein möchte.«

Jan schüttelte den Kopf. »Sei ehrlich. Dich hat das Jagdfieber gepackt. Du würdest dich jetzt nicht umdrehen und weggehen.«

Hanna rollte mit den Augen, wusste aber, dass Jan recht hatte. Einem alten, einsamen Mann seine ganzen Ersparnisse abzunehmen und ihn anschließend eiskalt zu töten, ging ihr dermaßen gegen den Strich, dass sie auf keinen Fall aufgeben würde.

»Was du wieder alles weißt«, murmelte sie und stieß Jan spielerisch in die Seite.

»Danke, dass ihr alle rechtzeitig hier eingetroffen seid«, sagte Jens Bölscher, als sie eine Stunde später im Aufenthaltsraum der Polizeistation zusammensaßen. »Es gibt wichtige Neuigkeiten. Der Bericht der Kriminaltechnik ist eingetroffen. Wie zu erwarten war, sind zahlreiche Fingerabdrücke von Helmut Gepken gefunden worden. Ebenso seine DNA. Fingerabdrücke von weiteren Personen sind nicht gefunden worden, was unsere Annahme bestätigt, dass Helmut Gepken kaum Besuch empfangen hat. Allerdings ist weitere DNA gefunden worden. Im Wohnzimmer, der Küche und …«, der SoKo-Leiter machte eine kurze Pause und sah in die Runde, »… im Schlafzimmer. Mehr noch, auch im Bett gab es Hautschuppen einer fremden weiblichen Person.«

Ein Raunen ging durch die Runde.

»Ich gebe den Stab weiter an Michael, der weitere hochinteressante Ermittlungsergebnisse hat.«

Michael Harms richtete sich auf und nickte. »Die unmittelbaren Nachbarn von Helmut Gepken hatten wir alle bis auf einen befragt. Manfred Pöttker und seine Frau Annemarie sind erst heute aus einem zweiwöchigen Urlaub zurückgekehrt. Sie haben erst bei ihrer Rückkehr vom Tod ihres Nachbarn gehört. Glücklicherweise haben wir sie angetroffen. Manfred Pöttker ist seit sieben Jahren pensioniert und war ein Kollege von uns. Er hat in Vechta bei der Verkehrspolizei gearbeitet. Ich will es kurz machen: Pöttker hat sein Arbeitszimmer zur Straße hinaus. Dort sitzt er auch manchmal am Abend und schreibt Gedichte und Kurzgeschichten. Ihm ist zweimal ein silberner oder grauer VW Golf der siebten Generation aufgefallen, der in der Nähe von Helmut Gepkens Haus geparkt hat. Er ist sich nicht hundertprozentig sicher, aber er glaubt, dass eine Frau am Steuer saß. Das Fahrzeug hatte das Kennzeichen OS für die Stadt und den Landkreis Osnabrück und eine der Zahlen war mit hoher Wahrscheinlichkeit eine Zwei.«

Stefan Böhmer übernahm: »Wir haben bereits eine Abfrage gemacht und zwölf Fahrzeuge gefunden, die den besagten Kriterien entsprechen würden. Sieben VW Golf sind auf Männer zugelassen, fünf auf Frauen.«

Jens Bölscher räusperte sich. »Ich schlage vor, dass wir uns in drei Gruppen aufteilen und jeweils vier Fahrzeughalter überprüfen und, sollten sich Verdachtsmomente ergeben, befragen. Bei der jetzigen Beweislage werden wir weder einen Beschluss zur Abgabe einer DNA-Probe bekommen noch einen Durchsuchungsbeschluss für Haus oder Wohnung. Wir werden also vorsichtig vorgehen müssen.« Er warf einen Blick in die Runde. »Alle einverstanden?«

Dreizehn

Jan

Jan lehnte sich auf dem Stuhl zurück. »Wie sieht es bei dir aus?«

»Ich habe beide einmal durchgecheckt. Leon Junker, achtundzwanzig, studiert laut seinem Instagram-Account Informatik an der Hochschule in Osnabrück. Er wohnt in einer Dreizimmerwohnung, in der ein weiterer junger Mann gemeldet ist. Den Golf hat er vor einem halben Jahr auf seinen Namen angemeldet, zuvor lief er auf seine Mutter. Ich habe ihn telefonisch noch nicht erreicht, halte es aber nicht für sehr wahrscheinlich, dass er etwas mit unserem Fall zu tun hat. Den zweiten Fahrzeughalter müssen wir uns allerdings näher anschauen. Martin Blum, dreiundfünfzig, ledig, er ist seit siebzehn Jahren in der Stadt Osnabrück gemeldet. Im Netz habe ich seine Arbeitsstelle gefunden – eine mittelgroße Spedition, wo er in der Verwaltung arbeitet. Er ist nicht verheiratet, aber in seiner Wohnung ist eine Frau gemeldet. Anja Rütters, fünfundvierzig, ledig, und wie Blum hat sie keine Kinder. Ein zweites Fahrzeug ist weder auf Blum noch auf Rütters zugelassen. Die Spedition befindet sich allerdings fast in Fußnähe der Wohnung. Mit dem Fahrrad sind es höchstens drei Minuten, zu Fuß zehn bis zwölf.

Es könnte also durchaus sein, dass Anja Rütters den Golf nutzt und er lediglich auf Blum zugelassen ist.«

»Wo arbeitet sie?«

»Selbstständig. Sie bietet Pflege für ältere Menschen an, hat eine eigene Homepage, die aber mehr als Visitenkarte fungiert. Kurze Beschreibung des Angebots und die Kontaktdaten. Sie ist übrigens Altenpflegerin von Beruf. Und …«, Hanna hob den Zeigefinger, »… ihr Geburtsort ist Damme.«

»Klingt doch sehr vielversprechend«, sagte Jan. »An die Steuerunterlagen kommen wir nicht so ohne Weiteres heran, oder?«

»Keine Chance. Da brauchen wir schon etwas mehr.« Hanna deutete auf Jans Unterlagen. »Und bei dir?«

»Die Fahrzeughalterin ist Laura Lambert, dreiunddreißig, lebt in Bersenbrück im Landkreis Osnabrück. Eigentlich hat die Stadt ein eigenes Kennzeichen, aber Laura Lambert hat vorher in Osnabrück gewohnt und das Kennzeichen wohl mitgenommen. Bersenbrück hat fast neuntausend Einwohner, liegt achtundzwanzig Kilometer von Rüschendorf entfernt, zweiundzwanzig von Damme und hat eine überwiegend katholische Bevölkerung. Laura ist ledig, ohne Kinder, in der Wohnung ist keine weitere Person gemeldet. Auf ihrem Facebook-Account hat sie angegeben, dass sie als Krankenschwester im Klinikum Bersenbrück arbeitet. Den Beiträgen konnte ich entnehmen, dass sie hauptsächlich Nachtschichten und Wochenenddienste hat. In welchem Umfang, kann ich aber nicht sagen. Auf dem Foto sieht sie durchaus attraktiv aus.« Jan drehte den Laptop zu Hanna um, damit sie die Aufnahme, die Jan aus dem Facebook-Profil abgespeichert hatte, sehen konnte.

»Definitiv«, bestätigte Hanna. »Was aber nichts heißen muss.«

»Klick mal zur nächsten Seite. Ich habe zwei Fotos aus ihren Beiträgen kopiert. Sie sind sehr freizügig.«

Hanna zuckte mit den Schultern. »Dein Ernst? Nur weil sie ein Bikinifoto postet, ist sie noch keine Prostituierte. Das ist heutzutage kein Ding mehr.«

»Na ja, beim zweiten Foto hat sie nur ein Handtuch um den Körper gewickelt. Mehr nackte Haut akzeptiert Facebook auch nicht.«

»Gut, einigen wir uns darauf, dass wir sie näher unter die Lupe nehmen müssen.«

Jan nickte. »Dann habe ich noch Vanessa Thiem, achtunddreißig, eine Tochter im Alter von zwölf Jahren, alleinerziehend. Sie wohnt mit ihrer Tochter in einer Dreizimmerwohnung in Melle. Das liegt zwischen Osnabrück und Bielefeld. Nach Rüschendorf sind es fünfundvierzig Kilometer über die Landstraße. Sie arbeitet halbtags als Sachbearbeiterin bei der Stadt Melle. Ihr Fahrzeug hat ein OS-Kennzeichen, weil sie vorher wie Laura Lambert in Osnabrück gewohnt hat.«

»Überprüfen müssen wir sie auch, aber ich sehe da nicht so eine hohe Priorität.«

Jan nickte. »Also konzentrieren wir uns zunächst auf zwei Frauen. Anja Rütters aus Osnabrück und Laura Lambert aus Bersenbrück, die wir in die engere Auswahl nehmen.«

Hanna zeigte auf die Uhr an der Wand. »Mein Magen knurrt. Wir essen jetzt etwas und anschließend losen wir aus, ob wir nach Osnabrück oder Bersenbrück fahren.«

Sie fuhren durch einen Bersenbrücker Stadtteil an unzähligen Einfamilien- und Doppelhäusern vorbei. Gepflegte Vorgärten, Garagen und Carports, durch die Gardinen flimmerten die hellen Fernseher, kaum Menschen auf der Straße.

»Hier muss es gleich kommen«, sagte Jan, der auf Hannas Laptop eine Navigationsapp aufgerufen hatte. An der einen Straßenseite befanden sich mehrere lang gestreckte, viereinhalbstöckige Mietshäuser, auf der anderen Seite wie an einem Faden aufgereiht kleine Einfamilienhäuser älteren Datums.

Hanna hielt auf einem Parkstreifen und stellte den Motor ab.

»Und jetzt? Befragen wir Laura Lambert?«, fragte Hanna.

Jan schüttelte den Kopf. »Ich hätte viele Fragen, aber ich glaube kaum, dass wir eine Antwort darauf bekommen, solange wir nichts in der Hand haben außer einer Zahl, die auf ihrem Autokennzeichen steht.«

»Also warten wir? Wie sie aussieht, wissen wir ja.«

Jan nahm sein Handy. »Ich rufe sie mit unterdrückter Nummer an. Dann wissen wir zumindest, ob sie zu Hause ist.«

Als Hanna nickte, wählte Jan die Festnetznummer, die er im Internet gefunden hatte. Nach dem vierten Klingelton meldete sich eine weibliche Stimme. »Laura!«

»Meyer«, sagte Jan mit verstellter Stimme. »Ich wollte gerne Frau Brettschneider sprechen.«

»Hier wohnt niemand mit dem Namen. Sie müssen sich verwählt haben.«

Jan nannte die Nummer und änderte dabei die vorletzte Zahl. Laura Lambert machte ihn darauf aufmerksam, Jan bedankte sich und beendete das Gespräch.

»Zumindest ist sie zu Hause«, meinte Jan, dem klar war, wie unwahrscheinlich es war, dass Laura Lambert mitten in der Woche um kurz nach zwanzig Uhr noch die Wohnung verließ.

»Der Professor hat mich leider nicht zurückgerufen«, sagte Hanna, die die Rücklehne ihres Fahrersitzes weit nach hinten gestellt hatte. »Ich muss da morgen noch einmal hinterher.«

»Und dein LKA-Kollege?«

»Der hat mir eine E-Mail geschrieben. Erich Gepken war in einer SS-Einheit, die in Polen und Russland beziehungsweise in der damaligen Sowjetunion aktiv war. Die Einheit war nachweislich an Erschießungen von polnischen und russischen

Juden beteiligt, aber auch an sogenannten Strafaktionen, bei denen ganze Dorfgemeinschaften ermordet wurden. Und er ist bereits mit achtzehn Jahren in die NSDAP eingetreten. So weit stimmen die Gerüchte also.«

»War er einfacher SS-Soldat?«, fragte Jan.

Hanna nickte. »Laut den Unterlagen ja.«

»Wie wahrscheinlich ist es, dass sich jemand an dem Sohn eines einfachen Soldaten der SS für die Taten seines Vaters rächt?«

»Vermutlich extrem unwahrscheinlich. Das wäre ja auch zum Beispiel ein Enkel eines Opfers oder gar Urenkel. Also noch unwahrscheinlicher.«

»Sehe ich auch so. Wenn du die Spur überhaupt noch weiterverfolgen willst, würde ich mich auf Ereignisse in Rüschendorf oder Damme konzentrieren. Wenn Erich Gepken ein überzeugter Nazi war, hat er vielleicht Mitbürger denunziert, die dann anschließend von der Gestapo verhaftet wurden.«

»Hätten wir da nicht schon längst von gehört, wenn sich sogar Gerüchte über Kriegsverbrechen so lange gehalten haben?«

»Gutes Argument. Aber vielleicht hat niemand erfahren, dass Erich Gepken der Denunziant war. Es herrschte Krieg, Ausnahmezustand. Und als Gepken nach Hause zurückgekehrt ist, hat er es schon aus Eigenschutz verschwiegen.«

»Kommt solch eine Sache nicht immer irgendwann ans Tageslicht?«, warf Hanna ein.

Jan schüttelte den Kopf. »Nach dem Krieg war bei den allermeisten Deutschen das große Vergessen angesagt. Weißt du, was dein Großvater in dieser Zeit gemacht hat? War er Parteimitglied, wo war er im Krieg eingesetzt, in welcher Einheit?«

»Darüber wurde nie geredet, und als ich ihn fragen wollte, war es zu spät.« Hanna legte den Kopf in den Nacken und schloss die Augen. »Okay, denken wir das Spiel weiter. Erich Gepken war verantwortlich dafür, dass jemand von der Gestapo abgeholt und ins Gefängnis gesteckt wurde. Oder – wenn es um etwas Politisches ging – gleich ins KZ. Niemand hat geahnt, wer die Person verraten oder vielleicht auch fälschlicherweise denunziert hat. Gepken hat sich nicht zu erkennen gegeben, weil ihm klar war, dass er dann einen schweren Stand in …«

»Runter. Sie kommt«, fiel Jan Hanna ins Wort.

Sie rutschte im nächsten Augenblick vom Fahrersitz nach unten. »Bist du sicher?«

»Zu neunzig Prozent.«

»Ist sie zu ihrem Auto gegangen?«

»Die Richtung stimmt zumindest.« Jan wagte sich vorsichtig nach oben und sah gerade noch, wie die Frau in einen hellgrauen VW Golf einstieg. »Du kannst hochkommen. Sie sitzt schon im Auto.«

Hanna stellte den Fahrersitz neu ein, wartete, bis der Golf sich in Bewegung setzte, und fuhr ihm mit sicherem Abstand hinterher.

»Wir hätten einen Tracker unter der Karre anbringen sollen«, murmelte Hanna. »Wir können ihr kaum unbemerkt folgen.«

»Sie ahnt nicht, dass wir sie im Visier haben. Halte einfach etwas mehr Abstand. Niemand kommt auf die Idee, dass er von einem Wohnmobil verfolgt wird.«

Der graue Golf fuhr Richtung Süden aus Bersenbrück heraus auf die B68. Er passierte Alfhausen und hielt auf Bramsche zu.

»Bramsche oder Osnabrück?«, fragte Hanna.

Keine zehn Kilometer weiter bog der Golf ab und hielt kurz vor der Bramscher Fußgängerzone auf einem Parkplatz.

Hanna wartete, bis Laura Lambert ausgestiegen war und sich vom Auto entfernte, bevor sie auf den Parkplatz fuhr. Sie sprangen aus dem Fahrerhaus, Hanna schloss ab, während Jan bereits hinter der Frau herlief.

»Wo ist sie?«, fragte Hanna, als sie Jan erreichte.

Jan deutete nach vorne. »Sie ist gerade nach rechts abgebogen.«

Sie liefen weiter, stoppten beim letzten Haus, Hanna sah um die Ecke, nickte und ging weiter. Jan folgte ihr in einigem Abstand. Sollte Hanna zu sehr auffallen, würde sie sich zurückfallen lassen und Jan den Vortritt geben. Sie liefen inzwischen durch die Fußgängerzone, Laura Lambert war über hundert Meter vor Jan und etwa achtzig vor Hanna, als sie stehen blieb, etwas aus der Tasche zog und es ans Ohr hielt. Ein Anruf auf dem Handy. Das Gespräch dauerte nur wenige Sekunden, Laura Lambert ging weiter und betrat kurz darauf ein hell erleuchtetes Haus.

Hanna war in sicherer Entfernung stehen geblieben und hatte auf Jan gewartet.

»Eine Kneipe. Scheint gut besucht zu sein. Wer geht rein?«, fragte sie.

»Ich glaube, du fällst weniger auf als ich.« Jan hatte schon einige Situationen erlebt, in denen Hanna sich geschickt unter die Leute gemischt hatte, um keine Aufmerksamkeit zu erregen. Auch hörte sie besser als er und konnte zudem das eine oder andere von den Lippen ablesen.

»Okay, ich gehe rein. Je nachdem, wie es dadrin aussieht, hole ich dich nach.«

Jan deutete auf ein Restaurant, das nur etwa zwanzig Meter gegenüber der Kneipe lag. »Ich setze mich rein und esse eine Kleinigkeit. Vielleicht ist ja am Fenster noch ein Platz frei.«

Vierzehn

Hanna

Hanna betrat die Kneipe. Lärm und laute Musik legten sich wie ein dichtes Netz über sie. Nach einem kurzen Rundgang durch das Lokal entschied sie sich für einen freien Platz an der Theke, bestellte ein Bier und sah sich um, als wenn sie jemanden suchen würde. Laura Lambert saß an einem Tisch, etwa sechs bis sieben Meter von ihr entfernt. Sie sprach mit einer Frau, die neben ihr saß, und wandte sich jetzt an die beiden Frauen auf der anderen Seite des Tisches. Hanna vermutete, dass alle vier befreundet waren und sich hier verabredet hatten.

»Neu in der Stadt?«

Hanna, die den Tisch der vier Frauen über den Spiegel hinter der Theke beobachtet hatte, drehte sich um. Vor ihr stand ein Mann in ihrem Alter und lächelte sie an. Er sah attraktiv aus und schien es zu wissen.

»Nicht wirklich«, sagte Hanna. »Sozusagen auf Durchreise.« Sie hatte beschlossen, dass sie weniger auffallen würde, wenn sie mit einem bekannten Gesicht der Kneipe an der Theke sitzen würde. Wie Hanna richtig vermutet hatte, zog der Mann jetzt einen freien Barhocker zu sich und setzte sich neben sie an die Theke. Mit einem Wink an den Barkeeper bestellte er etwas und warf Hanna einen entschuldigenden Blick zu. »Sorry, ich habe gar nicht gefragt, ob ich mich zu dir setzen kann.«

»Das ist ein freies Land. Warum also nicht?«

Er grinste breit. »Du scheinst nicht auf den Mund gefallen zu sein.«

»Habe ich so auf dich gewirkt?«

Er schüttelte den Kopf. »Nein. Ich mag Frauen, die wissen, was sie wollen. So hast du auf mich gewirkt.«

»Du kommst schnell zur Sache. Keine Angst, dass mein großer starker Freund gleich reingestürmt kommt und durchdreht?«

Er lachte. »Nein, habe ich nicht. Das Leben ist nun mal mit Risiken verbunden. Ansonsten müsste ich zu Hause vor dem Fernseher hocken und eines dieser dämlichen Serienfilmchen anschauen.« Der Barkeeper stellte ein Glas Whisky vor ihn auf die Theke. »Moin, Ben. Alles klar bei dir?«

»Sicher doch! Und bei dir, Tom?«

»Frag mich nach Mitternacht noch einmal.« Eine Frau rief nach ihm, er zuckte mit den Schultern und eilte davon.

»Schöner Name«, sagte Hanna, die Laura Lamberts Tisch nicht aus den Augen gelassen hatte.

»Danke. Verrätst du mir auch deinen?«

»Lass dich überraschen.«

Ben trank einen kleinen Schluck aus dem Glas. »Mache ich doch glatt.« Er musterte sie. »Also auf Durchreise?«

»Das Thema war durch, Ben.«

»Geschäftlich?«

»Sozusagen.«

Er zog seine Augenbrauen zusammen. »Wie eine Anwältin oder Wirtschaftstante siehst du nicht aus. Werbung! Du arbeitest in der Werbebranche, richtig?«

Hanna grinste. »Kalt, ganz kalt.«

»Privatdetektivin auf der Suche nach einem international gesuchten Verbrecher.«

»Wow. Du hast mich entlarvt.«

»Echt jetzt? Das war eigentlich ein Scherz.« Er schaute ihr tief in die Augen. »Du verarschst mich jetzt doch, oder?«

Hanna lachte. »Das würde ich nie machen.«

Ben prostete ihr zu. »Eins zu null für dich. Darf ich dir einen Drink ausgeben? Der Whisky ist hier vorzüglich.«

Hanna hoffte, dass Jan sich keinen Wein im Restaurant bestellt hatte, und schob ihr Bierglas zur Seite. »Warum nicht?«

In der nächsten halben Stunde unterhielt sie sich mit Ben, der als Arzt im Bramscher Krankenhaus arbeitete und für zwei Tage freihatte. Dabei ließ sie Laura Lambert nicht aus dem Blick. Die Frau trank ein Bier und unterhielt sich mit den drei Frauen am Tisch. Zwei waren deutlich jünger als sie, eine schätzte Hanna auf Mitte vierzig. Als ihr Handy sich bemerkbar machte, schaute sie kurz aufs Display und steckte es wieder ein. Fünf Minuten später fragte sie Ben, wo die Toiletten waren, und machte sich auf den Weg. Jan hatte ihr geschrieben und nachgefragt, wie es aussehen würde. Hanna schrieb ihm zurück, dass sie einen netten jungen Arzt kennengelernt habe und mit ihm an der Theke sitzen würde, Laura Lambert immer im Blick.

Kurz darauf meldete sich Jan und fragte, ob er sich Sorgen machen müsse.

Sie antwortete ihm, dass der Arzt so attraktiv nun doch nicht sei, sie ihn aber als Tarnung gut gebrauchen könne.

»Noch einen Drink?«, fragte Ben, als sie sich wieder zu ihm an die Theke setzte.

»Wenn du danach nicht fragst, ob wir zu dir oder mir gehen, gern.«

Ben grinste, hob die Hand und streckte zwei Finger aus. Zu ihr gewandt, sagte er: »Nein, das hatte ich erst nach dem dritten Drink vor.«

Hanna musste unwillkürlich schmunzeln. »Dann habe ich ja noch Zeit, um mir eine gute Ausrede einfallen zu lassen.«

Im Spiegel sah sie, wie ein Mann an den Tisch der vier Frauen trat. Er beugte sich zu Laura Lambert, legte seine Hand auf ihre Schulter und sprach auf sie ein. Laura Lambert schob mit Wucht seine Hand zur Seite und sprang auf. Der Mann ballte die Faust und schien kurz davor zu sein, sie zu schlagen.

»Ich bin gleich wieder da«, sagte Hanna, glitt vom Barhocker herunter und lief auf den Tisch zu.

Gerade als der Mann die Hand hob, erreichte sie den Tisch, machte einen Schritt nach vorne und stieß mit dem Mann zusammen. Der ließ von Laura Lambert ab, sah Hanna wutentbrannt an und fauchte: »Kannst du nicht aufpassen, du Schlampe?«

»Wie hast du mich genannt?«

»Schlampe!«, schrie er ihr entgegen und holte aus.

Hanna wich seinem Schlag geschickt aus, schlug ihm ihre Faust in den Magen und drehte ihm im nächsten Augenblick den Arm auf den Rücken. Er krümmte sich vor Schmerzen, Hanna schob ihn zur Tür, die jemand öffnete, und gab dem Mann einen Fußtritt. Er fiel nach vorne auf den Bürgersteig und blieb liegen. »Überlege dir nächstes Mal gut, ob du eine Frau angreifst.«

Der Mann rappelte sich auf und stürzte sich erneut auf Hanna. Sie wehrte den Schlag ab, der Mann stolperte nach vorne und blieb auf den Eingangsstufen liegen.

»Reicht das jetzt?«, fragte Hanna. »Wir können gerne weitermachen.«

Der Mann kam wieder hoch, schien einen Augenblick zu überlegen, ob er einen weiteren Versuch machen sollte, spuckte schließlich auf den Boden und zog ab.

Als Hanna sich zur Kneipentür umdrehte, stand dort Ben, der ihr gefolgt sein musste.

»Respekt! Ich weiß nicht, ob ich mich das getraut hätte.«

»Halb so wild. Solche Typen stehen mir wirklich bis hier.« Sie fuhr sich mit der Handkante die Stirn entlang. »Die kennen nur eine Sprache.« Hanna deutete auf die Tür. »Lass uns wieder reingehen.«

Auf dem Weg zu ihren Barhockern bemerkte Hanna, dass der Tisch, an dem die vier Frauen gesessen hatten, inzwischen von drei Männern besetzt war. Hatten die Frauen unbemerkt die Kneipe durch den Hinterausgang verlassen?

»Also doch Privatdetektivin?«, fragte Ben.

Hanna schüttelte den Kopf. »Kampfsportlerin.« Das war zumindest ein Teil der Wahrheit. Ben musste nicht wissen, dass sie bei der Polizei arbeitete. »Weißt du, wer dieser Typ war?«

»Gesehen habe ich ihn hier schon hin und wieder.« Ben winkte dem Barkeeper. »Tom, weißt du, wer das war, der da gerade Ärger gemacht hat?«

»Irgendein schräger Typ. Keine Ahnung, ob das stimmt, man erzählt sich, dass er Zuhälter ist. Oder wie wird das heute genannt – Manager von Sexarbeiterinnen?«

»Echt jetzt? Hier in Bramsche?«

»In welcher Welt lebst du denn, Ben? Zwischen Hespe und Alfhausen an der B68 gibt es sogar einen Straßenstrich.«

»Kennst du den Namen von dem Typ?«, fragte Hanna.

»Willst du ihn anzeigen?«, fragte Tom.

»Noch nicht. Aber wenn er mir noch mal über den Weg läuft, werde ich es mir überlegen.«

»Der Name?« Tom fuhr sich mit der Hand durch seinen dichten Haarschopf. »Marco, das ist auf jeden Fall sein Vorname. Und dann folgt so ein typisch deutscher Name. Meyer oder Schmidt. Nein, Müller. Marco Müller. Aber ohne Gewähr. Wo der wohnt, weiß ich aber wirklich nicht.«

»Endlich«, sagte Jan, als Hanna ins Restaurant kam und sich zu ihm setzte. »Was war das denn da draußen? Ich dachte, du wolltest …«

»Hat sich so ergeben«, sagte Hanna und berichtete von den Ereignissen in der Kneipe.

»Marco Müller? Der sollte zu finden sein – auch wenn es mehrere Männer gleichen Namens in der Umgebung gibt.«

Hanna nickte. »Wir werden ihn morgen befragen. Für heute ist Schluss. Bleiben wir gleich hier oder willst du zurück zum Dümmer?«

»Wir haben doch einen guten Parkplatz.« Er reichte ihr die Speisekarte. »Ich habe mich schon nach dem Wein erkundigt. Die haben einen erstklassigen Bordeaux. Soll ich eine Flasche bestellen?«

»Hast du schon gegessen?«

Jan schüttelte den Kopf. »Der Kellner hat mir die Entenbrust empfohlen.«

Hanna nickte und lehnte sich auf dem Stuhl zurück. »Du machst das schon.«

Nach dem Essen schlenderten sie zurück zum Wohnmobil und fielen müde ins Bett. Gegen sechs Uhr morgens wachte Hanna auf, holte sich ein Glas Wasser, ging zurück ins Bett und schmiegte sich bei Jan an.

»Schon wach?«, murmelte er mit verschlafener Stimme.

»Sehr wach«, antwortete Hanna und küsste zärtlich seinen Hals. »Und verrückt nach dir.«

Jan drehte sich um. »Nach mir oder meinem Körper?«

»Beides.« Sie streichelte über seine Brust. »Noch zu müde?«

Er legte den Arm um ihre Schulter. »Bist du sicher, dass uns nicht gleich jemand vom Ordnungsamt aus dem Bett wirft?«

»Die sind so früh nicht unterwegs. Vor acht taucht hier niemand auf.«

»Dann haben wir ja noch Zeit.«

Hanna lag erschöpft neben Jan und hielt seine Hand. Bramsche lag nicht an der Algarve, aber war es wirklich wichtig, wo ihr Wohnmobil stand, solange Jan bei ihr war?

Sie erschrak über ihre eigenen Gedanken. *Ist mir meine Freiheit nicht immer wichtiger als alles andere gewesen? Was passiert da gerade mit mir? Führt das geradewegs in ein Einfamilienhaus in einer Neubausiedlung? Nein, das ist ganz sicher nicht Jans Traum. Und was ist mein Traum? Bin ich zu lange vor alldem weggelaufen, um mich ja nicht für etwas entscheiden zu müssen?*

»Was ist dein Traum vom Leben?«, fragte Hanna unvermittelt.

»Ich habe keinen mehr«, antwortete Jan nach einer Weile. »Ich lasse alles auf mich zukommen. Ob wir hier auf diesen paar Quadratmetern wohnen oder in der Villa am Zwischenahner Meer, ist mir gleich. Solange du bei mir bist und wir zusammen sind.«

»Das ist eigentlich mein Mantra«, flüsterte sie. »Ich bin die Wilde und du derjenige, der solide und normal ist.«

»Das war einmal. Meinetwegen können wir auch zurück nach Portugal fahren und uns dort ein Haus am Meer kaufen. Dann habe ich etwas Solides und du den wilden Atlantik vor der Tür.«

»Das würdest du für mich tun?«

»Für dich und für mich. Für uns beide.«

»Und wenn ich von einem Mann, Kind und Einfamilienhaus träume?«

»Tust du das?«, fragte Jan. Wenn er über ihre Frage verwundert war, konnte er es gut verbergen.

»Im Moment läuft alles durcheinander in meinem Kopf. Vielleicht will ich dir nur alles recht machen …« *Habe ich das wirklich gesagt?* »Auch wenn das eigentlich nicht meine Art ist. Und du? Passt du dich gerade an meine vermeintlichen Vorstellungen an?«

»Vielleicht ein wenig unterbewusst. Aber mir gefällt mein neues Leben. Mit dir. Ob nun in Bramsche, Damme oder Rüschendorf oder zweitausend Kilometer weiter südlich.«

»Was passiert da gerade mit uns? Es ist noch gar nicht so lange her, da wären wir froh gewesen, nicht mehr miteinander arbeiten zu müssen.«

Jan zuckte mit den Schultern. »Muss alles einen Namen haben? Es ist, was es ist.«

»Kommt das nicht aus einem Gedicht von … mir fällt der Name nicht ein.«

»Erich Fried. Er spricht im Gedicht von der Vernunft, die sein Verhalten als Unsinn bezeichnet, überlegt, ob es Unglück bringt, und spricht von der Angst vor dem Schmerz. Und dann fragt er sich, ob er sich gerade lächerlich macht, und jedes Mal antwortet die Liebe, dass es ist, was es ist.«

»So einfach?«, flüsterte Hanna.

»Wenn wir es zulassen, ist es das vielleicht.«

»Lassen wir es zu?«

Jan nahm sie fest in den Arm. »Ich hoffe es. Sehr sogar.«

Fünfzehn

Jan

Jan reichte Hanna den Brötchenkorb, sie nahm sich ein Croissant heraus und lächelte ihm zu. Sie saßen in einem Café unweit ihres Parkplatzes, frühstückten und warteten darauf, dass Finn Eilers sie anrufen würde. Hanna hatte ihn früh am Morgen aus dem Bett geklingelt und darum gebeten, dass er Marco Müller ausfindig machte und ihnen die Daten zuschickte. Hanna hatte das geschätzte Alter und eine Beschreibung des Mannes durchgegeben.

»Der Latte macchiato ist hier wirklich gut«, sagte Hanna. »Und das Rührei auch.«

»Das haben wir uns verdient oder besser du dir mit deinem riskanten Einsatz gestern.«

»Ich habe aus dem Augenwinkel gesehen, dass du aufgesprungen bist. Später standest du dann vor der Restauranttür. Hattest du Angst um mich?«

»Ein wenig«, gab Jan zu. Tatsächlich war er kurz davor gewesen, sich auf den Mann zu stürzen, als dieser vor der Kneipentür auf Hanna losging.

»Wie wenig?«

Jan lächelte geheimnisvoll. »Das verrate ich dir nicht.«

Sie biss in ihr Croissant. »Weiß ich auch so. Und du solltest wissen, dass ich mit solchen Situationen umgehen kann. Der Typ hatte reichlich Alkohol intus. Seine Reaktionen waren kaum vorhanden.«

»Und wenn er ein Messer gezogen hätte?«

»Hat er aber nicht. Ich habe nicht umsonst jahrelang Nahkampftechnik erlernt. Im schlimmsten Fall hätte ich meine Waffe gezogen und mich als Polizistin zu erkennen gegeben.«

Jan nickte, obwohl er wusste, dass Hanna die Gefährlichkeit des Mannes heruntergespielt hatte. Sie war ohne Deckung gegen ihn vorgegangen – bevor Jan bei ihr gewesen wäre, hätte alles Mögliche passieren können.

Sie aßen schweigend, Jan bestellte eine zweite Runde Kaffee und sah immer wieder auf die Uhr, bis sich endlich der junge Kommissar aus Damme meldete. Jan wartete geduldig, als Hanna mit ihm sprach, und sah sie fragend an, nachdem sie sich bei Finn Eilers bedankt und von ihm verabschiedet hatte.

»Finn war sehr gründlich, deshalb hat es so lange gedauert. Marco Müller – es gibt übrigens drei Männer dieses Namens in der näheren Umgebung, aber nur einen, der vom Alter her passen würde –, also Müller ist in Wallenhorst gemeldet. Das liegt nur wenige Kilometer von Osnabrück entfernt, direkt an der A1. Und etwa neun Kilometer von Bramsche.«

»Wohnung?«

Hanna schüttelte den Kopf. »Sein Elternhaus. Sie sind vor fünf Jahren bei einem Autounfall ums Leben gekommen. Er hat keine Geschwister, nach dem Hauptschulabschluss hat er eine Ausbildung als Fahrzeuglackierer gemacht.« Sie sah auf ihre Notizen. »In einer Osnabrücker Lackiererei hat er vier Jahre gearbeitet, bevor sie ihn fristlos entlassen haben. Was da genau passiert ist, ist wegen der fehlenden Anzeige nicht bekannt. Seitdem gibt es keine Festanstellung mehr. Zeitweilig hat er als freiberuflicher Lackierer gearbeitet, aber darüber gibt es keine genauen Daten. Müller stand drei Mal vor Gericht wegen Drogenhandels. Zwei Bewährungsstrafen und eine zweijährige Haftstrafe, von der er zwei Drittel abgesessen hat, bevor er auf Bewährung rauskam. Finn konnte die Kollegen in Bramsche noch nicht erreichen. Er wird es aber weiter versuchen und sich nach Müllers Kontakten ins Rotlichtmilieu erkundigen.«

»Wie gehen wir vor?«

»Ich habe da eine Idee«, sagte Hanna.

Das kleine Einfamilienhaus lag am Rande von Wallenhorst in unmittelbarer Nähe zur Autobahn. Hanna stellte das Wohnmobil an der Straße ab, sie stiegen aus und gingen die letzten hundert Meter zu Fuß.

Hanna klingelte dreimal Sturm. Als niemand öffnete, schlug sie mit der Faust gegen die Holztür.

»Was machen wir?«, fragte sie, an Jan gewandt.

Der griff nach seinem Handy und wählte die Nummer, die Hanna ihm nannte. Nach dem achten Klingelzeichen nahm am anderen Ende der Leitung jemand das Gespräch an.

»Ja?«, fragte eine müde Stimme.

»Herr Marco Müller?«

»Wer will das wissen?«

»Polizei. Wir stehen hier vor Ihrem Haus. Würden Sie bitte die Tür aufmachen?«

»Was soll der Scheiß? Was wollt ihr so früh am Morgen, verflucht? Haut ab, ich habe keinen Bock auf euch.«

»Das wird leider nicht gehen«, sagte Jan. »Entweder öffnen Sie jetzt die Tür oder wir kommen mit einem Haftbefehl zurück. Das Prozedere, das dann folgt, kennen Sie ja.«

»Was soll der Scheiß, Bulle! Ich habe mir nichts zuschulden kommen lassen. Haut einfach ab und lasst mich in Ruhe.«

»Sie haben noch genau zwei Minuten, um sich zu entscheiden. Ab jetzt!« Jan drückte auf den roten Button, der das Gespräch beendete.

»Wow!«, sagte Hanna grinsend. »So habe ich dich ja noch nie erlebt.«

Jan sah auf die Uhr, sie hörten Schritte im Haus, eine Tür wurde geöffnet und wieder zugeschlagen, Müllers Silhouette erschien hinter der Milchglasscheibe der Haustür, der Schlüssel wurde im Schloss umgedreht, die Tür geöffnet. Vor ihnen stand ein Mann in Jeans und T-Shirt, barfuß und mit verwuschelten Haaren.

»Und jetzt, ihr Superbullen?«, fuhr er Jan an. »Handschellen oder was?« Sein Blick fiel auf Hanna, er starrte sie an, öffnete den Mund, aber es kam nur ein gurgelnder Laut heraus.

»Können wir uns irgendwo in Ruhe mit Ihnen unterhalten?«, fragte Jan und trat einen Schritt vor.

Marco Müller blieb zunächst mitten in der Tür stehen, rührte sich erst, als Jan ihm ein zweites Mal die Frage stellte. Er trat zur Seite und schloss die Tür hinter Hanna.

»Geradeaus und die zweite rechts«, sagte er und folgte ihnen.

Die Küche machte auf Jan einen traurigen Eindruck. Die Tapete war verblasst und an einigen Stellen gerissen, die Küchenmöbel waren alt und abgestoßen, vom weiß angestrichenen Holztisch blätterte an mehreren Stellen die Farbe ab. Müller griff nach zwei leeren Bierdosen, die auf dem Tisch standen, und warf sie in einen großen Mülleimer. Jan und Hanna nahmen Platz und warteten, bis Müller sich bequemte, den Stuhl vorzuziehen und sich zu ihnen zu setzen.

»Raus damit. Was ist los?«, blaffte Marco Müller und deutete auf Hanna. »Die da hat mich gestern angegriffen und verletzt. Ich will Anzeige erstatten. Jetzt sofort.«

Jan lächelte. »Sind Sie sicher, dass Sie das wollen? Es gibt Zeugen, die bestätigen, dass Sie eine Frau schlagen wollten.

Meine Kollegin hat Sie davon abgehalten und ist von Ihnen angegriffen worden. Ihnen scheint nicht klar zu sein, dass das mindestens drei Monate Haft bedeutet. Möchten Sie noch die Paragrafen wissen, gegen die Sie verstoßen haben?«

Marco Müller schluckte schwer. »Sie hat nicht gesagt, dass sie von der Polizei ist.«

»Ich habe mich sehr wohl zu erkennen gegeben«, sagte Hanna. »Aber das hat Sie nicht davon abgehalten, mich ein zweites Mal anzugreifen.«

»Unsinn! Sie ha…«

»Herr Müller«, fiel Jan ihm ins Wort. »Die Beweislage ist klar. Es gibt zahlreiche Zeugen. Ich selbst stand auf der anderen Straßenseite und habe alles beobachtet.«

Müller schwieg. Ihm schien klar geworden zu sein, in welcher Lage er sich befand.

»In welcher Beziehung stehen Sie zu Frau Laura Lambert?«, fragte Jan.

Marco Müller sprang auf, sein Stuhl kippte nach hinten weg. »Was geht Sie das an?«, schrie er.

Jan stand auf, Hanna folgte ihm. »Entweder Sie beruhigen sich jetzt oder wir nehmen Sie mit auf das örtliche Polizeikommissariat. Entscheiden Sie selbst.«

Müller trat einen Schritt zurück, atmete tief durch und nickte schließlich. Jan und Hanna setzten sich zurück an den Tisch, Müller ebenfalls.

»Ich kenne Laura halt. Sie schuldet mir Geld und war nie zu erreichen. Da habe ich es in der Kneipe versucht, in der sie häufiger ist.«

»Wofür schuldet Frau Lambert Ihnen Geld und wie viel?«

»Ich hab's ihr ausgeliehen. Fünftausend Euro.«

Hannas Handy machte sich bemerkbar, sie las die Nachricht und reichte Jan das Handy. Finn Eilers hatte mit den Bramscher Kollegen gesprochen. Marco Müller war bei ihnen bestens bekannt. Es lief eine Untersuchung wegen des Verdachts der Zuhälterei. Jan legte Hannas Handy auf den Tisch und sah Marco Müller an.

»Ich glaube Ihnen nicht. Entweder Sie versuchen es jetzt mit der Wahrheit oder …« Er ließ den Satz in der Luft hängen.

»Ich lüge nicht«, sagte Müller, aber Jan hörte ihm an, dass seine Widerstandskraft langsam schwand.

»Wann und wo haben Sie Frau Lambert kennengelernt?«

Marco Müller zuckte mit den Schultern. »Keine Ahnung. Das ist schon eine Weile her.«

Jan beugte sich vor und sah Müller direkt in die Augen. »Uns ist vollkommen egal, ob Sie mit Rauschgift dealen oder Zuhälter sind.« Er hielt kurz inne und fügte mit energischer Stimme hinzu: »Zumindest bis jetzt. Das kann sich aber schnell ändern. Wir nehmen hier alles auseinander, Sie werden monatelang unter Beobachtung stehen. Das wäre Ihr Ende.«

»Wollen Sie mir drohen?«, fragte Müller. Er hatte leise gesprochen, seine Stimme hatte jegliche Aggressivität verloren.

»Wo haben Sie Laura Lambert kennengelernt?«

Müller zögerte lange, bevor er leise stöhnte und aufsah. »Über einen Bekannten. Der meinte, dass Laura Geld brauchen würde und … Gott verdammt, Sie wissen doch schon alles. Was soll der Scheiß hier eigentlich?«

»Ich möchte es aber von Ihnen hören«, sagte Jan ruhig.

»Himmel! Sie wollte als Escort arbeiten. Ich habe ihr geholfen. Nix Zuhälter und so. Sie hatte halt keine Kontakte und wusste nicht, wie der Hase läuft. Ich habe sie beraten, und dafür schuldet sie mir was.«

»Hat Frau Lambert als Escort gearbeitet?«, fragte Jan weiter.

»Sag ich doch, verflucht. Nicht viel und auch nicht auf dem Straßenstrich. Das ist nicht ihr Niveau. Mit gut betuchten Herren essen gehen, und wenn sie zahlen, halt auch ins Hotel. Oder einen von diesen Schnöseln auf Geschäftsreise …«, er malte Anführungszeichen in die Luft, »... begleiten. Das ist schon lukrativ. Man muss halt nur die richtigen Leute kennen.«

»Und die kennen Sie?«

»Nein, aber ich kenne Leute, die diese Leute kennen. So einfach ist das. Diese Herrschaften wollen mit unsereins nichts zu tun haben, aber trotzdem sicher sein, dass sie nicht ausgenommen werden. Die sind doch alle verheiratet und da kann es schon brenzlig werden.«

»Sie sprechen von Erpressung?«, fragte Jan.

»Klar, was sonst? Nicht mein Stil. Viel zu gefährlich, sage ich immer. Das spricht sich doch schnell rum und das Geschäft ist futsch. Von dem Ärger, den man kriegen kann, ganz abgesehen.«

»Sieht Frau Lambert das auch so?«, fragte Hanna.

»Was denn? Mit Erpressung und so? Klar doch! Ansonsten würde sie reichlich Probleme bekommen. Diese Masche kannst du in der Branche nicht abziehen. Dann bist du gleich ...« Er stutzte. »Hat Laura etwa diesen Scheiß gemacht?«

»Nicht, dass wir davon wüssten«, sagte Jan mit ruhiger Stimme. Er sah, wie Hanna erleichtert durchatmete. Ihr schien klar geworden zu sein, dass sie mit ihrer Frage zu weit gegangen war.

Jan beugte sich leicht vor. »Arbeitet Frau Lambert noch in der Branche?«

»Keine Ahnung.«

Jan sah ihn auffordernd an. »Doch, Sie haben eine Ahnung. Raus damit!«

»Ich weiß es nicht genau. Ich glaube ... keine Ahnung, Mann. Aber trotzdem schuldet sie mir Geld. Fünftausend waren vereinbart. Basta! Ist mir doch egal, ob sie weitermacht. Ich will mein Geld.«

Sechzehn

Hanna

»Glaubst du ihm?«, fragte Hanna, als sie im Wohnmobil auf dem Rückweg nach Damme zum Meeting mit den SoKo-Kollegen waren.

»Nicht alles. Sie schuldet ihm kein Geld. Er war hinter ihr her, weil sie weiterarbeiten sollte. Seinen Anteil hat er sicher just in time bekommen und auch nicht als Berater, sondern für seine Kontakte und als Mann im Hintergrund, falls etwas schiefläuft.«

»Okay, gehen wir einmal davon aus, dass Laura Lambert als Escort gearbeitet hat. Müller sprach aber von einer anderen Klientel. Betuchte Herren, die eine junge attraktive Dame an ihrer Seite haben wollen. Da passt Helmut Gepken wohl kaum rein, oder?«

»Vielleicht hat sie umgesattelt«, schlug Jan vor.

»Um von Müller wegzukommen?«

»Zum Beispiel.«

»Sprechen wir mit Laura Lambert?«

»Ja. Sollte sie den DNA-Abstrich verweigern, bekommen wir bei der momentanen Sachlage sicher auch einen Beschluss.«

Jan, der am Steuer saß, schaute kurz zu Hanna hinüber. »Du glaubst nicht, dass sie etwas mit unserem Fall zu tun hat?«

»Ich habe sie in der Kneipe fast eine Dreiviertelstunde lang beobachtet. Sie wirkte da nicht wie eine Frau, die einen Fünfundsiebzigjährigen betäubt und ihn anschließend eiskalt tötet.«

»Und was für einen Eindruck hattest du von ihr?«

»Eine lebensfrohe, empathische Frau, die sich mit ihren Freundinnen trifft und einen vergnügten Abend verbringen will.«

Jan war im Zuge seiner Arbeit für Scotland Yard einigen Tätern und auch Täterinnen begegnet, denen niemand in deren näherer Umgebung einen Mord zugetraut hätte. Selbst Jan hatte sich von einigen lange täuschen lassen.

»Manche Menschen sind mehr als nur eine Persönlichkeit«, sagte er. »Sie können eine solche Tat verdrängen, vergessen und manchmal auch vor sich rechtfertigen als gute Tat.«

»Wir werden sehen. Vielleicht sollten wir noch heute mit Frau Lambert sprechen.«

Jens Bölscher begrüßte die Kollegen und berichtete als Erster von seinen und Finn Eilers Recherchen. Sie hatten die vier Fahrzeughalter zunächst in den Datenbanken und über frei zugängliche Internetseiten überprüft, um anschließend zwei vor Ort zu befragen. Karla Otto war achtundvierzig Jahre, verheiratet, hatte zwei Kinder im Alter von vierzehn und sechzehn Jahren, arbeitete dreißig Stunden in einer Osnabrücker Bank und gab freiwillig eine DNA-Probe ab.

»Sie machte auf uns nicht den Eindruck, als wenn sie nebenberuflich ältere Herren betreuen würde«, sagte Jens Bölscher. »Zum fraglichen Todeszeitpunkt von Helmut Gepken war sie mit ihrem Mann für fünf Tage auf Mallorca. Die beiden Kinder waren in der Zeit bei ihrer Mutter. Wir haben uns den

Boarding Pass und die Reservierung als Kopie geben lassen. Wir warten die DNA-Analyse ab, gehen aber jetzt schon davon aus, dass Frau Otto mit hoher Wahrscheinlichkeit nicht die gesuchte Person ist.« Er warf einen Blick zu Finn Eilers. »Berichtest du von den weiteren Recherchen?«

Der junge Kommissar nickte. »Der Fahrzeughalter des weiteren Golf, den wir vor Ort überprüft haben, ist Johannes Timmers, zweiundvierzig Jahre, keine Kinder, wohnt zusammen mit seiner Lebensgefährtin in Bad Essen. Timmers arbeitet freiberuflich als Versicherungsvertreter, Ulrike Sommer, die Lebensgefährtin, achtunddreißig Jahre, ist Informatikerin und ebenfalls freiberuflich tätig. Größtenteils arbeitet sie von zu Hause aus, besucht allerdings auch hin und wieder Kunden. Sie selbst hat einen Škoda Octavia älteren Baujahrs, benutzt aber auch das Fahrzeug ihres Lebensgefährten. Auch sie hat freiwillig einen DNA-Abstrich gemacht.«

»Bei Frau Sommer gab es ebenfalls keine Verdachtsmomente, auch wenn sie kein Alibi für die fragliche Zeit vorweisen kann«, übernahm wieder Jens Bölscher. »Auch hier warten wir die DNA-Analyse ab. Die beiden anderen Fahrzeughalter werden wir morgen vor Ort befragen.« Er warf einen Blick zu Michael Harms. »Wollt ihr weitermachen?«

Harms nickte. »Wir haben alle vier Kandidaten beziehungsweise Kandidatinnen überprüft und bereits mit zweien direkt gesprochen.« Er berichtete von ihrer Recherche, bevor er zu den Befragungen kam. »Matthias Gerdes und seine Frau Katrin, beide dreiundvierzig Jahre alt, einen fünfzehnjährigen Sohn, sie wohnen zur Miete in Osnabrück. Der Mann arbeitet als Ingenieur auf Baustellen in ganz Europa und ist – je nachdem, wie weit die jeweilige Arbeitsstelle entfernt liegt – nur selten zu Hause. Er fährt einen Dienstwagen der Firma, sie den Golf, der auf ihren Namen angemeldet ist. Frau Gerdes hat keine Ausbildung, arbeitet als angestellte Reinigungskraft fünfzehn Stunden in der Woche. Wir haben mit ihr vor Ort gesprochen. Für die mutmaßliche Tatzeit war sie bei der Arbeit wegen starker Kopfschmerzen krankgemeldet. Sie war nicht besonders kooperativ und hat auch den freiwilligen DNA-Abstrich verweigert.«

»Habt ihr ein Foto von ihr?«, fragte Jens Bölscher.

Michael Harms nickte, öffnete die vor ihm liegende Mappe und hielt ein DIN-A4-Foto hoch, auf dem eine attraktive Frau Anfang vierzig zu sehen war. »Das haben wir von ihrem Facebook-Account. Er ist voll mit Fotos ihrer vier Katzen und anderen Tierbildern.«

»Wie ist euer Eindruck?«, fragte Jens Bölscher. »Kommt sie infrage?«

»Schwer zu sagen. Die Zeit hätte sie, um sich mit Männern zu treffen. Wie gesagt, sie wohnen zur Miete, und auch in der Wohnung sah es nicht so aus, als wenn sie in Geld schwimmen würden. Der Ehemann ist selten zu Hause, der Sohn wird auch schon seine eigenen Wege gehen. Mehr kann ich dazu nicht sagen. Stefan und ich werden Frau Gerdes noch einmal durchleuchten, mit den Osnabrücker Kollegen sprechen, ob sie dort bekannt ist, und weiter recherchieren. Einen Beschluss für einen DNA-Abstrich werden wir sicher nicht bekommen, oder?«

Jens Bölscher schüttelte den Kopf. »Bei der Beweislage brauche ich dem Staatsanwalt damit nicht zu kommen.«

Stefan Böhmer übernahm den weiteren Bericht. »Sandra Koop, achtunddreißig, wohnhaft in Neuenkirchen. Sie ist ledig, wohnt alleine und arbeitet Vollzeit bei einem Pflegedienst. Der Golf ist auf ihren Namen registriert. Für die Tatzeit hat sie kein Alibi, hat aber dem DNA-Abstrich zugestimmt, als wir ihr erklärten, worum es ging. Bei der Befragung hat sie sich weder in Widersprüche verwickelt noch war sie unkooperativ. Wir sollten die DNA-Analyse abwarten.« Böhmer schaute auf seine

Notizen. »Die zwei weiteren Kandidaten haben wir überprüft und werden sie heute und morgen befragen.«

»Danke«, sagte Jens Bölscher und nickte Hanna zu. »Wollt ihr weitermachen?«

»Überprüft haben wir alle vier, haben aber noch niemanden befragen können«, sagte Hanna und berichtete zunächst von der Recherche zu den vier Fahrzeughaltern, bevor sie zu der Observation und den anschließenden Ereignissen in der Bramscher Kneipe sowie der Vernehmung von Marco Müller am nächsten Tag kam. »Bevor wir morgen mit Laura Lambert sprechen, wollen wir sie ein weiteres Mal gründlich durchleuchten. Da sie durchaus als die Frau, die Helmut Gepken besucht hat, infrage kommt, wollen wir sie nicht frühzeitig aufschrecken.«

Jens Bölscher nickte. »Das klingt tatsächlich vielversprechend. Seid ihr sicher, dass dieser Marco Müller sie nicht vorwarnt?«

»Sehr sicher«, sagte Jan. »Wir haben ihm klargemacht, was dann passieren würde.«

Der SoKo-Leiter hob die Augenbrauen. »Dann frage ich mal lieber nicht weiter nach.«

Hannas Handy vibrierte, sie warf einen Blick aufs Display, stand auf und entschuldigte sich. »Ein wichtiges Gespräch, auf das ich schon seit gestern warte.«

Auf dem Flur meldete sie sich mit Namen und Dienstgrad.

»Enno van Zoest von der Universität Osnabrück. Sie hatten um Rückruf gebeten?«

»Ja, das ist richtig, Professor van Zoest. Ich …«

»Lassen Sie den Professor weg. Darauf lege ich keinen großen Wert.«

»Gern, Herr van Zoest.« Hanna erklärte ihm, um was es ihr ging und wie weit sie mit ihren eigenen Recherchen bereits gekommen war.

»Sie suchen nach Informationen zu einem einzelnen Soldaten der Waffen-SS, der nicht mal einen Rang hatte? Das wird mehr als schwierig. In der SS waren über neunhunderttausend Männer. Sie müssten schon sehr viel Glück und noch mehr Zeit haben, um an Informationen zu kommen. Der Krieg ist schon achtzig Jahre her. Es gibt kaum noch lebende SS-Mitglieder.«

»Verstehe. Die Recherche wäre viel zu umfangreich – schon gar für mich als Laiin.«

»Definitiv. Für die oberen SS-Ränge gibt es durchaus Material, aber Ihr Mann war ja ein einfacher Soldat.«

»Ein anderer Ermittlungsansatz ist, dass der Vater unseres Opfers vor Ort oder in der Umgebung jemanden denunziert hat, der oder die dann ins Gefängnis oder KZ gekommen ist.«

»Möglich. Selbst in der Bevölkerung im heutigen Kreis Cloppenburg und Vechta stieg der Zuspruch für die NSDAP in den Jahren der Machtergreifung 1933 deutlich an. Zuvor war die Zentrumspartei extrem stark in den katholischen Gebieten, aber nach ihrer Auflösung im Juli '33 gab es kaum Alternativen und der Druck nahm zu, sich positiv gegenüber den Nationalsozialisten zu verhalten beziehungsweise – wenn man was erreichen wollte – selbst in die Partei einzutreten. Und natürlich gab es, je weiter wir auf 1945 zusteuern, Hardcore-Parteimitglieder, die ihre Mitbürger bespitzelt und jede Kleinigkeit gemeldet haben. Auf diesen Denunzianten fußte das Unterdrückungssystem. Niemand wusste, wer sie waren. Es ging darum, dass die Menschen immer Angst haben mussten, wem sie was erzählen. Und sei es nur ein Witz, der die Partei durch den Kakao zieht. Jede Bemerkung konnte in den Gestapo-Kellern enden. Oder schlimmstenfalls im KZ.«

»Wer wurde verfolgt?«

»Ab 1933 die politisch Andersdenkenden. Führende Mitglieder der Parteien, aber auch Menschen, die nur verdächtig waren, sich gegen die NSDAP zu stellen. 1933 gab es selbst in Vechta ein kleines KZ, in dem politische Gefangene inhaftiert wurden. Es ist allerdings 1935 aufgelöst worden. Später stand die Vernichtung der jüdischen Mitbürger im Vordergrund, aber auch Sinti und Roma und andere Volksgruppen sind nicht verschont worden. Menschen mit geistiger oder körperlicher Behinderung verschwanden und wurden heimlich getötet. Die heutige Oldenburger Karl-Jaspers-Klinik hat da eine unrühmliche Vergangenheit. Dort hat man zahlreiche Patienten bewusst verhungern lassen.« Der Professor hielt kurz inne. »Es sind aber auch weitere Glaubensgemeinschaften verfolgt und getötet worden. Die Zeugen Jehovas waren besonders betroffen – schon allein, weil sie den Dienst an der Waffe verweigert haben. Aber auch evangelische Christen waren betroffen, die sich der bekennenden Kirche zugeordnet haben. Katholiken ebenfalls. Es gibt also zahlreiche Möglichkeiten, wo der Vater Ihres Opfers aktiv geworden sein könnte. Im Oldenburger Land waren gerade zu Beginn der NS-Zeit viele Menschen – geprägt durch ihren starken Glauben – in einer heimlichen Opposition zum Nationalsozialismus. Das war keine Widerstandsbewegung, wie manche meiner Kollegen den sogenannten Kreuzkampf gern darstellen, aber schon ein beachtliches Aufbäumen gegen die Machthaber.«

»In einem so kleinen Ort wie Rüschendorf oder auch Damme müssten doch viele mitbekommen haben, wenn diese – wie Sie es nannten – Hardcore-Parteigänger andere Menschen denunziert haben. Ist da nicht drüber geredet worden?«

»Wie gesagt, die Denunzianten haben es gerade auf dem Land nicht an die große Glocke gehängt. Sie hatten eigentlich keine Machtposition – wie der Bürgermeister oder Parteivorsitzende vor Ort –, sondern waren ganz normale Bürger. Natürlich wusste man, wer das System verteidigt, aber die Krux war, dass man kaum darüber sprechen konnte. Selbst innerhalb der Familie war die Gefahr groß, dass etwas weitergegeben wurde.«

»Das große Schweigen«, sagte Hanna.

»Ja, so könnte man es formulieren«, sagte van Zoest.

Hanna unterhielt sich noch eine weitere Viertelstunde mit dem Professor, der ihr einige Tipps gab, wo sie nach örtlichen Ereignissen in den Jahren 1933 bis 1945 recherchieren konnte. Sie bedankte sich mehrmals und fragte, ob sie ihn bei weiteren Fragen kontaktieren könne, was van Zoest bejahte.

»War noch was Wichtiges?«, fragte Hanna, als Jan im Flur auf sie zukam.

Er schüttelte den Kopf. »Nichts mehr. Wir treffen uns morgen um sechzehn Uhr wieder.«

Sie holten sich Kaffee aus der Teeküche und gingen in ihr provisorisches Büro. Hanna suchte weiter nach Personen, die in Rüschendorf oder Damme während der NS-Zeit verhaftet oder deportiert worden waren, und nutzte dabei die Quellen, die ihr Professor van Zoest genannt hatte, während Jan sich um weitere Informationen zu Laura Lambert bemühte.

»Was meinst du, soll ich vielleicht noch einmal Eva Schwieters anrufen? Vielleicht weiß sie mehr über die Vergangenheit von Helmut Gepkens Vater.«

»Einen Versuch ist es wert.«

Hanna nickte und verließ das Büro, um Jan nicht bei seinen Telefonaten zu stören. In der Teeküche setzte sie sich an den kleinen Tisch und wählte Frau Schwieters Nummer. Sie meldete sich nach dem zweiten Klingelton und begrüßte Hanna mit freundlicher Stimme.

»Was kann ich für Sie tun, Frau Will?«

»Wir beschäftigen uns weiter mit dem Leben Ihres Freundes und sind dabei auf Gerüchte gestoßen, die Erich Gepken betreffen. Es geht um die Zeit von 1933 bis 1945. Können Sie mir da weiterhelfen?«

»Vermutlich kann ich Ihnen nichts Neues erzählen. Ich weiß, dass Helmuts Vater ein Nazi war, durch und durch. Auch nach dem Krieg hat er Sprüche losgelassen, die zum Fürchten waren. Ich weiß das natürlich nur aus zweiter Hand von Helmut.«

»Haben Sie oder Ihre Eltern von den Gerüchten gehört?«

»Meine Eltern haben mich vor Helmut gewarnt. Sie hatten nichts gegen ihn selbst, haben aber an seinem Vater kein gutes Haar gelassen. Meine Mutter hat einen Bruder, der damals in Rüschendorf lebte. Sein Schwiegervater war Sozialdemokrat und wurde 1933 von der SA abgeholt und nach Vechta ins KZ gebracht. So wurde es mir zumindest erzählt. Ob es tatsächlich in Vechta ein KZ gab, glaube ich fast nicht. Ich habe nie etwas davon gehört.«

»Nur für kurze Zeit«, klärte Hanna sie auf. »Nach zwei Jahren ist es wieder geschlossen worden.«

»1933 war Helmuts Vater erst sechzehn Jahre. Mit der Sache kann er gar nichts zu tun gehabt haben, oder? Es ging auch wohl mehr darum, dass Helmuts Vater einer dieser engstirnigen Nazis war. Obwohl …«

»Ja?«, fragte Hanna, als Eva Schwieters nicht weitersprach.

»In der Berufsschule gab es einen Vorfall. Eine Schülerin aus einer der anderen Klassen hat Helmut das Leben schwer gemacht. Ich meine, Helmut hat mir einmal erzählt, dass es dabei um seinen Vater ging.«

»Kennen Sie den Namen der Schülerin?«, fragte Hanna.

»Nein, ich habe das damals auch nicht so ernst genommen. Ob es dabei tatsächlich darum ging, dass Helmuts Vater sich etwas zuschulden hat kommen lassen, weiß ich nicht genau. Vielleicht fällt mir der Vorname der Schülerin noch ein – den hat Helmut mir bestimmt genannt.«

»Wissen Sie, wo die Schülerin wohnte?«

»Leider nicht. Aber viele kamen aus Damme. Lassen Sie mich überlegen. Ich rufe Sie wieder an, wenn mir etwas einfällt.«

Hanna fragte, wann sie die Berufsschule absolviert hatte, und bedankte sich schließlich bei Eva Schwieters, bevor sie das Gespräch beendete.

Siebzehn

Jan

Jan wählte die Nummer, die er von einem Oberkommissar in Bramsche bekommen hatte. Hauptkommissar Thomas Beer arbeitete im Osnabrücker Kommissariat und kannte sich in der Rotlichtszene aus.

Jan erreichte ihn im Büro und erklärte ihm, woran sie arbeiteten. Thomas Beer hörte aufmerksam zu und stellte einige Fragen, bevor er auf Jans Frage nach Laura Lambert antwortete.

»Wir haben in Osnabrück und dem Landkreis einige Damen, die als Escort arbeiten. In aller Regel haben wir mit den Frauen nicht viel zu tun. Ihre Arbeit ist ja legal und allenfalls für die Kollegen vom Finanzamt interessant, wenn die Einkünfte nicht versteuert werden.«

»In aller Regel?«, fragte Jan nach, der ein kleines *Aber* herausgehört hatte.

»Ja, es kommt schon vor, dass den Herren am nächsten Morgen das Portemonnaie abhandengekommen ist und wir hinzugezogen werden. Es gab allerdings auch schon Damen, die nicht bezahlt wurden und uns aus diesem Grund gerufen haben. Ich meine mich an eine Frau Lambert zu erinnern.

Einer ihrer Kunden hatte uns gerufen. Seine Kreditkarte war angeblich von Frau Lambert gestohlen worden. Ich muss den Vorgang allerdings raussuchen. Kann ich Sie in fünf bis zehn Minuten wieder anrufen?«

»Das ist überhaupt kein Problem. Meine Nummer haben Sie ja jetzt.«

Jan ging noch einmal seine Aufzeichnungen durch, als Hanna zurück ins Büro kam.

»Hast du etwas erreicht?«

»Vielleicht. Frau Schwieters hat die Gerüchte bestätigt, konnte mir aber nur bedingt weiterhelfen. Es gab aber einen Vorfall in der Berufsschule in Vechta, an den sie sich erinnert.« Hanna erzählte ihm, was sie erfahren hatte.

»Ohne Namen wird das schwierig.«

»Entweder fällt Frau Schwieters der Name noch ein oder ich muss alle Schüler des Jahrgangs befragen.«

»Das werden sehr viele sein«, warf Jan ein. »Allein die Adressen, die sich vermutlich bei allen geändert haben, zu ermitteln, wird Tage, wenn nicht Wochen in Anspruch nehmen. Von den Befragungen einmal ganz abgesehen.«

»Danke fürs Mutmachen.« Hanna stöhnte theatralisch. »Es gibt fast keine Literatur oder sonstige Quellen über diese Zeit. Und wenn, sind sie schwierig zu bekommen. Ich habe zwei Bücher bestellt, glaube aber nicht, dass da konkrete Namen genannt werden. Was bleibt mir, außer aufzugeben?«

»Auf Frau Schwieters zu hoffen«, sagte Jan. »Wie ich sie einschätze, wird sie versuchen, sich zu erinnern oder vielleicht auch ehemalige Schüler des Jahrgangs zu erreichen. Warte zwei Tage ab und ruf sie dann noch einmal an.«

Jans Handy klingelte. »Das ist ein Kollege aus Osnabrück.« Er nahm das Gespräch an und dankte Thomas Beer für den Rückruf.

»Kein Ding. Ich habe den Vorgang gefunden. Er liegt neunzehn Monate zurück. Tatsächlich war Frau Laura Lambert die Frau, die angeblich die Kreditkarte entwendet hat.«

»Angeblich?«

»Vor Ort, in einem Osnabrücker Hotel, haben die Kollegen die Personalien und die Anzeige aufgenommen. Frau Lambert hat abgestritten, dass sie die Kreditkarte habe, und hat sich freiwillig durchsuchen lassen. Als nichts gefunden wurde, ist Alexander Haak aufgefordert worden, noch einmal genau nachzuschauen. Und siehe da, die Kreditkarte hat sich gefunden. Ob Frau Lambert sie doch entwendet und nur rechtzeitig in einer seiner Taschen deponiert hat, als Herr Haak sie beschuldigt hat, konnte nicht geklärt werden. Die Anzeige wurde zurückgezogen, aber ich habe den Vorgang auf dem Tisch gehabt. Das ist bei uns so geregelt – bei mir laufen alle Informationen aus dem Rotlichtmilieu zusammen. Auch wenn eine Anzeige zurückgezogen wird.« Der Hauptkommissar machte eine kurze Pause. »Ich hoffe, die Info hilft Ihnen weiter?«

»Durchaus. Vielen Dank, Kollege. Könnten Sie mir die Daten von Alexander Haak per Mail schicken?«

»Kein Problem. Geht sofort raus. Den Bericht der Kollegen füge ich dann gleich bei.«

Jan bedankte sich ein weiteres Mal und verabschiedete sich, bevor er sich einige Notizen zum Vorfall machte und sich an Hanna wendete. »Osnabrück hat bestätigt, dass Laura Lambert als Escort gearbeitet hat.« Er erklärte ihr, was er erfahren hatte.

»Du willst mit dem Mann sprechen?«

Jan nickte. »Die Adresse kommt gleich. Ich habe da so einen Verdacht.«

Auf dem Weg nach Osnabrück ging Jan ein weiteres Mal seine Notizen durch. »Hast du eigentlich bei dem Studenten angerufen?«

Hanna nickte. »Leon Junker. Ich habe mit ihm telefoniert. Nur er fährt mit dem Golf und leiht ihn auch nie aus. Er ist nach eigenen Aussagen schwul und lebt mit seinem Freund in der Wohnung, die seine Eltern finanzieren. Für die Tatzeit hat er ein Alibi, das ich bereits überprüft habe.«

»Für wann hast du uns bei Anja Rütters angemeldet?«

»Um neunzehn Uhr. Schaffen wir das?«

Jan hatte mit Alexander Haak gesprochen und angekündigt, dass sie ihn befragen wollten. Haak, den Jan in seinem Büro erreicht hatte, wiegelte ab und meinte, dass er in den nächsten Tagen keine Zeit habe. Erst als Jan davon sprach, dass er ihn über die Staatsanwaltschaft vorladen würde, lenkte Alexander Haak ein.

»Haak wartet auf uns in seinem Büro. Von da sind es nur fünf Minuten Fahrt bis zur Wohnung von Anja Rütters.«

Hanna warf Jan vom Fahrersitz aus einen kurzen Blick zu. »Frau Rütters klang sehr kooperativ. Ich habe ihr erklärt, dass der Golf ihres Lebensgefährten in unser Raster fällt und wir eine Frau suchen, die damit gefahren ist.«

»Hat sie danach gefragt?«

»Ja. Ihre Stimme klang aber weder aufgeregt noch angespannt. Wir werden sehen, was sie uns zu sagen hat.«

Alexander Haak, der als freiberuflicher Bausachverständiger arbeitete, wartete auf sie in seinem Büro im Norden von Osnabrück. Sie parkten vor dem dreistöckigen Bürogebäude, das sich in einem Gewerbegebiet befand, und fuhren mit dem Fahrstuhl in den zweiten Stock. Alexander Haak, ein kleiner, leicht übergewichtiger Mann mit schütteren Haaren, öffnete ihnen die Tür und bat sie in sein Besprechungszimmer.

»Ich verstehe nicht so ganz, warum Sie mit mir sprechen wollen. Diese Sache ist doch bereits weit über ein Jahr her. Da war doch alles geklärt.«

»Wir ermitteln in einem Tötungsdelikt«, sagte Jan. »In dem Zusammenhang ist Zeugen ein Fahrzeug aufgefallen. Leider haben wir nur einen Teil des Kennzeichens und müssen zahlreiche Fahrzeughalter überprüfen.«

»Mein Auto?«

»Nein, Herr Haak. Das Auto von Frau Lambert. Wir recherchieren im Umfeld der Fahrzeughalter und sind so auch auf Sie gestoßen.« Jan hielt kurz inne. »Wie häufig haben Sie sich mit Frau Lambert getroffen?«

»Einmal. Und nie wieder.«

»Wie sind Sie auf Frau Lambert aufmerksam geworden?«

»Ein Bekannter hat sie mir empfohlen.« Er hob abwehrend die Hände. »Bevor Sie fragen, den Namen werde ich Ihnen nicht nennen. Ich möchte meinen Bekannten nicht in die Sache hineinziehen.«

»Woher kannte Ihr Freund Frau Lambert?«

Alexander Haak zuckte mit den Schultern. »Ich glaube, über einen Kontakt im Internet. Ich bin mir aber nicht sicher.«

»Wo haben Sie Ihre Kreditkarte letztendlich gefunden?«

»Auf einem Beistelltisch neben dem Bett. Sie lag unter einer Zeitschrift.«

»Hatten Sie die dort hingelegt?«, fragte Jan weiter.

»Muss ja wohl. Ich habe mit solchen Frauen nicht so die große Erfahrung. Vielleicht war ich zu aufgeregt.«

»Was haben Sie Frau Lambert bezahlt?«

»Muss ich das sagen?«

»Sie würden uns damit sehr helfen.«

»Fünfhundert Euro in bar.«

Hanna räusperte sich. »Und später, nach dem Vorfall?«

Alexander Haak sah sie erstaunt an. Mit der Frage schien er nicht gerechnet zu haben.

»Wieso? Ich habe sie doch nur einmal getroffen!«

»Sie hat sich nicht bei Ihnen gemeldet?«, übernahm Jan wieder.

»Nein, warum auch?«

»Sie sind verheiratet?«

Alexander Haak nickte.

»Weiß Ihre Frau vo…«

»Nein«, fiel Haak ihm ins Wort. »Und so soll es bitte auch bleiben.«

»Von unserer Seite gibt es keine Notwendigkeit, mit Ihrer Frau zu sprechen. Es sei denn, wir müssen Ihre Aussagen überprüfen.«

Alexander Haak stöhnte auf, sah zwischen Jan und Hanna hin und her und zögerte eine Weile, bevor er mit verzagter Miene den Kopf schüttelte. »Lassen wir die Spielchen. Ja, es ist noch Geld geflossen. Diese Frau ist in meinem Büro aufgetaucht und wollte – so hat sie es genannt – Schmerzensgeld, weil ich die Polizei gerufen habe.«

»Wie viel Geld ist geflossen?«

»Zweitausend Euro.«

»Frau Lambert hat Sie also erpresst?«

»Nein, ich habe freiwillig bezahlt. Sie hat keinen Druck ausgeübt. Ich habe einen Fehler gemacht und sie zu Unrecht beschuldigt. Da hielt ich es nur für fair, dass ich sie entschädigt habe.«

»Das klang aber vorhin anders«, warf Hanna ein. »Schmerzensgeld hört sich nicht nach freiwilliger Zahlung an.«

»Dann habe ich mich etwas ungeschickt ausgedrückt.« Alexander Haak stand auf. »Haben Sie noch weitere Fragen?«

Achtzehn

Jan

»Sie hat ihn erpresst«, sagte Hanna, als sie auf dem Weg zu Anja Rütters waren. »Haak will keinen Wirbel um die Sache, weil seine Frau sonst erfahren würde, was er so treibt.«

»Vermutlich wird es so gewesen sein. Im Moment ist die mutmaßliche Erpressung irrelevant, aber Laura Lambert wird immer interessanter für uns. Sie arbeitet nicht nur als Escort, sondern hat auch kein Problem damit, ihre Kunden zu erpressen. Ich glaube Alexander Haak durchaus, dass Frau Lambert es sehr geschickt formuliert hat und nicht gleich mit der Tür ins Haus gefallen ist.«

»Reicht das jetzt, um sie unter Druck zu setzen?«

»Alles, was wir bisher wissen, deutet darauf hin, dass Frau Lambert sich nicht so leicht einschüchtern lässt. Wir sollten uns eine staatsanwaltliche Vorladung besorgen und sie dann nach Damme abholen lassen. Vielleicht finden wir bis dahin noch mehr.«

Hanna hielt in der Straße, in der sich die Wohnung von Anja Rütters und Martin Blum befand, und suchte nach einem Parkplatz. Erst in einer der Parallelstraßen fand sie einen ausreichend großen Platz für das Wohnmobil. Zehn Minuten später gingen sie die Treppe hoch in den dritten Stock, wo sie von einer Frau, die sich als Anja Rütters vorstellte, empfangen wurden. Sie sah weitaus jünger aus als ihre fünfundvierzig Jahre, schlank, lange, naturblonde Haare, feminines Gesicht, angenehme Stimme.

Anja Rütters führte sie ins Wohnzimmer, bot ihnen etwas zu trinken an und setzte sich schließlich zu ihnen an den Esstisch.

»Sie haben mir am Telefon zwar erklärt, warum Sie mit mir sprechen wollen, aber so ganz verstanden habe ich das nicht.«

»Wir ermitteln in einem Tötungsdelikt. Zeugen haben einen VW Golf gesehen, von dem wir leider nur einen Teil des Nummernschildes kennen. Der Golf, der auf Ihren Lebenspartner angemeldet ist, passt ins Raster, wie auch ein Dutzend anderer Fahrzeuge dieses Typs. Wir sprechen jetzt mit allen Fahrzeughaltern beziehungsweise mit den Personen, die das Auto nutzen.«

»Tötungsdelikt? Sie sprechen von einem Mord? An wem und wo?«

»Da wir Sie lediglich als Zeugin befragen, dürfen wir Ihnen dazu nichts sagen.« Hanna klappte ihr Notizbuch auf. »Wie Sie mir schon am Telefon mitgeteilt haben, nutzen Sie den Golf auch. Ist das richtig?«

»Ja, wir fahren beide mit dem Golf.«

»Sie sind als Altenpflegerin tätig?«, fragte Hanna weiter.

Anja Rütters nickte. »Ich arbeite freiberuflich und betreue Menschen, die noch im eigenen Haus oder einer Wohnung wohnen, aber Hilfe brauchen. Bei manchen bin ich nur eine halbe Stunde am Tag, bei anderen auch mehrere Stunden.«

»Wie weit ist der Radius, in dem Sie Klienten betreuen?«

»In erster Linie in Osnabrück, möglichst im Norden der Stadt. Nur ganz selten fahre ich weiter raus, allenfalls im Radius bis zehn Kilometer. Dann handelt es sich aber um Klienten, bei denen ich mehrere Stunden am Tag bin.«

»Kennen Sie Rüschendorf?«

»Liegt das nicht am Dümmer?«

Hanna nickte. »Rüschendorf ist ein Stadtteil von Damme. Waren Sie schon einmal in Damme?«

Anja Rütters nickte. »Ich bin da sogar geboren. Allerdings bin ich in Osnabrück aufgewachsen.«

»Sie sind also hin und wieder in Damme?«

Anja Rütters schüttelte den Kopf. »Nein, so habe ich das nicht gemeint. Ich war zwar einige Male in meinem Erwachsenenleben dort, aber das letzte Mal muss Jahre zurückliegen.«

»Sie haben dort noch Verwandte?«, fragte Hanna weiter.

»Nein, meine Großeltern sind schon lange tot und meine Eltern waren beides Einzelkinder.«

»Und in Rüschendorf? Waren Sie dort einmal?«

»Nicht bewusst. Vielleicht bin ich da auf dem Weg zum Dümmer durchgefahren.« Sie hielt inne. »Kommt man da überhaupt durch von Osnabrück aus? Wir starten meistens am Ostufer, wenn wir dort spazieren gehen. Kennen Sie das Marissa Resort? Das gibt es noch nicht lange. Vier oder fünf Jahre, glaube ich.«

»Nein, das kenne ich nicht«, sagte Hanna. »Erinnern Sie sich daran, was Sie am Mittwoch vor zwei Wochen gemacht haben?«

Anja Rütters sah sie erstaunt an. »Geht es um mein Alibi?«

»Wenn Sie es so nennen möchten«, sagte Hanna. »Erinnern Sie sich an den Tag und an den Abend?«

»Nicht so spontan.« Sie stand auf. »Ich schau kurz in meinen Terminkalender.« Bevor Hanna etwas sagen konnte, verließ Anja Rütters den Raum und kehrte kurz darauf mit einem Kalender in der Hand zurück.

»Also, an dem Tag habe ich drei Klienten betreut. Herrn Meyer am Vormittag, Frau Rother von eins bis halb drei und

Frau Schumacher am späten Nachmittag. Das war vermutlich zwischen siebzehn und achtzehn Uhr.«

»Und am Abend?«

Sie warf erneut einen Blick in den Kalender. »Da habe ich hier nichts notiert. Also war ich wohl zu Hause.«

»Kann Ihr Lebensgefährte das bestätigen?«, fragte Hanna.

»Ja, sicher.« Sie zog die Augenbrauen zusammen. »Mittwoch? Da war Martin nicht zu Hause. Er musste für einen Kollegen einspringen und hat irgendwo in Süddeutschland übernachtet. Martin hat früher auch als Lkw-Fahrer gearbeitet. Und manchmal springt er halt immer noch ein. Aber wirklich nur in absoluten Notfällen.«

»Haben Sie an dem Abend mit jemandem telefoniert oder war jemand zu Besuch?«

»Ob ich telefoniert habe, weiß ich nicht mehr. Zu Besuch war definitiv niemand, daran würde ich mich sicher erinnern.«

Hanna stellte weitere Fragen, die Anja Rütters alle beantwortete, ohne sich zu widersprechen.

»Wären Sie bereit, einen DNA-Abstrich zu machen?«, fragte Hanna. »Das würde uns sehr helfen.«

»Meine DNA? Was wollen Sie damit?«

»Wir haben im Haus des Opfers Fremd-DNA gefunden und gleichen sie jetzt mit allen Fahrzeughaltern ab.«

»Bin ich dazu verpflichtet?«

»Nein, das ist freiwillig«, sagte Hanna.

»Dann möchte ich das lieber nicht machen. Ich sehe diese ganzen Datenbanken ziemlich kritisch. Ich traue dem Staat in diesen Dingen nicht.«

»Wir würden Sie aber sicher ausschließen können. Und die Daten werden definitiv wieder gelöscht und sind für niemanden mehr zugänglich.«

Anja Rütters schüttelte den Kopf. »Nein, ich möchte das lieber nicht. Bitte haben Sie Verständnis dafür.«

»Das war's für heute«, sagte Hanna, als sie sich auf den Beifahrersitz des Wohnmobils fallen ließ. »Wo übernachten wir? Am Olgahafen? Ich muss unbedingt eine Runde schwimmen.«

Jan nickte, startete den Motor und fuhr dem Navi nach aus der Stadt hinaus. Kurz darauf erreichten sie die vierspurige B65.

»Ich habe mich gewundert, dass du nicht eine einzige Frage gestellt hast«, sagte Hanna.

»Ich habe Frau Rütters beobachtet.«

»Und? Ist dir etwas Besonderes aufgefallen?«

»Zum Teil klangen die Antworten eingeübt. Okay, sie musste ihren Terminkalender holen und hat erst dann geantwortet. Aber auch das kann eine Inszenierung gewesen sein. Nicht zu vergessen, dass sie den DNA-Abstrich abgelehnt hat.«

»Okay, der letzte Punkt hat mir auch zu denken gegeben. Aber es gibt nun mal Menschen, die dem Staat und somit auch uns nicht trauen. Deshalb sind sie nicht automatisch verdächtig.«

»Das ist mir klar, Hanna. Ich kann noch nicht ganz sagen, was mich so irritiert hat. Lass mich eine Nacht darüber schlafen. Im Moment haben wir ohnehin keine Handhabe, um Frau Rütters noch einmal zu befragen.«

»Also Schluss für heute.« Sie stieß ihn spielerisch in die Seite. »Kommst du wieder mit ins Wasser?«

Jan lächelte. »Lass dich überraschen.«

Neunzehn

Hanna

Am nächsten Tag gegen neun Uhr trafen sie in der Polizeistation in Damme ein, begrüßten die Kollegen und trennten sich. Jan wollte mit Jens Bölscher sprechen, Hanna hatte von Eva Schwieters den Namen einer ihrer früheren Berufsschullehrerinnen, Frau Hinrichs, bekommen. Sie war sich sicher, dass sie noch leben und weiter in Damme wohnen würde. Nach kurzer Recherche fand Hanna die Telefonnummer der Frau und rief sie direkt an.

»Frauke Hinrichs am Apparat«, meldete sich eine Frauenstimme.

»Guten Tag, Frau Hinrichs. Hanna Will von der Kriminalpolizei in Damme.«

»Polizei?« Sie schwieg eine Weile. »Entschuldigen Sie mein Misstrauen, aber man hört in der letzten Zeit so viel über Betrüger, die alte Menschen um ihr Geld bringen wollen.«

»Das verstehe ich voll und ganz«, antwortete Hanna. »Wenn Sie sich die Nummer der Polizeistation in Damme aus dem Telefonbuch suchen und hier anrufen, würden Sie von dem Kollegen am Empfang zu mir durchgestellt.«

»Das ist eine gute Idee, Frau Will. Ich melde mich gleich zurück.«

Wenige Minuten später klingelte Hannas Festnetzanschluss, ein Kollege stellte Frau Hinrichs zu ihr durch und Hanna erklärte der alten Lehrerin ihr Anliegen.

»Das ist fast sechzig Jahre her, Frau Will. Ich glaube kaum, dass die heutige Schulleitung noch Klassenlisten der damaligen Jahrgänge vorliegen hat. Ich weiß, dass schon manche Ehemalige danach gefragt haben, die ein Treffen organisieren wollten.«

»Sie erinnern sich an den Jahrgang, in dem Helmut Gepken und Eva Schwieters Schüler waren?«

»Eva Schwieters habe ich tatsächlich vor einiger Zeit getroffen. Sie hat mich im Café in Damme angesprochen und wir haben uns etwas über die alten Zeiten ausgetauscht. Sie müssen wissen, ich kam damals frisch von der Universität und war im Grunde genommen nicht viel älter als meine Schüler. Da war es manchmal gar nicht so leicht, von ihnen akzeptiert zu werden.«

»Und an Helmut Gepken erinnern Sie sich auch?«

»Aber ja doch. Er war ein ruhiger junger Mann. Aber sehr eifrig, das weiß ich noch.«

»Wie viele Klassen gab es zu der Zeit in der Berufsschule?«

»Das müssen drei pro Jahrgang gewesen sein. Also neun Klassen.«

Hanna seufzte. »Das sind viele Schüler. Das wäre vermessen von mir, anzunehmen, dass Sie sich an alle erinnern.«

»Das ist richtig, Frau Will. Aber es war mein Berufseinstieg und das war für mich damals sehr prägend. Fragen Sie einfach, was Sie wissen möchten.«

»Es geht um Helmut Gepken. Frau Schwieters hat sich erinnert, dass ihr Freund von einer Schülerin verbal angegangen wurde wegen angeblicher NS-Verbrechen seines Vaters, der in der Waffen-SS gewesen ist.«

»Die Verbrechen unserer Väter waren zu der Zeit, Ende der Sechzigerjahre, ein großes Thema. Aber eigentlich nur unter Studenten. Und Sie glauben, dass Helmuts Vater ein Kriegsverbrecher war?«

»Zunächst mal ist es ein Gerücht, aber es könnte etwas mit dem Tod von Helmut Gepken zu tun haben.« Hanna hatte die alte Dame zu Beginn ihres Gesprächs über Gepkens Tod informiert.

»Das ist jetzt wirklich eine schwierige Frage, Frau Will. Ich würde Ihnen gern helfen, aber ...« Sie brach ab. »Es gab tatsächlich Probleme zwischen Helmut und einer Schülerin einer anderen Klasse. Wenn ich mich richtig entsinne, habe ich diese Schülerin nie unterrichtet. Aber ein Kollege, der mit mir zusammen an der Schule angefangen hat. Ich könnte Norbert anrufen und ihn fragen. Vielleicht kann er sich an sie erinnern. Wenn ich etwas erfahre, würde ich Ihnen Bescheid sagen?«

»Das wäre ausgesprochen freundlich, Frau Hinrichs. Ich gebe Ihnen meine Handynummer. Dann können Sie mich jederzeit erreichen.«

Hannas nächster Anruf galt der Berufsschule in Vechta. Die Schulleiterin reagierte erstaunt und distanziert angesichts ihrer Anfrage, bestätigte aber schließlich die Annahme der alten Lehrerin, dass es keine Unterlagen über die alten Jahrgänge gäbe.

Hanna stand auf, holte für sich und Jan einen Kaffee aus der kleinen Küche der Polizeistation und setzte sich zu Jan.

»Was hat Kollege Bölscher gesagt?«

»Die Vorladung ist auf dem Weg. Er schickt gleich zwei uniformierte Kollegen nach Bersenbrück. Wenn sie Frau Lambert in der Wohnung antreffen, wird sie in etwa einer Stunde hier sein.«

Hanna nickte. »Dann sollten wir uns über die Vernehmungsstrategie unterhalten.«

Eineinhalb Stunden später betraten Hanna und Jan das Zimmer, das sie in Eile zu einem Vernehmungsraum umgestaltet hatten. In der Mitte standen sich zwei Tische gegenüber, an einem saß Laura Lambert, am anderen standen zwei Stühle für Hanna und Jan. Sie setzten sich, Jan schaltete das Aufnahmegerät ein und begrüßte Frau Lambert.

Die beugte sich mit ärgerlicher Miene vor und sah zwischen Hanna und Jan hin und her. »Erfahre ich jetzt endlich, was diese Aktion soll? Mich aus meiner Wohnung zu zerren, um mich in dieses Kaff zu bringen. Haben wir inzwischen einen Polizeistaat oder was?«

»Bitte beruhigen Sie sich«, sagte Jan. »Der Staatsanwalt hat eine Zeugenbefragung angeordnet. Da wir sie als dringend erforderlich ansehen, sind Sie von unseren Kollegen abgeholt worden. Und werden natürlich auch wieder nach Bersenbrück zurückgebracht.«

»Das ist ja wohl das Mindeste, oder?« Sie rollte mit den Augen. »Und was soll das Ganze? Zeugenbefragung? Warum und …« Sie brach ab und funkelte Jan wütend an.

»Ihr Fahrzeug wurde mehrfach in der Nähe eines Hauses gesehen, in dem ein Mann getötet wurde.«

»Getötet? Wer, bitte schön?«

»Helmut Gepken aus Rüschendorf«, antwortete Jan.

Einen Augenblick zu lange zögerte Laura Lambert, als dass es Hanna nicht aufgefallen wäre.

»Und das soll ich jetzt gewesen sein? Ich kenne niemanden mit diesem Namen. Ich bin Krankenschwester und helfe Menschen in Not und bringe sie nicht um.«

»Sie sind als Zeugin geladen und nicht als Verdächtige«, sagte Jan mit ruhiger Stimme. »Sind Sie in den letzten Monaten in Rüschendorf gewesen?«

»Keine Ahnung – ich weiß nicht mal, wo das sein soll.«

»Rüschendorf ist ein Stadtteil von Damme und liegt in unmittelbarer Nähe zum Dümmer See.«

»Super! Und jetzt?«

»Haben Sie sich in den letzten Monaten in dem Ort aufgehalten?«

»Nein, nicht dass ich wüsste«, antwortete sie mit schnippischem Unterton.

»Sie kennen Herrn Gepken?«

»Habe ich das nicht schon beantwortet? Können Sie mir endlich sagen, was das Ganze hier soll? Brauche ich einen Anwalt? Was werfen Sie mir vor?«

»Sie sind als Zeugin geladen«, wiederholte Jan. »Sollten wir Sie verdächtigen, werden wir Ihnen das rechtzeitig mitteilen.« Er hielt inne. »Was machen Sie beruflich, Frau Lambert?«

»Ich arbeite im Krankenhaus. Hatte ich das nicht auch schon erwähnt? Oder wiederholen Sie jede Frage mehrfach?«

Hanna hatte Laura Lambert aufmerksam beobachtet. Sie schien sie nicht wiedererkannt zu haben, und wenn doch, ließ sie es sich nicht anmerken. Weder schien sie nervös oder aufgeregt zu sein noch Angst zu haben. Das war selten bei Zeugen und noch seltener bei Verdächtigen. Niemand sprach gern mit der Polizei, die meisten Zeugen und Verdächtigen waren unsicher und zurückhaltend und darauf bedacht, nichts Falsches zu sagen, wenn sie offiziell vorgeladen wurden und das Gespräch bei der Staatsanwaltschaft oder in den Räumen der Polizei stattfand.

»Arbeiten Sie dort ganztags?«, fragte Jan weiter.

»Was geht Sie das an und was hat das mit dieser …«, sie schien nach der richtigen Formulierung zu suchen, »… dieser Sache zu tun?«

»Beantworten Sie doch bitte meine Frage.«

»Himmel! Nein, ich übernehme hauptsächlich Wochenenddienste und mache Nachtschichten.« Sie beugte sich leicht vor und sah Jan direkt an. »Sind Sie jetzt zufrieden?«

»Gehen Sie noch einer weiteren Arbeit nach?«

Laura Lambert schwieg und schien zum ersten Mal aus der Fassung gebracht worden zu sein.

»Frau Lambert, das war doch eine einfache Frage«, sagte Jan. »Gehen Sie noch einer weiteren Arbeit nach?«

Sie schüttelte den Kopf.

»Würden Sie die Antwort bitte laut sagen«, forderte Jan sie auf.

Laura Lambert beugte sich zum Mikrofon vor. »Nein.«

»Kennen Sie Herrn Marco Müller?«

»Und wenn?«

Jan sah sie auffordernd an. »Bitte, Frau Lambert.«

»Bitte«, äffte sie ihn nach. »Ja, ich kenne dieses kleine Arschloch. Er gehört aber nicht zu meinem Freundeskreis, wenn Sie darauf hinauswollen.«

»Sie schulden ihm Geld?«

»Nein.« Sie sah auf. »Hat dieser Wichser das behauptet?«

»Ja. Herr Müller hat ausgesagt, dass Sie – mit seiner Unterstützung – als Escort arbeiten.«

»Er lügt, wenn er nur den Mund aufmacht. Sie sollten besser als ich wissen, was das für ein Mensch ist.«

»Arbeiten Sie nebenberuflich als Sexarbeiterin?«, fragte Jan.

Hanna bewunderte Jan dafür, dass er in solchen Situationen ruhig bleiben konnte und die Fragen weiter stellte, auch wenn sein Gegenüber sich maßlos aufregte oder ihn zuvor wütend angeschrien hatte.

»Sie erinnern sich an Herrn Alexander Haak?«

Laura Lambert erstarrte und schien nicht zu wissen, wie sie reagieren sollte.

»Herr Haak hatte unsere Kollegen ins Ho…«

»Das war ein Missverständnis«, platzte Laura Lambert heraus.

»Inwiefern?«

»Die Kreditkarte hat sich schnell wiedergefunden. Und dass er mich für Sex bezahlt hat, hat er sich ausgedacht. Kam wohl besser bei den Polizisten an.«

»Wir haben zwei Zeugen, Herrn Haak und Herrn Müller, die beide aussagen, dass Sie als Escort gearbeitet haben.«

»Selbst wenn, ist das neuerdings verboten? Ich verstehe nicht, warum Sie darauf rumhacken. Es geht doch hier um diesen Mann, der ermordet wurde.«

Hanna räusperte sich. »Wo waren Sie am Mittwoch vor zwei Wochen nachmittags und abends?«

Laura Lambert zuckte mit den Schultern. »Keine Ahnung.«

Hanna deutete auf die Handtasche, mit der Lambert gekommen war. »Haben Sie einen Terminkalender?«

Laura Lambert stöhnte theatralisch, holte ihr Handy aus der Tasche und tippte einige Male aufs Display, bevor sie aufsah. »Gearbeitet habe ich an dem Tag nicht. Dann war ich wohl zu Hause oder habe mich mit jemandem getroffen. Ich schreibe mir nicht auf, wenn ich ins Restaurant gehe oder in die Kneipe.«

»Wir benötigen von Ihnen einen DNA-Abstrich, um sie mit den Spuren im Haus des Opfers zu vergleichen.« Hanna legte die Plastikhülle mit dem Teststäbchen auf den Tisch.

»Muss ich das machen?«

»Im Moment ist es noch freiwillig, aber wir können auch einen richterlichen Beschluss beantragen.«

»Ehrlich gesagt traue ich den staatlichen Stellen nicht über den Weg. Wenn meine DNA einmal in Ihren Datenbanken ist, bleibt sie da doch für immer. Nein danke!«

Hanna reagierte nicht auf ihre Ablehnung. »Kommen wir noch einmal auf Ihre Arbeit als Escort zurück.«

Zum zweiten Mal rollte Laura Lambert mit den Augen.

»Sie haben Herrn Haak ein weiteres Mal gesehen?«

»Mehr oder weniger zufällig. Ich war gerade in der Nähe seines Büros und habe einen Blick hineingeworfen.«

»Warum? Was wollten Sie von ihm? Ging es um Geld?«

»Ihm deutlich die Meinung sagen, was sonst? Dieser Stümper hat schließlich die Polizei gerufen und mich im Zimmer so lange festgehalten. Ich habe mit meinem Anwalt gesprochen – er sagte mir, dass ich ihn auf Schmerzensgeld verklagen könnte.« Laura Lambert grinste breit. »Als ich ihm das erzählt habe, wurde er so klein …«, sie hielt Daumen und Zeigefinger wenige Zentimeter auseinander, »… so klein mit Hut. Was soll ich sagen, ich habe das Geld, das er mir dann angeboten hat, angenommen. Das war vielleicht ein Fehler, aber in dem Augenblick war ich mir sicher, dass ich ein Recht darauf habe.«

Hanna konnte sich nicht länger zurückhalten. »Herr Haak sieht das etwas anders. So wie er es geschildert hat, haben Sie ihn erpresst.«

Laura Lambert lachte laut auf. »Soso, hat er das gesagt? Sie haben sicher ein Protokoll seiner Aussage, das Sie mir zeigen können, oder?«

Hanna warf ihr einen verächtlichen Blick zu.

»Dachte ich mir doch.« Laura Lambert stand auf. »Kann ich jetzt gehen oder haben Sie weitere Fragen?«

»Was machen wir?«, fragte Hanna in die Runde. Sie hatten die Befragung unterbrochen und sich mit Jens Bölscher in seinem Büro getroffen. Der SoKo-Leiter hatte die Aufzeichnung live mitverfolgt.

»Die Dame ist clever«, sagte Bölscher. »Verdammt clever.«

Jan nickte. »So kommen wir ihr nicht bei. Sie scheint sich besser mit unserem Rechtssystem auszukennen als manch ein Anwalt. Sie arbeitet als Escort – da bin ich mir ganz sicher.«

»Ich frage mich allerdings, wie Herr Gepken an Frau Lambert gekommen ist. Wie viel verlangt sie noch von ihren Kunden?«

»Fünfhundert Euro«, sagte Hanna. »Zumindest bei Alexander Haak.«

»Für wie wahrscheinlich halten Sie es, dass Gepken gerade diese Frau …«, Bölscher schien nach dem richtigen Wort zu suchen, »… engagiert hat? Im Internet bietet sie sich laut Ihrer Recherche nicht an. Über wen lief der Kontakt?«

»Wissen wir nicht«, sagte Jan und stutzte. »Laura Lambert arbeitet im Krankenhaus. Kann es sein, dass Gepken ihr dort begegnet ist?«

Der SoKo-Leiter wiegte den Kopf. »In Damme gibt es ein Krankenhaus. Warum sollte er nach Bersenbrück gehen?«

Jan nickte. »Und so einfach kommen wir nicht an Krankenunterlagen heran. Wissen wir, wer sein Hausarzt war?«

»Dr. Klose in Damme«, sagte Bölscher. »Der ist aber auch an seine Schweigepflicht gebunden.« Er deutete auf den Bildschirm, der das provisorische Vernehmungszimmer zeigte, in dem Laura Lambert auf sie wartete. »Was machen wir mit ihr?«

»Wir kommen im Moment nicht weiter«, sagte Hanna. »Bekommen wir einen Beschluss, der uns ermöglicht, sie ein paar Tage zu observieren?«

»Ich habe gleich ein Telefongespräch mit dem Staatsanwalt. Ich frage ihn. Auch nach einem Durchsuchungsbeschluss für Lamberts Wohnung und einem für die DNA-Abgabe. Wir haben zwar Samstag, aber ich denke, wir können nicht bis Montag warten.« Der SoKo-Leiter hielt kurz inne. »Frau Lambert werden wir allerdings nicht länger hier festhalten können.«

Hanna sah zu Jan. »Wer von uns beiden sagt es ihr?«

Jan stöhnte leise. »Ich.«

Zwanzig

Jan

Nachdem Jan den Obduktionsbericht noch einmal durchgegangen war, rief er in der Oldenburger Rechtsmedizin an, ließ sich mit Dr. Helene Weißmann verbinden und erklärte ihr sein Anliegen.

»Sie haben recht mit Ihrer Vermutung, dass die Narbe an der Hand des Toten von einer Operation herrührt. Da es keinen unmittelbaren zeitlichen Zusammenhang mit dem Tod von Herrn Gepken gibt, bin ich im Bericht nicht weiter darauf eingegangen.«

»Wir suchen nach einem Zusammenhang zwischen einer Verdächtigen und dem Opfer. Die Verdächtige ist als Krankenschwester tätig.«

»Verstehe«, sagte die Rechtsmedizinerin. »Der Narbe nach zu urteilen, ist Herr Gepken in den letzten zwölf bis achtzehn Monaten vor seinem Tod operiert worden.«

»Können Sie eingrenzen, um was für eine Operation es sich gehandelt hat?«

»Nicht exakt, aber ich vermute, dass sie in der Handchirurgie durchgeführt wurde. Da es sich um einen größeren Eingriff gehandelt hat, wird er nach meiner Einschätzung in einer Klinik stattgefunden haben. Wo arbeitet Ihre Verdächtige?«

»Im Bersenbrücker Krankenhaus.«

»Dann könnten Sie mit Ihrer Vermutung richtigliegen. Die Klinik verfügt über eine handchirurgische Abteilung, die in Damme nicht.«

»Wie lange wird Herr Gepken dort gewesen sein?«, fragte Jan.

»Vierundzwanzig Stunden sicher, es können aber je nach Eingriff und eventuell aufgetretenen Komplikationen auch zwei bis vier Tage gewesen sein.«

»Vielen Dank, Frau Dr. Weißmann. Sie haben mir sehr geholfen.«

»Dafür sind wir da. Ich wünsche Ihnen viel Erfolg bei Ihren weiteren Ermittlungen.«

Jan verabschiedete sich und beendete das Gespräch.

Hanna sah von ihrem Laptop auf. »Du hast eine Spur nach Bersenbrück?«

»Wäre möglich.« Jan erklärte ihr, was er erfahren hatte.

»Wenn Gepken und Lambert sich da begegnet sind, würde das einiges erklären. Aber kommen wir ohne Beschluss an die Krankenhausdaten?«

»Sicher nicht. Ich wollte gerade Gepkens Hausarzt anrufen.« Jan griff nach dem Telefonhörer und wählte. Der Anrufbeantworter sprang an. Jan stöhnte, er hatte für einen Moment vergessen, dass das Wochenende bereits begonnen hatte. Er suchte die Handynummer des Arztes im Internet und rief an.

Dr. Klose meldete sich und Jan erklärte ihm, um was es ging. Als der zögerte, berichtete er von seinem Gespräch mit der Rechtsmedizinerin und der Narbe an der linken Hand.

»Nun gut. Im Grunde genommen wissen Sie bereits, was passiert ist. Es ist richtig, Herr Gepken hat sich mit einem

Messer so unglücklich geschnitten, dass er ins Krankenhaus eingeliefert werden musste. Ich weiß darum, dass er anschließend von Damme nach Bersenbrück in die handchirurgische Abteilung gebracht wurde. Dort wurde er am nächsten Tag operiert und musste noch zwei Tage in der Klinik bleiben.«

»Können Sie mir das Datum nennen?«, fragte Jan.

»Sie haben Glück, ich bin gerade in der Praxis. Einen Augenblick bitte.« Jan hörte, wie etwas in eine Tastatur eingetippt wurde. »Das war im letzten Jahr im März. In Bersenbrück ist Herr Gepken am 16. März eingeliefert worden. Am nächsten Tag fand die Operation statt. Nach meinen Unterlagen ist er dann am Montag, dem 20. März, entlassen worden.«

Jan bedankte sich für die Information, beendete das Gespräch und berichtete Hanna. Anschließend schrieb er das Protokoll der beiden Telefongespräche.

»Wenn wir jetzt noch herausbekommen würden, auf welcher Station Laura Lambert tätig ist, wären wir einen Schritt weiter«, sagte er an Hanna gerichtet.

»Wenn du mich ganz lieb bittest, kann ich dir da weiterhelfen«, meinte Hanna schmunzelnd.

Jan sah sie erstaunt an. »Du hast was gefunden?«

Hanna nickte. »Die Dame ist recht aktiv auf ihrem Instagram-Account. Sie hatte definitiv an dem Wochenende Dienst. In einem anderen Posting hat sie davon gesprochen, dass sie auf der handchirurgischen Station eine turbulente Nachtschicht verbracht hat.«

Jan ballte die Faust. »Machst du Screenshots von den Beiträgen und schrei…«

»Schon passiert«, unterbrach Hanna ihn. »Steht nur noch die Frage aus, wie ich für meine Hilfsleistungen entlohnt werde.«

Jan grinste. »Lass dich überraschen.«

»Haben wir den Fall gelöst?«, fragte Hanna, als sie den letzten Bissen ihres Döners heruntergeschluckt hatte. Sie saßen am späten Nachmittag in einem Imbiss in der Dammer Fußgängerzone. »Meine Recherchen zur NS-Zeit waren dann wohl überflüssig.«

»Bisher sind es nur Indizien. Wir brauchen einen Beschluss, um nachweisen zu können, dass Laura Lambert an den Tagen auf der Station gearbeitet hat, auf der Helmut Gepken lag. Selbst dann können wir noch nicht nachweisen, dass sie Kontakt zu ihm hatte.«

Hanna nickte. »Angenommen, sie wechselt für ihre Wochenendschichten die Stationen, dann wird sie sich kaum an alle Patienten erinnern können. Außerdem ist die Operation weit über ein Jahr her – damit können wir Frau Lambert nicht unter Druck setzen.«

»Bleibt der DNA-Abgleich. Wenn sie nachweislich im Haus von Helmut Gepken war, wird es eng für sie.«

Jan nickte und wollte ihr gerade antworten, als sein Handy sich bemerkbar machte. Nach einem Blick aufs Display nahm er das Gespräch an.

»Wir sind nur kurz etwas essen, Kollege Bölscher. Gibt es Neuigkeiten?«

»Die Observation von Frau Lambert ist genehmigt. Wir sitzen hier gerade zusammen und machen für heute einen Plan. Wäre es für Sie und Kollegin Will möglich, die erste Schicht bis Mitternacht zu übernehmen?«

»Das ist kein Problem«, sagte Jan. »In zehn Minuten können wir an der Polizeistation sein und dann losfahren.«

Hanna parkte das Wohnmobil an der gleichen Stelle wie drei Tage zuvor. Das Auto von Laura Lambert stand auf einem der Parkplätze für Mieter.

»Um Mitternacht werden wir abgelöst?«, fragte Hanna, die ihren Sitz nach hinten gedreht hatte.

Jan nickte. »Der Golf steht vor dem Haus, aber es ist kein Licht in der Wohnung zu sehen.«

»Dann wird sie zu Fuß oder mit dem Fahrrad unterwegs sein oder jemand hat sie abgeholt.« Hanna warf Jan einen fragenden Blick zu. »An was denkst du? Hast du Angst, dass sie untergetaucht ist? Sie wäre ja wohl mit ihrem Auto gefahren, oder?«

»Von dem wir das Kennzeichen haben?«

»Jetzt mal nicht den Teufel an die Wand. Wir bleiben bis Mitternacht und dann suchen wir uns einen schönen Platz zum Übernachten.« Hanna griff nach ihrem Tablet. »Ich suche mal.«

Jan lehnte sich im Sitz zurück und schloss die Augen. In Gedanken ging er die Ermittlungen der letzten Tage durch. Hatten sie die Täterin gefunden? Sie passte zwar zu seinem vorläufigen Profil, aber war sie auch so skrupellos, einem Fünfundsiebzigjährigen seine Ersparnisse zu nehmen? Und was wäre das Motiv, ihn zu töten? Hatte Helmut Gepken ihr mit der Polizei gedroht? Wollte er sein Geld zurück? Wenn sich Gepken und Lambert im Bersenbrücker Krankenhaus kennengelernt hatten, kannte Gepken ihren Namen und konnte problemlos herausfinden, wo sie wohnte. War der Betrag für Laura Lambert nicht zu gering, um dafür jemanden zu töten? Sollte sie gefasst werden, würde sie für bis zu fünfzehn Jahre inhaftiert, unter Umständen sogar länger in der Sicherungsverwahrung. Sie hatte auf Jan nicht den Eindruck gemacht, dass ihr das nicht bewusst wäre. Lag das Motiv tiefer – stand Laura Lambert noch in einer anderen Beziehung zu Helmut Gepken? Was war mit Hannas Recherchen zu Erich Gepkens Kriegsverbrechen oder Denunziationen von Mitbürgern? Gab es hier eine Verbindung, die sie bisher noch nicht entdeckt hatten?

»Was ist Laura Lamberts Geburtsort?«

Hanna richtete sich auf. »Wie kommst du da jetzt drauf?«

»Ich suche nach einem Motiv für den Mord und habe überlegt, ob ihre Angehörigen etwas mit Erich Gepken zu tun gehabt haben.«

Hanna stand auf und holte ihren Laptop. Zurück auf dem Fahrersitz klappte sie ihn auf und suchte ihre Notizen. »Hier habe ich es. Hannover. Ihre Mutter lebt dort immer noch – der Vater ist verstorben.«

»Und die Großeltern mütterlicherseits?«

»So weit habe ich nicht recherchiert. Laura ist dreiunddreißig, ihre Mutter war …« Hanna schaute auf ihre Notizen. »Sie war sechsunddreißig bei Lauras Geburt. Also ist sie Jahrgang 1955. Gehen wir einmal davon aus, dass ihre Mutter, die Großmutter von Laura, bei der Geburt ihrer Tochter fünfundzwanzig war, wurde die Großmutter 1930 geboren. Sie müsste schon mindestens fünf Jahre älter gewesen sein, damit es passen würde.«

»Wir sollten das morgen noch einmal recherchieren. Ich finde einfach kein Motiv für die Tat. Selbst wenn Gepken das geschenkte oder geliehene Geld zurückhaben wollte, hätte sie es ihm doch geben können. Wir haben aber keine Hinweise gefunden, dass Gepken seine Meinung geändert hat.«

Hanna zuckte mit den Schultern. »Menschen morden manchmal für viel weniger Geld. Wir sprechen hier immerhin von hundertsechzigtausend Euro. Vielleicht hatte Lambert das Geld bereits ausgegeben oder Aktien dafür gekauft oder was weiß ich. Aber gut, ich werde morgen weiterrecherchieren.«

Hanna griff nach einer Keksschachtel und hielt sie Jan hin. Er nahm sich zwei raus, Hanna gleich vier.

»Kennst du das Krümelmonster?«, fragte Jan, als sich Hannas Sweatshirt nach und nach färbte.

»Klar«, antwortete sie grinsend und griff erneut in die Schachtel.

Jan sah auf die Uhr. »Immer noch kein Licht in der Wohnung. Gleich elf Uhr. Wollen wir nachsehen?«

Hanna warf ihm einen erstaunten Blick zu. »Du willst in die Wohnung rein?«

»Nein«, sagte er mit Blick aufs Mietshaus. »Nur mal …« Was war das? Hatte er gerade den Lichtkegel einer Taschenlampe hinter einem der Fenster von Lamberts Wohnung gesehen? »Da ist jemand.« Er zeigte zum Fenster. »Siehst du es? Eine Taschenlampe.«

Hanna beugte sich zu Jan herüber und sprang im nächsten Augenblick aus dem Fahrerhaus. Jan folgte ihr. Als er bei der Haustür ankam, war Hanna bereits dabei, sie mit ihrem Dietrich zu öffnen.

»Verdammt«, murmelte sie. »Schwer.« Sie brauchte eine halbe Minute, bis die Tür aufsprang, riss sie auf und wartete, bis Jan in den Flur geschlüpft war.

»Du nimmst den Fahrstuhl, ich laufe«, raunte sie ihm zu und hatte bereits die ersten Treppenstufen geschafft.

Jan lief zum Aufzug, aktivierte die Taste mit dem Pfeil nach oben und wartete. Nach einer gefühlten Ewigkeit öffnete sich die Tür, er sprang hinein und drückte auf den Button mit der drei. Die Tür schloss sich, der Fahrstuhl setzte sich in Bewegung.

Als sich die Tür öffnete, wartete Hanna bereits mit gezogener Waffe auf ihn. Er griff ins Holster, zog seine Waffe heraus und nickte Hanna zu. Sie stieß mit dem Fuß gegen die Wohnungstür, die einen Spaltbreit offen stand, trat mit gezogener Waffe in den Flur und rief: »Polizei! Kommen Sie mit erhobenen Händen heraus!«

Jan sah, wie der Lichtkegel erlosch, der zuvor über einen Teil des Flurs gestreift war. Er horchte in die Wohnung, aber alles blieb still.

Hanna drückte auf den Lichtschalter, der Flur wurde schlagartig in helles Licht getaucht. Sie arbeitete sich Meter um Meter vor, Jan sicherte sie, indem er zwei bis drei Meter hinter ihr mit erhobener Waffe stand. Als Hanna die erste Flurtür erreichte, rief sie ein weiteres Mal in die halb geöffnete Tür, bevor sie Jan ein Zeichen gab und er näher an sie herantrat.

»Von da kam der Lichtkegel. Ich gehe jetzt rein«, flüsterte sie ihm zu.

»Du hast keine Schutzweste an. Wir sollten hier warten und Verstärkung rufen.«

»Unsinn«, murmelte Hanna und stieß im nächsten Augenblick die Tür auf, trat einen Schritt vor und leuchtete mit der Taschenlampe den Raum ab, bevor sie auch hier das Deckenlicht anschaltete.

Jan trat hinter sie. In dem großen Raum stand ein Sofa, dahinter ein Maxi-Flachbildschirm.

»Bitte nicht schießen«, hörte er eine Stimme, die er hinter dem Sofa ortete. Zwei Hände kamen hinter dem Möbelstück hervor. »Ich stehe jetzt auf. Nicht schießen.«

Langsam tauchte ein junger Mann mit erhobenen Händen auf und schaute sie ängstlich und leicht verwirrt an.

»Ich wollte … nur … gucken … die Tür stand auf«, stammelte er.

»Kommen Sie hierher«, befahl ihm Hanna.

Der junge Mann machte drei Schritte nach vorne, immer noch die Arme nach oben gereckt. Hanna trat hinter ihn, zog seinen rechten Arm auf seinen Rücken und gleich darauf den linken. Die Handschellen klickten.

»Was machen Sie in der Wohnung von Frau Lambert?«, fuhr Hanna ihn an.

»Ich wollte … die Tür stand doch auf … ich habe gerufen, aber niemand kam.«

Hanna tastete seine Taschen ab, fand zwei Damenringe und eine Kette sowie ein Bündel mit Fünfzig-Euro-Scheinen.

»Und was ist das?«

Der junge Mann senkte den Kopf und schwieg.

Zwanzig Minuten später war der Mann, dessen Papiere ihn als Malte Bekel auswiesen, von zwei uniformierten Beamten ins örtliche Polizeikommissariat gebracht worden. Kurz darauf erschien ein Bersenbrücker Kollege, der sich als Oberkommissar Reiner Pöttker vorstellte. Hanna erklärte ihm, was passiert war und wieso sie die Wohnung observiert hatten.

»In der Küche haben wir Blut und Kampfspuren gefunden«, fügte Hanna hinzu. »Ich gehe davon aus, dass Laura Lambert gegen ihren Willen aus der Wohnung gebracht wurde.«

»Und die Person, die auf dem Weg ins Kommissariat ist?«

»Malte Bekel war zu Besuch bei einem Freund im vierten Stock. Mein Kollege war inzwischen bei ihm und hat die Aussage bestätigt bekommen.« Hanna reichte ihm zwei verschließbare Plastiktüten. In der einen befand sich der Schmuck, in der anderen das Geld. »Sechstausend Euro. Was die Ringe und die Kette wert sind, kann ich nicht beurteilen.«

Reiner Pöttker nickte. »Ich fordere die Kriminaltechnik aus Osnabrück an und informiere meinen Chef. Wenn es sich um einen Entführungsfall handelt, müssen wir die Zuständigkeiten klären.«

»Ich rufe den Leiter der SoKo an. Wie ist der Name Ihres Vorgesetzten?«

Eine weitere Dreiviertelstunde später trafen zwei Kriminaltechniker aus Osnabrück ein und machten sich, nachdem sie von Hanna und ihrem Bersenbrücker Kollegen informiert worden waren, an die Arbeit. Jan hatte zuvor mit Jens Bölscher telefoniert, der sich daraufhin mit dem Leiter des Osnabrücker Kommissariats ausgetauscht hatte. Das Ergebnis des Gesprächs war, dass die Osnabrücker Kollegen den Einbruch und Diebstahl bearbeiteten sowie federführend die mutmaßliche Entführung von Laura Lambert.

Gegen halb zwei fuhren sie auf einen Wohnmobilstellplatz in Bersenbrück, der direkt an dem Fluss Hase lag. Hanna nahm den ersten freien Platz und stellte das Wohnmobil ab.

Keine zehn Minuten später lagen sie nebeneinander im Bett.

»Ich bekomme das alles nicht zusammen«, sagte Hanna in die Dunkelheit hinein. »Du?«

»Wir müssen morgen mit Marco Müller sprechen. Wenn jemand etwas weiß, dann er.«

»Oder er steckt knietief mit im Sumpf«, sagte Hanna.

»Dafür ist er eine zu kleine Nummer. Die Frage ist nur, wie wir ihn zum Reden bringen.«

»Daumenschrauben«, sagte Hanna und Jan war sich sicher, dass sie dabei breit grinste. »Was anderes hilft bei diesen Typen nicht.«

»Wenn du unbedingt ein Disziplinarverfahren am Hals haben willst?«

»Mehr als rausfliegen kann ich nicht. Vielleicht will ich das ja sogar. Unterbewusst natürlich. Du bist doch der Psychologe – kann das sein?«

Jan zog Hanna zu sich her und küsste sie. »Damit kann ich leider nicht dienen. Hier bin ich nur Jan. Und der rät dir, dass es einfachere Wege gibt, aus dem Dienst zu scheiden.«

»Ich könnte Privatdetektivin werden und die Männer von reichen Frauen beim Seitensprung erwischen. Das soll ein lukratives Geschäft sein.«

»Und welche Funktion hätte ich dann?«, fragte Jan.

»Das muss ich mir noch überlegen. Vielleicht hütest du unser Haus und die Kinder. Oder so was.«

»Kinder?«

»Nur so ein blöder Spruch.« Hanna strich ihm zärtlich über die Schulter. »Vergiss es schnell wieder. Du wirst mein Assistent oder übernimmst die Frauen von reichen Männern. Die gehen sicher auch fremd.«

»Klingt doch gut«, sagte Jan. »Aber zuerst klären wir, wer Helmut Gepken getötet hat.«

»Ja, das machen wir«, antwortete Hanna mit müder Stimme.

Jan küsste sie zärtlich auf die Wange. »Schlaf gut.«

Einundzwanzig

Hanna

Hanna reckte sich im Bett und tastete zunächst auf der einen Seite des Bettes nach Jan und auf der anderen Seite nach ihrem Handy. Ihre müden Augen erfassten die Uhrzeit. Kurz nach acht. Sie richtete sich langsam auf und nahm den Kaffeeduft wahr.

»Zurück von den Toten?«, fragte Jan, der in der Wohnmobiltür stand und sie anstrahlte.

»Noch nicht so ganz. Und du?«

»Ich habe Brötchen besorgt. Wenn du aufstehst, können wir draußen frühstücken. Mit Sicht auf den Fluss.«

Wenige Minuten später stand Hanna neben Jan und lehnte den Kopf an seine Schulter. »Ich habe geschlafen wie ein Stein.«

»Ich weiß.«

Sie setzten sich an den kleinen Campingtisch, den Jan neben dem Wohnmobil aufgebaut hatte. Er schenkte Hanna Kaffee ein und reichte ihr den Brötchenkorb.

»Wann ist das Meeting in Damme angesetzt?«, fragte Hanna.

»Um zehn. Heute ist Sonntag.«

»Stimmt. Da sollte man eigentlich auf der faulen Haut liegen und einen langen Spaziergang machen. Und sich vergnügen.

Ich habe mal gelesen, dass das bei vielen Paaren eine Art Ritual ist. Sex am Sonntagmorgen.«

»Mag sein.« Jan biss in sein Käsebrötchen und kaute.

»Was ist? Sprichst du ungern über … diese Sache?« Hanna grinste.

»Möchtest du das jetzt?«

Hanna zeigte mit dem Finger auf Jan. »Erwischt! Ist das nicht eine typische Therapeutenfrage?«

Jan stöhnte leise.

»Sorry, schon klar. Jan sitzt vor mir. Kannst du das wirklich so auseinanderhalten?«

»Nicht immer. Wie du gerade gehört hast.« Er trank einen Schluck Kaffee und fügte lächelnd hinzu: »Aber immer öfter.«

Hanna stand auf, nahm einen Campingstuhl und stellte ihn neben Jans. Nachdem sie ihren Teller und die Tasse zu sich hergezogen hatte, setzte sie sich wieder, beugte sich zu ihm und küsste ihn. »Wir brauchen einen neuen Tisch, an dem wir nebeneinandersitzen können.«

Jan lenkte das Wohnmobil von dem Stellplatz. Das Navi führte sie durch die Stadt zur nächsten Brücke über die Hase.

»In gut zwanzig Minuten sind wir vor Ort«, sagte Jan mit Blick aufs Navi. »Ist Laura Lambert die Frau, die wir suchen?«

»Im Moment sieht es ganz danach aus. Meinst du, wir bekommen heute noch den DNA-Abgleich? Genug Blut war ja da.«

»Kollege Bölscher wollte es eilig machen. Ich habe aber meine Zweifel, ob das am Sonntag klappt. Außerdem wissen wir nicht, ob es das Blut von Frau Lambert ist.«

Hanna nickte. »Ich habe über deine Motivfrage nachgedacht. Du hast recht, es muss mehr dahinterstecken als die Hundertsechzigtausend, die sie Gepken mutmaßlich abgeluchst hat. Wir haben keine ähnlich gelagerten Fälle im weiten

Umfeld um Osnabrück gefunden. Mit der Vertuschung der Todesursache von weiteren Fällen könnte sie durchaus durchgekommen sein, aber das Geld hätten die Angehörigen sicher vermisst.«

»Wenn es denn Angehörige gab. Es gibt immer noch viele Tötungsdelikte, die nicht als solche erkannt werden. Gerade bei älteren Menschen, die alleinstehend sind und deren Angehörige nicht in der Nähe wohnen.«

Hanna nickte. Sie musste an ihre Mutter denken, die sie nur selten sah. Bisher hatte sie keine gesundheitlichen Einschränkungen, was sich schnell ändern konnte. Hanna hatte sich bisher auf ihre jüngere Schwester verlassen, die den Kontakt zu ihrer gemeinsamen Mutter hielt. Konnte sie sich auf Dauer aus der Verantwortung stehlen – immer mit dem Hinweis auf ihr schlechtes Verhältnis?

»Worüber denkst du nach?«, holte Jan sie aus ihren Gedanken zurück.

»Meine Mutter.« Hanna wunderte sich über ihre Offenheit. Normalerweise mied sie es, mit Jan über ihre Familie zu sprechen.

»Wie alt ist sie jetzt?«, fragte Jan.

»Neunundsechzig. Aber gesundheitlich ist alles in Ordnung. Meine Schwester hätte mich sonst sicher informiert.« *Informiert* – allein das Wort sagte alles über ihr Verhältnis zur eigenen Mutter aus. Wie hatte es so weit kommen können? War es ihre Schuld?

»Wann stellst du mich den beiden vor?«, fragte Jan.

Hanna sah ihn verblüfft an. Mit der Frage hatte sie nicht gerechnet und sich bisher keine Gedanken darum gemacht. Seit sie aus dem Elternhaus ausgezogen war, hatte sie niemanden mit nach Hause gebracht und wäre auch nie auf die Idee gekommen. Es war ihr Leben und sie wollte sich nie reinreden lassen.

»Ich würde gern beide kennenlernen«, sagte Jan.

»Das ist nicht so einfach.«

»Warum? Haben die beiden so wenig Zeit?«

»Jan, du weißt genau, warum. Und jetzt hör auf zu fragen.«

Er warf ihr einen kurzen Blick zu und konzentrierte sich wieder auf die Straße. War er enttäuscht? Irgendwann würde es sich nicht mehr vermeiden lassen, dass sie Jan mit zu ihrer Schwester nehmen würde. Irgendwann.

Als Hanna und Jan in der Dammer Polizeistation eintrafen, saßen bereits alle SoKo-Mitglieder auf ihren Plätzen. Sie begrüßten sich und Jens Bölscher berichtete von den Ereignissen der letzten Nacht.

»Damit konnte keiner von uns rechnen. Ich habe heute Morgen einen vorläufigen Bericht der Osnabrücker Kollegen der Kriminaltechnik bekommen. Die Spurenlage deutet auf einen Kampf hin. Die Menge Blut ist überschaubar und weist nicht darauf hin, dass Frau Lambert tödlich verletzt ist. Vorausgesetzt, dass es ihr Blut ist, was gefunden wurde. Es gibt keine Einbruchsspuren an der Wohnungstür, was darauf hindeutet, dass Frau Lambert die Person oder Personen kannte, die sie mutmaßlich entführt haben.«

Finn Eilers meldete sich. »Wann haben wir Sicherheit, ob es sich um ihr Blut handelt?«

»Mir ist zugesagt worden, dass ich am späten Nachmittag damit rechnen kann.«

Michael Harms meldete sich zu Wort. »Ich bekomme da noch einiges nicht zusammen. Ist das jetzt Zufall, dass Laura Lambert entführt wurde, oder hat das etwas mit unseren Ermittlungen zu tun?«

Jens Bölscher warf einen Blick zu Hanna und Jan.

»Gute Frage«, sagte Hanna. »Ich persönlich glaube nicht an Zufall. Als Laura Lambert als Escort arbeiten wollte, hat sie sich an Marco Müller gewandt, der ihr die Kontakte vermittelt hat. In Kreise, die uns nicht bekannt sind. Entweder schuldet sie diesen Kreisen auch noch Geld oder sie hat nicht nur Alexander Haak erpresst. Damit könnte sie sich reichlich Ärger eingebrockt haben.«

Hanna wurde in diesem Augenblick klar, dass sie es vielleicht gewesen war, die Müller auf die Idee gebracht hatte, dass Laura Lambert ihre Kunden ein zweites und drittes Mal zur Kasse gebeten hatte. Sie sah zu Jan, der fast unmerklich den Kopf schüttelte. Er schien auf den gleichen Gedanken gekommen zu sein wie sie.

»Vielleicht haben wir zu viel Staub aufgewirbelt«, sagte Hanna. »Und diese Kreise haben dann bei Lambert genauer hingeschaut.«

Jens Bölscher räusperte sich. »Wir sollten diese Diskussion vertagen, bis wir über mehr Informationen verfügen. Im Moment ist mir das zu viel Spekulation. Ich schlage vor, wir gehen die neuen Rechercheergebnisse bezüglich der Golf-Fahrzeughalter durch und besprechen später das weitere Vorgehen.«

Die SoKo-Mitglieder berichteten einer nach dem anderen von ihren Recherchen. Inzwischen war mit allen Fahrzeughaltern gesprochen und – soweit vorhanden – deren Alibi überprüft worden. Bis auf drei Frauen hatten sich alle zu einer freiwilligen Abgabe einer DNA-Probe bereit erklärt. Alle genommenen Proben stimmten nicht mit den im Haus von Helmut Gepken gefundenen überein.

»Letztlich deutet alles auf Laura Lambert hin«, fasste der SoKo-Leiter zusammen. »Bei den beiden anderen Frauen, die die DNA-Abgabe verweigert haben, gibt es im Moment keine zusätzlichen Indizien, die auf eine Täterschaft hindeuten. Bleibt die Frage des weiteren Vorgehens.« Jens Bölscher trank einen Schluck Wasser und stellte das Glas wieder ab. »Sollte Lamberts DNA-Abgleich positiv ausfallen, werden wir vor Ort mit ihrem Foto nach weiteren Zeugen suchen, ihre Handy- und Bankdaten anfordern und ihr gesamtes Leben minutiös durchleuchten.

Kollege de Bruyn hatte bereits in seinem Bericht vorgeschlagen, dass wir Marco Müller befragen. Darüber werden wir morgen sprechen. Neun Uhr hier im Haus.«

Gegen Mittag betraten Hanna und Jan ihr provisorisches Büro. Jan verfasste den Bericht zu den Ereignissen der vergangenen Nacht, während Hanna zu Laura Lamberts Familie recherchierte.

»Bist du fertig?«, fragte Hanna, nachdem sie ihren Laptop zugeklappt hatte.

»Noch zwei Sätze.«

Hanna wartete, bis Jan den Bericht abgeschlossen hatte. »Sehr weit bin ich mit der Lambert-Familie nicht gekommen. Die Mutter lebt in Hannover, wo Laura Lambert auch aufgewachsen und zur Schule gegangen ist. Sie arbeitet als Bürokauffrau in einem mittelständischen Betrieb. Laura Lamberts Vater ist, als sie fünf Jahre alt war, bei einem Arbeitsunfall im Baugewerbe ums Leben gekommen. Die Eltern mütterlicherseits stammen aus einem Dorf in Hessen, sind beide verstorben. Der Großvater war 1933 zwanzig Jahre alt, die Großmutter sechzehn. Die Eltern des Vaters stammen aus Sachsen-Anhalt. Auch sie leben beide nicht mehr. Während der NS-Zeit hielten sie sich in Magdeburg auf, sind dann in den ersten Jahren nach der Gründung der DDR in den Westen geflohen und haben ebenfalls in Hessen gelebt. Der Ort war nicht weit entfernt von Laura Lamberts Elternhaus.«

»Klingt nicht danach, als wenn sich Erich Gepken und die Großeltern von Laura Lambert über den Weg gelaufen wären.«

»Nein, und ich weiß nicht, wie ich an weitere Informationen zur Familiengeschichte herankommen soll.«

Es klopfte jemand an und öffnete gleich darauf die Tür. Jens Bölscher schaute herein. »Ich dachte mir schon, dass ihr noch hier seid.« Er trat ins Büro. »Der DNA-Abgleich ist gerade eingetroffen. Das Blut ist von der Frau, deren DNA wir im Haus von Helmut Gepken gefunden haben.« Er griff nach einem Stuhl und setzte sich zu Hanna und Jan. »In einer Bürste aus dem Bad sind Haare gefunden und analysiert worden – auch die DNA ist identisch mit der bei Gepken. Wir können also davon ausgehen, dass Frau Lambert die gesuchte Person ist. Wie zu erwarten war, sieht der Staatsanwalt keine ausreichenden Gründe für einen Haftbefehl, aber der Beschluss für ihre Handy- und Bankdaten ist ausgestellt. Wir werden sehen, ob es Telefonate zwischen Gepken und Lambert gegeben und ob sie hohe Geldbeträge auf ihr Konto eingezahlt hat. Außerdem ist die Observation von Marco Müller genehmigt worden. Der Durchsuchungsbeschluss für seine Wohnung folgt morgen, vorausgesetzt, der Richter spielt mit.«

»Das sind gute Nachrichten«, sagte Hanna. »Sollten wir mit der Observation von Müller nicht schon heute beginnen?«

»Deshalb bin ich hier. Ich kann keinen der Kollegen erreichen und wollte euch bitten, die erste Schicht bis Mitternacht zu übernehmen.«

»Können wir einen Tracker an Müllers Fahrzeug anbringen?«, fragte Hanna.

»Ja, das deckt der Beschluss ab.«

Hanna warf Jan einen fragenden Blick zu, der nickte.

»Okay«, sagte sie. »Wir machen das. Was ist mit der Wohnung von Laura Lambert? Observieren die Osnabrücker Kollegen sie?«

Der SoKo-Leiter nickte. »Das läuft.«

Jan stand auf. »Deckt der Beschluss eine Abhöraktion ab?«

»Ja, allerdings nicht in seiner Wohnung.«

Hanna und Jens Bölscher standen inzwischen neben Jan.

»Sobald ich die Kollegen erreiche, werden wir Sie ablösen. Spätestens gegen Mitternacht«, sagte der SoKo-Leiter. »Sie können mich jederzeit auf dem Handy erreichen.«

Zweiundzwanzig

Jan

»Wer geht?«, fragte Hanna, die soeben unweit von Marco Müllers Haus geparkt hatte.

»Mach du es. Du hast mehr Erfahrung darin.«

Hanna nickte und stieg aus. Jan lehnte sich auf dem Sitz zurück und sah ihr hinterher. Jedes Mal, wenn Hanna alleine loszog, kroch die Angst in ihm hoch. Es begann mit einem leichten Magengrummeln, stieg dann höher, bis er den bitteren Geschmack im Mund spürte. Er spielte im Kopf durch, was passieren könnte, wer sie wann überraschen würde, von hinten, mit einem Messer, aus der Ferne mit einem Gewehr. War er eine Person oder mehrere?

Jan atmete tief durch. Ihm war klar, dass er lernen musste, mit diesen Situationen umzugehen. Hanna war nicht nur eine ausgezeichnete Polizistin, sie konnte sich auch besser verteidigen als viele der Kollegen.

Die Minuten strichen dahin, Hanna hätte längst zurück sein müssen. Kurz bevor Jan aussteigen wollte, um ihr zu folgen, bog Hanna um die Ecke und schlenderte auf das Wohnmobil zu.

»Sorry«, sagte sie, als sie wieder neben ihm saß. »Die Gelegenheit war günstig. Er hat einen uralten Ford Mustang.

Die Tür zu knacken war nicht schwer. Ich habe gleich die Wanze unter dem Sitz angebracht.« Sie holte ihr Tablet aus der Tasche und startete die App. »Der Tracker sendet, die Wanze scheint auch zu funktionieren. Müller wird ja wohl kaum einen HF-Detektor bei sich tragen.« Als Jan sie fragend ansah, fuhr sie fort. »Damit kannst du schnell und einfach überprüfen, ob du abgehört wirst.«

Jan öffnete auf seinem Tablet eine Karte der Umgebung. »Wo positionieren wir uns?« Er zeigte auf die Karte. »Sollte Müller zu Fuß oder mit dem Fahrrad aufbrechen, hätte er zwei Möglichkeiten. Entweder, er kommt uns hier entgegen, oder er läuft in die andere Richtung. Die zweite Variante halte ich für die wahrscheinlichste.«

Hanna schaute sich die Karte an und zeigte auf einen Punkt. »Wir stellen uns dorthin. Dann haben wir die Straße hier im Blick, er wird aber nicht direkt an uns vorbeilaufen.«

Jan startete den Motor, wendete an der nächsten Kreuzung und fuhr in die Seitenstraße.

»Jetzt heißt es warten«, sagte Hanna und deutete nach hinten ins Wohnmobil. »Ich lege mich etwas hin. Vielleicht kann ich ja schlafen.«

Jan schaute aufs Handy. Kurz vor neunzehn Uhr. Noch eineinhalb Stunden bis zum Sonnenuntergang und eine weitere Stunde, bevor es dunkel werden würde. Hanna schien eingeschlafen zu sein. Auch er spürte die letzten Tage, wusste aber, dass er nicht schlafen konnte. Allerdings war nicht klar, ob Jens Bölscher eine Ablöse für sie organisieren konnte. Falls nicht, würde Hanna für ihn später die Wache übernehmen.

Jans Gedanken schweiften wieder ab zu Laura Lamberts Motiv. War es möglich, dass sie zwar Kontakt zu Helmut Gepken gehabt hatte, ihn auch um die hundertsechzigtausend Euro gebracht hatte, aber mit seinem Tod nichts zu tun hatte?

Möglich durchaus, aber wie wahrscheinlich? Dass ihre DNA in Gepkens Haus und sogar im Bett gefunden wurde, hieß nur, dass sie dort gewesen war. Weder bewies es, dass sie am Tatabend vor Ort war, noch dass sie die Person war, die Gepken um seine Rücklagen gebracht hatte. Es blieb nur zu hoffen, dass sie in den nächsten Tagen in Rüschendorf Zeugen fanden, die Laura Lambert am Tattag gesehen hatten, möglichst in der Nähe ihres Hauses. Ansonsten würde es schwer werden, der Frau etwas nachzuweisen. Die Ermittlungen könnten Wochen, wenn nicht Monate dauern. Zu dem Zeitpunkt wären Hanna und er bereits mit anderen Fällen beschäftigt.

Jans Gedanken wanderten zu Hanna, die in den letzten Tagen immer mehr Zweifel hatte, ob diese Arbeit ihrer Beziehung guttun würde. Zumindest hatte er so ihre Sehnsucht nach einem Ort in der Sonne, weit weg von Norddeutschland, interpretiert. Auch er war sich nicht sicher, ob sie weiter als Ermittlungsteam funktionieren würden. Nicht nur, weil er permanent Angst um sie hatte, sondern auch, weil sie beide im Moment mit ihren Gedanken mehr bei ihrer Beziehung waren als bei den Ermittlungen. Hinzu kam, dass es bei der Polizei nicht gerne gesehen wurde, wenn Paare im gleichen Team arbeiteten. Wie würde Kriminaldirektor Hagemann reagieren, wenn er von der neuen Situation erfuhr?

Machte er sich zu viele Gedanken? Hatte er nicht selbst gesagt, dass er nur noch für den Tag leben und alles andere auf sich zukommen lassen würde? War es so einfach? Eine neue Liebe, ein neues Leben?

Jan schreckte auf. Die Geräusche über die Kopfhörer hatten gerade geklungen, als wenn jemand eine Fahrzeugtür öffnen würde. Jetzt wurde die Tür zugeschlagen.

»Hanna! Aufwachen. Müller scheint in sein Auto gestiegen zu sein.«

»Ich komme«, rief sie mit müder Stimme aus dem Wohnmobil und tauchte kurz darauf auf.

Jan drückte ihr das Tablet und die Kopfhörer in die Hand und wartete, bis Hanna bestätigte, dass Müllers Auto sich in Bewegung gesetzt hatte, bevor er den Motor startete.

»Er kommt nicht bei uns vorbei, sondern fährt Richtung Autobahn. Fahr die Straße hoch und dann nach rechts.«

Jan setzte den Blinker und fuhr auf die Straße. Kurz darauf folgten sie dem Mustang Richtung A1. Müller fuhr nicht auf die Autobahn, sondern über die vierspurige B68 nach Osnabrück rein. Kurz nachdem die Bundesstraße Richtung Süden abzweigte, bewegte sich der rote Punkt auf der Karte in die Innenstadt hinein und blieb kurz danach stehen.

»Müller hat hier irgendwo gehalten.« Hanna zeigte nach vorne. »Da ist ein Parkplatz, der groß genug für uns ist.«

Jan verringerte die Geschwindigkeit und setzte den Blinker. Sie stiegen aus, kontrollierten, ob sie einen Parkschein brauchten, und sahen sich nach dem Mustang um.

Hanna hatte inzwischen die Tracker-App auf ihrem Handy aktiviert und wies Jan den Weg. »Hundert Meter in die Richtung. Wir müssen aufpassen, dass wir ihm nicht in die Arme laufen. Am besten, wenn jeder von uns eine Straßenseite nimmt.«

Jan querte die Straße und lief parallel zu Hanna. Als er den Mustang bemerkte, machte er Hanna mit einem Wink darauf aufmerksam. Er zog die Kapuze seiner Jacke über den Kopf, sodass sie große Teile seines Gesichts verdeckte. Vorsichtig schaute er durch die Fenster eines Restaurants und anschließend einer Shisha-Bar, konnte aber Marco Müller nicht entdecken. Sie passierten die Kirche St. Johann und folgten der Straße bis zum Neumarkt, bevor sie umkehrten.

Zurück am Wohnmobil setzten sie sich ins Fahrerhaus und warteten.

»Müller wird in einem der Lokale sitzen«, sagte Hanna. »Wir können da nicht rein. Er würde uns sofort erkennen. Lass uns abwarten. Ich verspreche mir von der Observation sowieso nicht viel.«

»Die Tür vom Mustang wird geöffnet«, sagte Jan, der die Kopfhörer trug. »Ich glaube, von beiden Seiten. Da müssen zwei im Auto sitzen.«

Jan hielt die Kopfhörer so, dass Hanna ebenfalls etwas hören konnte. Jemand räusperte sich und eine ihnen unbekannte Stimme sagte: »Ich habe keinen Bock, in die Scheiße mit reingeritten zu werden.«

»Mann, was sollen wir denn machen? Die Schlampe kann jetzt nicht frei herumlaufen. Über kurz oder lang steckt sie doch den Bullen alles, was sie über uns weiß, nur um besser dazustehen. Die hat den Alten abgemurkst. Keine Ahnung, was für ein verfluchter Mist da abgelaufen ist.«

»Was geht uns das alles an?«

»Willst du aussteigen? Dir ist klar, was das bedeutet, oder?«

Müllers Gegenüber antwortete nicht.

»Du bekommst hier nie wieder einen Fuß auf den Boden«, fuhr Müller stattdessen fort. »Bist für immer verbrannt. Wenn sie sich das überhaupt gefallen lassen. Hast du je wieder etwas von Lothar gehört? Du solltest dich vielleicht mal fragen, woran das liegt? Der ist nicht nach Hannover oder Hamburg. Und auch nicht nach Berlin. Der ist wie vom Erdboden verschluckt.« Müller machte eine kurze Pause. »Muss ich noch mehr sagen?«

»Jetzt fahr schon«, murmelte die zweite Person. »Ich habe es ja verstanden.«

»Ist auch besser so.«

Hanna griff zum Tablet. »Der Mustang setzt sich in Bewegung.«

Jan nickte. »Fährt er weiter die Straße entlang?«

»Nein, er kommt uns entgegen. Runter!«

Hanna duckte sich, Jan folgte ihr. Mit Blick auf das Tablet richtete er sich nach einer Minute wieder auf. »Sie sind vorbei. Können wir hier wenden?«

Kurz darauf fuhren sie die Straße zurück und bogen nach links ab, um die Innenstadt zu umfahren. Vorbei am Hauptbahnhof hielten sie sich rechts, fuhren unter den Zuggleisen hindurch und bogen scharf nach rechts ab durch eine Straße mit älteren Mietshäusern.

»Kannst du anhalten?«, fragte Hanna. »Sie unterhalten sich wieder.«

Jan reduzierte die Geschwindigkeit und bliebt auf dem nächstmöglichen Parkplatz stehen.

Er beugte sich zu Hanna rüber und hörte das Gespräch mit.

»Damit das klar ist, ich mach die nicht kalt«, sagte der Unbekannte.

»Was quatschst du da?«, fuhr ihn Müller an. »Davon ist keine Rede gewesen. Wir werden morgen Abend abgelöst und mit dem Rest haben wir nichts zu tun.«

»Sicher?«

»Hör jetzt auf mit dem Scheiß! Hast du die Maske dabei?«

»Bin ich blöd, oder was? Achte lieber auf den Verkehr, bevor wir noch von den Bullen angehalten werden.«

Ein Klatschen war zu hören, ein Aufschrei. »Lass den Quatsch, Marco. Sonst …«

»Was sonst?«, schrie Müller. »Los, sag schon! Ich will das jetzt wissen.« Der Mann schwieg. »Ich will keinen Ton von deinem Gejammere mehr hören. Ist das klar?«

»Schon gut, Mann. Reg dich ab.« Nach einer kurzen Pause fügte er hinzu: »Müssen wir nicht da vorne abbiegen?«

»Ja, dann sind wir auch gleich da. Die Jungs warten sicher schon auf uns.«

Sie hörten, dass der Motor des Mustangs kurz im Leerlauf lief, bevor sich der Wagen wieder in Bewegung setzte.

»Sie lösen ein anderes Team ab«, sagte Hanna. »Die werden uns sicher gleich entgegenkommen.«

Jan setzte sich gerade hin und startete den Motor. Sie fuhren weiter geradeaus. An beiden Seiten der Straße standen vierstöckige Mietshäuser, die nach Jans Einschätzung in den Siebzigerjahren des letzten Jahrhunderts gebaut worden waren.

»Gleich geht es nach rechts«, sagte Hanna. »Dann sind es nur noch knapp zweihundert Meter. Ich vermute, dass das eine Art Industriegelände ist. Fahr geradeaus, wende und halte irgendwo an. Wir müssen warten, bis die abgelösten Männer das Gelände verlassen.«

Nach einigen Minuten kam ein Audi A5 mit zwei Männern aus der Zuwegung gefahren und bog Richtung Osnabrück ab.

Jan fuhr an, bog nach links ab, hielt sich wieder leicht links und anschließend rechts, bis er aus der Entfernung ein verschlossenes Tor sah. Er stoppte das Wohnmobil.

»Verdammt, so etwas habe ich mir schon gedacht«, fluchte Hanna. »Wir sollten wenden und uns die Sache einmal in Ruhe anschauen.«

Jan fuhr in einen kleinen Weg hinein, setzte zurück und wiederholte das Manöver, bis er auf der engen Zuwegung zum Industriegelände gewendet hatte. Er fuhr etwa dreißig Meter zurück und stellte das Wohnmobil an der Straße ab.

»Schutzweste«, schlug er vor, bevor Hanna das Fahrerhaus verlassen konnte.

Sie ließ sich zurück auf den Sitz fallen. »Wir wollen doch nicht rein, sondern uns nur umschauen.«

Jan schüttelte den Kopf, stand auf und holte aus einem der Schränke im Wohnmobil zwei Schutzwesten. Sie streiften sie über, stiegen aus und bewegten sich langsam auf das breite Tor zu. Der Mustang von Marco Müller war weit und breit nicht zu sehen. Das Tor schätzte Jan auf ein Meter achtzig Höhe. Mit Hannas Unterstützung würde auch er es überwinden können. Zu beiden Seiten befanden sich weitere Zäune, und ein Bach grenzte das alte Industriegelände von der Zufahrt ab. Das acht bis neun Meter breite Tor lief auf Rollen und sah nicht so aus, als würde es von Hand zur Seite schiebbar sein.

»Du hast die beiden doch auch reden gehört. Alles hat doch darauf hingedeutet, dass sie dort …«, Hanna zeigte auf die großen Hallen, die nur wenige Meter hinter dem Tor begannen, »… eine Frau festhalten. Und wenn mich nicht alles täuscht, handelt es sich dabei um Laura Lambert.«

»Möglich«, sagte Jan. »Aber wir wissen nicht, ob sie bewaffnet sind und ob sie uns von ihrem Standpunkt aus kommen sehen. Wir müssen übers Tor aufs Gelände. Einen anderen Weg sehe ich im Moment nicht.«

»Müllers Auto muss hinter dem Hallenkomplex stehen«, sagte Hanna mit Blick auf ihr Handy. Sie zeigte auf eines der alten Industriegebäude. »Sie werden dort auch irgendwo ihr Versteck haben.«

»SEK!«

»Die kommen aus Hannover oder Oldenburg. Glaubst du wirklich, dass der Staatsanwalt eine Durchsuchung des gesamten Geländes vom Richter genehmigt bekommt?«

»Das ist nicht unser Problem, Hanna. Wenn Laura Lambert dort als Geisel festgehalten wird, gefährden wir ihre Sicherheit mit einem Alleingang. Willst du das wirklich riskieren?«

»Nein, natürlich nicht. Aber mit diesen zwei Typen werden wir spielend fertig. Müller hat auf starken Matz gemacht, aber er ist ein Weichei. Und sein Begleiter hatte die Hosen schon voll, bevor …«

»Hanna, bitte! Lass uns Jens Bölscher anrufen und es mit ihm besprechen. Keine Alleingänge. Das ist zu gefährlich. Für alle Beteiligten.«

Hanna wendete sich widerwillig vom Tor ab und nickte.

Zurück im Wohnmobil rief Hanna mit auf laut gestelltem Handy den SoKo-Leiter an, erklärte ihm die Situation und spielte ihm das abgehörte Gespräch der beiden Männer vor.

»Wir schätzen die Lage als zu gefährlich ein«, sagte Jan. »Wir wissen weder, wo sich die beiden Männer und die mutmaßliche Geisel aufhalten, noch ob und wie sie bewaffnet sind. Ganz davon abgesehen, sind wir hier auf dem Gebiet der Osnabrücker Polizeidirektion.«

»Ihr habt absolut richtig gehandelt. Bleibt vor Ort, bis Verstärkung kommt. Und schickt mir jetzt gleich die aufgezeichneten Gespräche. Ich werde direkt mit dem Staatsanwalt Kontakt aufnehmen und mich gleich wieder bei euch melden.«

»Alles klar«, sagte Hanna. »Wir halten die Stellung.«

Dreiundzwanzig

Hanna

Hanna lehnte sich auf dem Beifahrersitz zurück und schloss die Augen. Sie haderte damit, dass Jan sich so energisch dagegen gesträubt hatte, aufs stillgelegte Industriegelände zu gehen. Sie hielt das Risiko für begrenzt und fand den Einsatz eines SEK-Trupps kontraproduktiv. Marco Müller und sein Begleiter waren Kleinkriminelle, die nicht den Schneid hatten, über sich hinauszuwachsen. Sie neigten eher zu Kurzschlussreaktionen, die das Leben der mutmaßlichen Geisel mehr gefährden würden, als wenn sie zu zweit dort aufgetaucht wären.

Hatte Jan sein privates Interesse über das berufliche gesetzt? Hatte er Angst um sie, obwohl er wusste, wie professionell sie in solchen Situationen agieren würde?

»Vor einem halben Jahr hätte ich genauso entschieden«, sagte Jan in die entstandene Stille hinein. Als hätte er gewusst, über was Hanna gerade nachdachte. »Wird das jetzt zwischen uns stehen?«

Hanna schwieg. Sie zögerte die Antwort hinaus, wusste aber, dass Jan keine Ruhe geben würde, bis sie sich geäußert hatte. War es eine gute Idee, weiter zusammenzuarbeiten? Nicht umsonst waren Partnerschaften innerhalb einer Polizeigruppe nicht gern gesehen. Sollte es gerade bei ihnen anders sein?

Ja, verdammt! Sie waren anders, kein normales Paar. Sie würden das schaffen.

»Nein«, sagte sie schließlich. »Wird es nicht. Wir sind nicht nur privat ein gutes Team, sondern auch beruflich. Da, wo ich zu forsch vorgehe, hältst du mich zurück. Und umgekehrt bist du inzwischen viel mehr Polizist, als du es vor einem halben Jahr gewesen bist.«

»Das Letzte kann ich bestätigen«, sagte Jan, beugte sich zu ihr hinüber und griff nach ihrer Hand. »Ich will dich nicht verlieren, weil wir beruflich unterschiedliche Meinungen haben. Und ja, ich glaube auch, dass wir ein gutes Team sind und uns gegenseitig ergänzen.«

Hanna schenkte ihm ein Lächeln. »Dann ist ja alles geklärt.«

Ihr Handy klingelte. Jens Bölscher. Hanna meldete sich.

»Alles ruhig bei euch?«

»Bisher ja«, bestätigte Hanna. »Gibt es Neuigkeiten?«

»Ich habe den Staatsanwalt erreicht, ihm die Lage erklärt und auch die abgehörten Gespräche vorgespielt. Das SEK-Team aus Oldenburg ist angefordert und vermutlich bereits unterwegs. In ungefähr einer Stunde sollte es vor Ort sein. Ich informiere jetzt gleich die Osnabrücker Kollegen und melde mich dann bei euch.«

»Alles klar«, sagte Hanna und ließ sich wieder in den Sitz fallen. »Das wird ja reichlich Wirbel geben.«

Eine Dreiviertelstunde später stießen zwei Kriminalbeamte aus Osnabrück zu ihnen. Hanna und Jan wechselten ins Auto der Kollegen und berichteten von den Ermittlungen in Damme und ihrer Observation von Marco Müller.

»Eine Entführung? Müller?«, fragte einer der beiden Ermittler, der sich als Klaus vorgestellt hatte. »Das ist doch gar nicht seine Liga! Hier und da mal im Drogengeschäft mitmischen und sich als Zuhälter aufspielen – okay, aber doch nicht solch eine Nummer.«

»Wir gehen davon aus, dass sie im Auftrag arbeiten«, sagte Jan und erklärte ihre Theorie.

»Als Escort zu arbeiten, ist nicht illegal«, warf Weingarts Kollege Dietmar Klose ein. »Aber in der Rotlichtszene gibt es häufiger mal Knatsch.«

Hanna nickte. »Aber das ist wohl eure Baustelle.«

»Geht ihr mit rein?«, fragte Klaus Weingart.

Hanna warf Jan einen fragenden Blick zu. »Ja, ich denke schon.«

Zwei Minivans und eine Limousine kamen zur angekündigten Zeit in die Stichstraße gefahren, hielten hinter ihnen und stellten die Motoren ab.

Hanna und Jan gingen zur Limousine, aus der ein SEK-Beamter ausstieg. Er ließ sich die Ausweise zeigen und bat sie, in der Limousine hinten Platz zu nehmen. Nach einem Kurzbericht von Hanna entschied der SEK-Einsatzleiter, der sich als Tim Meinhoff vorgestellt hatte, dass sie zunächst mit einem Drohnenflug feststellen würden, wo sich die Personen in der Anlage aufhielten.

»Die Drohne ist mit einer Wärmebildkamera ausgestattet. Dann entscheiden wir, was der beste Weg ist.«

Meinhoff griff nach dem Funkgerät, gab eine Anweisung durch und wandte sich wieder an Hanna. »Sie haben einen der Männer vernommen. Wie schätzen Sie ihn ein?«

Hanna spielte ihm die Gesprächsaufnahmen vor.

»Müller, richtig?«, fragte Meinhoff. Als Hanna nickte, fuhr er fort. »Haben Sie ein Foto von ihm?«

Hanna zeigte ihm das Foto auf ihrem Handy, das sie aus den Osnabrücker Ermittlungsakten kopiert hatte, und schickte es dem Einsatzleiter.

Meinhoff deutete mit dem Kopf zu dem Fahrzeug der Osnabrücker Kommissare. »Ich spreche gleich noch mit den Kollegen, für wie gefährlich sie Müller einschätzen. Ganz in der Nähe warten ein Rettungswagen und ein Notarzt.«

Hanna und Jan stiegen aus und beobachteten, wie die Drohne in den Himmel abhob und über das alte Industriegelände flog. Nach zehn Minuten Flugzeit zeigten sich auf dem Bildschirm rote Bereiche, die darauf hindeuteten, dass sich hier Menschen aufhielten.

Die Drohne flog zurück und landete neben dem Minivan. Inzwischen hatte der Einsatzleiter mit den Osnabrücker Kollegen gesprochen und ließ sich jetzt die Ergebnisse des Fluges zeigen.

Fünf Minuten später stand der Plan. Zwei Männer liefen voraus zum Tor, öffneten es in unter einer Minute und schoben es weit auf. Die beiden Minivans fuhren heran, die SEK-Beamten stiegen ein, die Fahrzeuge fuhren mit hoher Geschwindigkeit weiter.

Die Limousine, in der auch Hanna und Jan mitfuhren, folgte ihnen. Im Schutz eines Gebäudes stellten sie die Fahrzeuge ab, acht SEK-Beamte in voller Montur stiegen aus, der Einsatzleiter gab die Anweisung und zwei Gruppen zu je vier Mann liefen auf die Hallen zu, in denen die Wärmebildkamera drei Personen ausgemacht hatte.

Eine der Gruppen stand kurz darauf neben einer großen Metalltür, befestigte dort einen Sprengsatz und wartete auf den Befehl, ihn zu zünden. Währenddessen war die zweite Gruppe um das Gebäude herumgelaufen und hatte dort an der Tür einen weiteren Sprengsatz angebracht.

Tim Meinhoff nahm das Funkgerät hoch, fragte, ob sie bereit seien, und gab den Befehl. Beide Sprengsätze explodierten im kurzen Abstand hintereinander, die SEK-Beamten stürmten von beiden Seiten gleichzeitig die Halle. Laute Rufe waren zu hören, ein Schuss, ein zweiter, mehrere Schüsse in schneller Folge aus einem Halbautomatik-Gewehr, Schreie, ein erneuter Schuss und Stille.

Nach einer gefühlten Ewigkeit meldete sich der Leiter der ersten Gruppe. »Drei Personen, eine verletzt, Rettungswagen anfordern, die Entführte ist unverletzt.«

»Verstanden«, sagte Meinhoff und gab seinem Kollegen einen Wink. Der hatte bereits ein Handy in der Hand, wählte und gab durch, dass der Rettungswagen und der Notarzt vorfahren sollten.

Kurz darauf fuhren zwei Rettungsfahrzeuge mit Blaulicht und Sirene an ihnen vorbei. Hanna und Jan standen am Tor und liefen zusammen mit dem Einsatzleiter zu der Halle. Als sie ankamen, wurde bereits Marco Müller vom Notarzt betreut. Zwei SEK-Beamte führten den zweiten Mann ab, der von den Osnabrücker Kollegen entgegengenommen wurde. Eine Rettungssanitäterin führte Laura Lambert aus der Halle. Sie machte einen desorientierten Eindruck, die Schminke um die Augen war verlaufen, die Haare durcheinander, am Kopf trug sie einen Verband. Ein zweiter Rettungswagen fuhr auf den Hof und nahm sie in Empfang. Hanna wartete, bis Laura Lambert von den Rettungssanitätern untersucht wurde, und ging dann auf den Wagen zu.

»Ich müsste kurz mit Frau Lambert sprechen.«

»Später. Sie sehen doch, wie es der Frau geht.«

»Nur eine einzige Frage, bitte.«

Der Sanitäter nickte. Hanna trat näher an den Wagen. »Hallo, Frau Lambert. Erkennen Sie mich wieder?«

Sie nickte.

»Sind Sie gegen Ihren Willen in der Halle festgehalten worden?«

Klaus Weingart, der Osnabrücker Oberkommissar, stand inzwischen neben Hanna.

Lambert reagierte nicht auf Hannas Frage. Sie stellte sie erneut. Laura Lambert sah auf und nickte.

Hanna wandte sich an Weingart. »Können Sie dafür sorgen, dass Frau Lambert im Krankenhaus bewacht wird, bis weitere Entscheidungen getroffen wurden?«

»Ich habe das schon weitergegeben. Die Kollegen werden direkt zur Klinik geschickt. Die Kriminaltechnik ist auch schon auf dem Weg.«

Hanna bedankte sich, trat zur Seite und rief Jens Bölscher an, dem sie die letzten Ereignisse schilderte. Inzwischen war es dunkel geworden und kurz vor dreiundzwanzig Uhr.

»Wir bleiben noch hier«, sagte Hanna. »Wenn alles so weit geklärt ist, suchen wir uns vor Ort einen Wohnmobilstellplatz. Kommst du morgen nach Osnabrück, damit wir alles Weitere klären? Wenn Laura Lambert vernehmungsfähig ist, sollten wir sie so schnell wie möglich befragen. Am besten noch bevor es die Osnabrücker Kollegen tun.«

»Ich schicke dir eine Nachricht, wann und wo wir uns treffen.«

Vierundzwanzig

Jan

»Gehen wir frühstücken?«, fragte Jan, als Hanna am nächsten Morgen ihre Augen aufschlug. Er saß aufrecht im Bett und hob sein Handy hoch. »Das Café ist fußläufig zu erreichen. Gerade gefunden. Hat auch schon geöffnet.«

Weit nach Mitternacht hatten sie einen Stellplatz in der Nähe der Innenstadt gefunden und sich gleich darauf schlafen gelegt.

»Gib mir zehn Minuten«, antwortete Hanna. »Dann können wir los. Hat Bölscher sich schon gemeldet?«

Jan schüttelte den Kopf, stieg aus dem Bett und zog sich an.

Auf dem Weg zum Café war Hanna schweigsam. Jan warf einen Blick zu ihr, aber sie erwiderte ihn nicht.

»Immer noch wegen gestern?«, fragte Jan.

Hanna hakte sich bei ihm unter. »Nein, natürlich nicht. Alles gut. Wenn Müller schon auf die SEK-Kollegen schießt, hätte er sich bei uns noch mehr gewehrt. Ihm scheint klar gewesen zu sein, was auf dem Spiel steht. Bis zu zehn Jahre Haft.« Sie drückte Jan im Gehen einen Kuss auf die Wange. »Also, alles gut. Ich hatte einen lieben Schutzengel dabei.«

Sie standen inzwischen vor dem Bäckerei-Café. Jan hielt die Tür auf und folgte ihr ins Lokal. Sie setzten sich an einen der fünf Tische, holten sich von der Theke Latte macchiato, Croissants und Körnerbrötchen, Butter, Aufschnitt und ein gekochtes Ei.

Zurück am Tisch klingelte Hannas Handy. Jens Bölscher fragte, ob sie in einer Stunde in der Polizeidirektion sein könnten. Laura Lambert würde in Kürze aus dem Krankenhaus entlassen und zur Befragung abgeholt werden. Hanna sagte zu und beendete das Gespräch.

»In einer Stunde. Lambert wird direkt aus dem Krankenhaus kommen.«

»Dann sollten wir uns beeilen«, sagte Jan. »Wir brauchen einen Plan für die Befragung. Ich habe bisher noch keine Idee, wie wir sie knacken.«

Nach einem Treffen mit Jens Bölscher, dem Staatsanwalt und vier Ermittlern des Osnabrücker Kommissariats machten sich Jan und Hanna auf den Weg zum Vernehmungsraum.

Laura Lambert saß aufrecht auf ihrem Stuhl, als sie ins Zimmer traten und sich zu ihr an den Tisch setzten. Sie lächelte selbstbewusst. »So schnell sieht man sich wieder.«

Hanna aktivierte die Aufnahme, sprach die Formalien ins Mikrofon und ließ Jan für die erste Frage den Vortritt.

»Ich hoffe, Sie haben sich etwas erholen können, Frau Lambert.«

»Keine Angst, ich lebe noch.«

»Hat man Ihnen gesagt, wieso wir vor Ort waren und Sie befreien konnten?«

Sie grinste. »Glücklicher Zufall?«

»Nein, wir haben nach Ihnen gesucht und unter anderem Marco Müller observiert. Er hat uns zu der alten Industrieanlage geführt. Den Rest haben Sie ja mitbekommen.«

»Sie beide waren das?« Laura Lamberts Mimik änderte sich von einer Sekunde auf die andere. War der Blick zuvor noch eher spöttisch gewesen, schien sie jetzt unsicher zu sein, wie sie mit der Situation umgehen sollte. »Dann sollte ich mich jetzt wohl besser bei Ihnen bedanken.«

»Wir haben nur unseren Job gemacht«, sagte Jan. »Sie waren in Gefahr, wir haben Sie aufgespürt und die Kollegen gerufen. Aus unserer Sicht sind Sie nur knapp einer Katastrophe entkommen.«

Sie nickte nachdenklich, schien etwas sagen zu wollen, hielt es dann aber zurück.

»Wir haben in Ihrer Wohnung Ihr Blut gefunden und analysiert«, fuhr Jan fort. »Ich will nicht lange herumreden. Ihre DNA wurde im Haus von Helmut Gepken gefunden. Unter anderem in seinem Bett.«

Laura Lambert schwieg.

»Wir gehen davon aus, dass Ihr Verhältnis zu Herrn Gepken etwas mit Ihrer Entführung zu tun hat.«

»Nett ausgedrückt«, murmelte sie mit gesenktem Kopf.

Jan hielt sich zurück, um Laura Lambert die Chance zu geben, von sich aus über ihr Verhältnis zu Helmut Gepken zu sprechen.

»Um eins gleich klarzustellen: Ich habe Helmut nichts getan. Dazu wäre ich überhaupt nicht in der Lage. Ich mochte den alten Herrn. Warum hätte ich ihn umbringen sollen? Dazu gab es überhaupt keinen Grund.«

Jan ließ sich nicht anmerken, wie erstaunt er über die Wendung im Gespräch war. Er hatte nicht damit gerechnet, dass Laura Lambert so schnell zugeben würde, dass sie Helmut Gepken gekannt hatte.

»Fangen wir ganz vorne an«, sagte er. »Wo haben Sie Herrn Gepken kennengelernt?«

»Bei meiner Arbeit. Er ist in Bersenbrück operiert worden und musste, da es Komplikationen gegeben hatte, das Wochenende über in der Klinik bleiben. Wir haben uns etwas unterhalten und ich fand ihn sehr nett.« Sie sah Jan direkt an. »Nicht so, wie Sie jetzt denken. Mehr so ein Großvater-Enkelin-Ding. Und ja, er tat mir etwas leid. Helmut war ein einsamer, alter Mann, enttäuscht vom Leben und von seiner Ex-Frau und seinem Sohn.«

»Sie scheinen sich recht viel mit ihm unterhalten zu haben«, warf Hanna ein.

»Und? Ich wüsste nicht, dass das strafbar ist. Wird nicht überall gefordert, dass die Pflegekräfte im Krankenhaus mehr Zeit für die Patienten haben sollten? Ich nehme sie mir halt. Beim Nachtdienst ist das durchaus möglich. Gerade alte Menschen schlafen schlecht – und in ungewohnter Umgebung erst recht. Sie sind verängstigt und wissen mit der ganzen Krankenhaussituation nicht umzugehen. Manche drehen sogar durch. Was meinen Sie, was ich schon alles erlebt habe?«

»Wie ging es weiter mit Ihnen und Herrn Gepken?«, fragte Jan.

Laura Lambert lachte kurz auf. »Was wollen Sie jetzt hören? Die Lovestory zwischen einem alten Mann und einer jungen Frau? Damit kann ich nicht dienen. Wie gesagt, ich mochte Helmut. Ich habe ihm meine Handynummer gegeben und er hat mir hin und wieder eine Nachricht geschrieben. Über *Signal,* wenn Sie es genau wissen wollen.«

»Den Messenger-Dienst meinen Sie?«

»Was sonst?«

Jan nickte. »Sie haben sich also hin und wieder etwas geschrieben. Habe ich das richtig verstanden?«

»Ich bin ein höflicher Mensch. Natürlich habe ihm zurückgeschrieben. Keine ewig langen Texte, aber einfach ein paar nette Worte. Das hat ihn aufgemuntert.«

»Passiert Ihnen das häufiger, dass Sie mit Patienten nach dem Klinikaufenthalt Kontakt halten?«

»Hin und wieder. Helmut war aber eine Ausnahme. Manchmal begegne ich Patienten in Bersenbrück, wir reden ein paar Takte und mehr nicht. Helmut wohnte ja weit weg und da sind wir uns natürlich nicht begegnet. Er hat halt geschrieben – für mich war das in Ordnung.«

»Dabei blieb es aber nicht?«

»Oh, jetzt kommt der schlüpfrige Teil der Fragen. Ich hatte ganz vergessen, dass Sie meine DNA in Helmuts Bett gefunden haben. Huch, was für ein Luder bin ich doch. Liege mit einem Mann im Bett, der mein Großvater sein könnte. Geht Ihnen das gerade durch den Kopf? Stellen Sie sich vor, wie ich es mit Helmut treibe, splitterfasernackt auf ihm reite, vor Lust schreie und ihm meine spitzen Nägel in die Haut ramme, um ihn zum Höhepunkt zu treiben? Stellen Sie sich das vor? Geilt Sie das auf?« Laura Lambert hatte sich, während sie sprach, immer weiter zu Jan vorgebeugt und ihn nicht aus den Augen gelassen. Jan hörte ihrer Stimme an, wie emotional die Situation für sie war. Er konnte sich nicht vorstellen, dass Laura Lambert eine so gute Schauspielerin war. Ihre Empörung klang echt.

Jetzt atmete sie tief durch und setzte sich wieder gerade auf dem Stuhl hin. »Sie können denken, was Sie wollen. Ich habe nichts Strafbares getan.«

»Haben Sie mit Herrn Gepken sexuellen Verkehr gehabt?«, fragte Jan.

Laura Lambert rollte mit den Augen. »Himmel, sind Sie so verklemmt oder muss man bei der Polizei so sprechen? Ja, ich war bei Helmut im Bett. Und ich war nackt und er auch. Wir haben gekuschelt. Mehr wollte er gar nicht und das war mir von Anfang an klar. Helmut wollte noch einmal eine Frau spüren, eine richtige Frau, die es ernst meint, die ihn mag und gesehen hat, wie es ihm wirklich geht. Ich habe ihm den Wunsch erfüllt, und wenn er mit mir hätte vögeln wollen, wäre das auch kein Problem gewesen. Aber Helmut wusste, dass das alles zwischen uns ändern würde. Er war nicht so, wie er nach außen wirkte. Der alte, verhärtete Mann, der mit niemandem etwas zu tun haben will, der jedem und allen die Schuld gibt. Nein, Helmut war ein feiner Mensch, empathisch und grundehrlich. So etwas gibt es heute in dieser verlogenen Welt nur noch selten.«

Spielte Laura Lambert ihnen gerade das Theaterstück ihres Lebens vor? Jan war hin- und hergerissen. Er hatte mit vielem gerechnet, aber nicht damit, dass diese Frau eine echte Beziehung zu Helmut Lambert entwickelt hatte. Sie schien ihn mehr und besser gekannt zu haben als alle Zeugen, die sie bisher befragt hatten. Ließ sich Jan gerade blenden, hatte sie seinen wunden Punkt getroffen? Er warf Hanna einen schnellen Blick zu, aber sie schien genauso unschlüssig zu sein, ob Laura Lambert die Wahrheit sagte oder ihn nur ausgesprochen geschickt anlog.

Jan entschloss sich, sein letztes Ass auszuspielen. »Herr Gepken hat über Monate hinweg große Geldbeträge von seinem Konto abgehoben. Insgesamt hundertsechzigtausend Euro. Haben Sie das Geld bekommen?«

»Ja. Helmut hat mir das Geld geschenkt.«

»Wofür haben Sie es gebraucht?«

»Ist das so wichtig? Er hat es mir geschenkt. Ja, ich habe es nicht beim Finanzamt angegeben und hätte Schenkungssteuer zahlen müssen. Da wäre fast die Hälfte des Betrags ans Finanzamt gegangen. Das wollte Helmut nicht. Deshalb hat er es mir auch nach und nach gegeben, damit es nicht so auffällt.«

»Frau Lambert, Sie können sich vorstellen, wie das für uns aussieht. Eine junge, ausgesprochen attraktive Frau, die auch als Escort arbeitet, lernt einen vierzig Jahre älteren Mann kennen, erhält von ihm ein kleines Vermögen und der Mann wird anschließend ermordet in seinem Haus aufgefunden. Diese

Frau bestreitet bei ihrer Befragung, dass sie den Mann gekannt habe oder irgendetwas mit ihm zu tun hatte.«

Laura Lambert sah Jan wutentbrannt an. »Vielleicht strengen Sie mal Ihr Gehirn an! Hätten Sie in meiner Lage die Wahrheit gesagt? Genau das, was Sie gerade heruntergebetet haben? Was wäre dann passiert? Ich sage es Ihnen: Ich säße im Knast und würde auf meinen Prozess warten. Habe ich recht?«

»Ganz so einfach, wie Sie das jetzt dargestellt haben, ist es nun doch nicht. Sie hätten einen besseren Stand gehabt, wenn Sie gleich die Wahrheit gesagt hätten.«

»Vorausgesetzt …«, fügte Hanna hinzu, »… dass es tatsächlich die Wahrheit ist.«

Laura Lambert funkelte sie wütend an. »Dass Sie mir nicht glauben, war mir gleich klar. Wahrscheinlich denken Sie, dass ich die Männer ausnutze, ihnen Geld abknöpfe für ein bisschen Sex.« Sie lachte auf. »Und Sie? Wie gehen Sie mit Männern um? Ex und hopp, so wie es Ihnen gerade passt? Benutzen Sie nicht auch die Männer?«

»Um mich geht es hier gerade nicht.« Hanna zeigte auf Laura Lambert. »Sie stehen unter Verdacht, einen Mann aus niedrigen Beweggründen getötet zu haben. Wollte Helmut Gepken das Geld zurück? Hat er gedroht, Sie anzuzeigen? Als Krankenschwester wäre das für Sie kein Problem gewesen, Helmut Gepken so zu töten, dass es aussieht, als wäre er an einer natürlichen Ursache gestorben. War es so?«

»Nein«, sagte Laura Lambert, deren Wut auf Hanna inzwischen verflogen zu sein schien. »Helmut hat mir das Geld geschenkt und wollte es auch nicht zurückhaben. Warum sollte er mich bei der Polizei anzeigen? Es gibt keinen Grund dafür. Ich habe ihm nichts getan.«

Jan übernahm wieder mit der nächsten Frage. »Wir haben Sie bei der ersten Befragung nach einem Alibi für die Zeit gefragt, in der Helmut Gepken mutmaßlich getötet wurde.

Sie haben angegeben, dass Sie alleine zu Hause gewesen wären. Bleiben Sie dabei?«

Laura Lambert zögerte lange, bevor sie den Kopf schüttelte. »Ich hatte ein Date mit einem Mann, der mich dafür bezahlt hat. Nennen Sie es, wie Sie wollen, aber ich kann Ihnen nicht den Namen des Mannes nennen.«

»Warum nicht?«, fragte Jan.

»Ganz einfach. Ich bin nicht lebensmüde. Die finden mich überall.«

»Wer findet Sie?«, fragte Jan weiter.

»Ist die Frage jetzt ernst gemeint? Wohl kaum. Ich kann den Namen des Mannes nicht preisgeben.«

Jan und Hanna hatten mit den Osnabrücker Kollegen abgesprochen, dass sie Laura Lambert in erster Linie zum Fall Gepken befragen würden. Alle Bereiche, die mit der Entführung zu tun haben könnten, sollten zunächst ausgespart werden. Hanna hatte in dem Gespräch darauf hingewiesen, dass die beiden Fälle miteinander zu tun haben könnten, aber die Kollegen betonten noch einmal, dass die Entführung in Osnabrück stattgefunden habe und von ihnen in der Sache ermittelt werden würde.

»Ich verstehe Ihre Angst«, sagte Jan. »Aber Sie können davon ausgehen, dass die Osnabrücker Kollegen von Ihnen Antworten erwarten werden.«

Laura Lambert zuckte mit den Schultern. Damit schien für sie der Punkt abgehakt. Jan entschloss sich, mit weiteren Fragen zu warten und sich auf die Ermittlungen zum Tod von Helmut Gepken zu konzentrieren.

»Wo sind die hundertsechzigtausend Euro geblieben, die Sie von Helmut Gepken bekommen haben?«

»Sie waren nicht für mich. Mehr kann ich dazu nicht sagen.«

Jan ließ Laura Lambert Zeit. Ihr schien noch nicht klar geworden zu sein, dass sie nach wie vor dringend verdächtigt wurde, Helmut Gepken getötet zu haben.

»Es war für einen Freund«, sagte sie leise, nachdem einige Minuten vergangen waren.

»Wofür brauchte der Freund das Geld?«

»Er war in Schwierigkeiten. Großen Schwierigkeiten.«

Erneut wartete Jan, dass sie weitersprach. Er sah, wie sein Schweigen mehr und mehr wirkte. Laura Lambert rutschte unruhig auf ihrem Stuhl hin und her, fuhr sich mehrfach durch die Haare und schien verbergen zu wollen, dass ihre Hände leicht zitterten.

»Er hat sich von den falschen Leuten Geld geliehen. Sie haben ihn bedroht.« Sie hob ihre linke Hand und zeigte auf den kleinen Finger. »Den haben sie ihm abgetrennt. Einfach so. Beim nächsten Mal wäre die ganze Hand dran, haben sie ihm gesagt.«

»Wie viel schuldete Ihr Freund diesen Typen?«, fragte Jan.

»Eigentlich hunderttausend Euro. Aber nach und nach haben sie Fantasiezinsen erfunden und die Summe belief sich auf die Hälfte mehr.«

»Haben diese Leute Ihren Freund jetzt in Ruhe gelassen?«

Laura Lambert nickte.

Fünfundzwanzig

Hanna

»Glaubst du ihr etwa?«, fragte Hanna, als sie eine halbe Stunde später eine Pause eingelegt hatten und im Nebenraum auf Jens Bölscher warteten, der die Vernehmung über Video mitverfolgt hatte.

»Sie hat sich nicht ein Mal widersprochen. Ihre Aussage ist schlüssig. Ich muss sie mir noch einmal im Video anschauen, aber im Moment neige ich dazu, ihr zu glauben.«

»Wenn sie es nicht war, stehen wir wieder ganz am Anfang.«

»Das ist kein Grund, ihr nicht zu glauben.«

Hanna winkte ab. »Ist mir doch klar. Ich werde aus der Frau nicht schlau. Hat sie wirklich das Geld an einen Freund weitergegeben?«

»Wir haben in ihrer Wohnung nur die sechstausend Euro gefunden. Und keine Hinweise auf ein Bankschließfach oder etwas Ähnliches.«

»Ja, das weiß ich doch. Trotzdem …«

Die Tür öffnete sich und Jens Bölscher trat ein. Er setzte sich zu ihnen und griff nach einer kleinen Flasche Mineralwasser, von denen mehrere auf dem Tisch standen. Er schenkte sich ein und trank einen großen Schluck.

»Das war nicht das, was wir erwartet haben, oder?«

Jan und Hanna nickten.

»Der Staatsanwalt hat mit mir zusammen die Vernehmung verfolgt. Er musste leider zurück nach Vechta, wo er in einer Stunde einen Termin hat. Wir beide waren mehr oder weniger ratlos.«

»Das geht uns ähnlich«, sagte Jan.

»Es ist kein Sperma im Bett gefunden worden«, bemerkte Bölscher. »Das unterstreicht Lamberts Aussage, dass sie keinen Sex mit Gepken hatte.«

»Vielleicht konnte er nicht mehr«, warf Hanna ein. »Spielt das jetzt wirklich eine Rolle?«

»Nein«, gab Bölscher zu. »Der Staatsanwalt hat eine kurze Einschätzung abgegeben. Die momentane Beweislage hält er nicht für ausreichend, um Klage gegen Frau Lambert zu erheben. Wir brauchen mehr.«

Jan warf Hanna einen Blick zu. »Das sehen wir auch so, oder?«

Hanna nickte. »Aus meiner Sicht ist sie allerdings nach wie vor unsere Hauptverdächtige. Alle deine Eckpunkte zum Täterinnenprofil passen bei ihr. Sie kannte Gepken, hat sein Geld – wie auch immer – bekommen, ist mit ihm ins Bett gegangen – egal, was genau da passiert ist. Warum hat sie nicht bei der ersten Befragung die Wahrheit gesagt? Inzwischen hatte sie viel Zeit, sich eine Geschichte zurechtzulegen. Und ja, wir brauchen definitiv mehr.«

Der SoKo-Leiter schaute auf die Uhr. »Ich muss zurück. Bleibt ihr hier und schaut euch die zweite Befragung von Frau Lambert an. Ich habe alles mit den Kollegen abgesprochen. Geht einfach den Flur runter. Die letzte Tür nach rechts.«

»Guten Tag, Frau Lambert«, begrüßte Klaus Weingart Laura Lambert. »Ich bin Oberkommissar Weingart und das ist

Hauptkommissar Dürmann. Wir sind von der Osnabrücker Kriminalpolizei.«

Laura Lambert nickte. »Ich habe Sie gestern gesehen. Danke auch an Sie, dass Sie mich befreit haben.«

Weingart nickte, erklärte ihr, dass sie als Zeugin befragt werden würde und sie verpflichtet sei, wahrheitsgemäß Auskunft zu geben.

»Meine erste Frage ist, ob Sie von den beiden festgenommenen Männern entführt und festgehalten wurden.«

»Ich kenne nur Müller«, antwortete Lambert. »Er war dabei, als sie mich aus der Wohnung verschleppt haben. Den zweiten Mann kannte ich nicht. Er hatte wie Müller eine Skimaske auf. Müller habe ich an seiner Stimme erkannt. Der Dummkopf dachte doch tatsächlich, dass er damit durchkommt.« Sie rollte mit den Augen.

»Sie sind also gegen Ihren Willen auf dem alten Industriegelände festgehalten worden?«

»Ja.«

»Aus welchem Grund?«

Laura Lambert zuckte mit den Schultern. »Keine Ahnung. Diese Idioten brauchen keinen Grund, um Frauen zu quälen.«

»Sind Sie sexuellen Handlungen ausgesetzt gewesen?«, fragte Hauptkommissar Dürmann.

»Nein. Wobei ich mir bei Müller nicht so sicher bin, dass es nicht noch passiert wäre. Er hat entsprechende Andeutungen gemacht.«

»Sie haben also keine Idee, aus welchem Grund Sie entführt wurden?«, fragte Dürmann weiter.

»Habe ich das nicht schon gesagt?«

»Das ist nicht sehr glaubwürdig, Frau Lambert«, sagte Dürmann.

»Das ist Ihr Problem, nicht meins.« Sie stand auf. »Kann ich jetzt gehen? Bringt mich jemand nach Bersenbrück?«

»Setzen Sie sich bitte wieder«, sagte Weingart. »Wir sind noch nicht fertig.«

Langsam sank Laura Lambert wieder auf ihren Stuhl.

»Wie viele Personen haben Sie in Ihrer Wohnung überfallen?«, fragte Weingart weiter. Hanna hatte bemerkt, dass Dürmann ihm einen kaum merklichen Wink gegeben hatte.

»Zwei. Müller und noch jemand.«

»Wer von beiden hatte das Sagen? Marco Müller?«

»Nein. Der ist ein Loser. Der andere.«

»Welchen Eindruck hatten Sie von dem Mann?«

Laura Lambert hob beide Arme als Zeichen, dass sie nichts dazu sagen könne. »Keine Ahnung.«

»Versuchen Sie es einfach«, forderte Weingart sie in freundlichem Ton auf. »War er ein anderes Kaliber als Marco Müller?«

»Kann sein. Er hatte auf jeden Fall die Hosen an.«

Hanna stöhnte leise. »Das war zwar geschickt von unserem Osnabrücker Kollegen, aber so knackt er die Frau nicht.«

»Abwarten«, sagte Jan.

Weingart beugte sich leicht vor zu Lambert. »Wir gehen davon aus, dass weder Müller noch die anderen Männer, die Sie entführt haben, auf eigene Rechnung gearbeitet haben. Sie sollten aus dem Verkehr gezogen werden, unter Umständen für immer. Sie verstehen, was ich damit sagen will?«

Laura Lambert lächelte und schien wenig beeindruckt zu sein. Aber Hanna war sich sicher, dass sich hinter ihrem Lächeln langsam Angst breitmachte.

»Wir werden Sie nur beschützen können …«, fuhr Weingart fort, »… wenn Sie mit offenen Karten spielen. Ich bin mir sicher, dass Sie wissen oder zumindest ahnen, weshalb Sie entführt worden sind.«

Laura Lambert schüttelte den Kopf. »Wenn Sie das sagen …«

»Es war ein großer Zufall, dass die Kollegen aus Damme bemerkt haben, dass Ihre Wohnungstür offen stand und dort etwas nicht in Ordnung war. Sie haben die richtigen Schlüsse gezogen und Marco Müller observiert. Er hat sie zu dem Versteck in dem alten Industriebau geführt.« Weingart machte eine bedeutungsvolle Pause. »Ein zweites Mal werden Sie nicht so viel Glück haben. Diese Menschen, die hinter Ihrer Entführung stecken, werden beim nächsten Mal nicht zögern, Sie an Ort und Stelle zu töten. Glauben Sie mir, Sie wären nicht die Erste, die eine solche Gefahr falsch einschätzt und das später mit dem Leben bezahlen muss.«

Laura Lambert schwieg weiter, auch wenn Hanna weitere Zeichen einer aufkommenden Panik entdeckte. Sie hielt beide Hände fest auf den Tisch gedrückt, sah unruhig zwischen den beiden Ermittlern hin und her und schluckte mehrfach schwer.

»Wenn Sie jetzt das Kommissariat verlassen, können wir Sie nicht mehr schützen. Sind Sie absolut sicher, dass Sie ein Zufallsopfer waren und die Gefahr vorbei ist? Oder ist die Gefahr noch gestiegen, da wir jetzt zwei Ihrer Peiniger in Haft haben, die noch schweigen? Aber wie lange noch? Wer von Ihnen wird zuerst um unseren Schutz bitten? Marco Müller und sein Begleiter? Ich weiß nicht, ob Sie dann als Informantin noch gebraucht werden, Frau Lambert. Sie werden sich entscheiden müssen.« Weingart hielt kurz inne, suchte ihren Blick und fügte hinzu: »Ich frage Sie noch einmal. Sind Sie ganz sicher, dass Sie nicht in Gefahr sind?«

»Ich will mit dem anderen Polizisten sprechen«, stieß sie schließlich hervor. »Der, der vorher mit der Frau da war.«

Sechsundzwanzig

Jan

»Sieh an«, sagte Hanna. »Du scheinst einen neuen Fan zu haben.«

Jan reagierte nicht auf ihre Bemerkung und schaute weiter auf den Bildschirm. »Sie hat Angst und will reden.«

»Lambert ist nicht blöd. Sie weiß, dass alles aufgezeichnet wird. In Bild und Ton. Da kann sie doch gleich …« Hanna stutzte. »Du meinst, sie will nur mit dir reden? Ohne Mikro und Kamera?«

Jan nickte. »Soll ich das machen? Ich bin nicht ihr Anwalt.«

»Hängt davon ab, was du ihr rätst. Wenn sie danach kooperiert, warum nicht?«

Die beiden Osnabrücker Kriminalisten beendeten gerade die Befragung und schalteten die Übertragung aus. Wenige Minuten später klopfte jemand an die Tür und Dürmann, gefolgt von Weingart, trat ein.

»Sie haben das mitbekommen?«, fragte Dürmann.

Jan sah ihm an, wie schwer dem Kollegen die Frage fiel. »Ja«, sagte er.

»Würden Sie mit ihr reden?«

Jan deutete auf den Bildschirm. »Sie wird nicht wollen, dass es aufgezeichnet wird.«

»Davon gehen wir auch aus. Machen Sie ihr klar, wie ihre Lage ist.«

Jan nickte. »Kann ich ihr etwas anbieten? Zeugenschutzprogramm?«

»Sie wissen, dass ich das nicht entscheiden kann. Meinetwegen versprechen Sie es ihr. Entscheidungen fallen ohnehin erst, wenn wir wissen, was hinter der ganzen Geschichte steckt. Vielleicht doch nur eine unbezahlte Rechnung.«

»Ich werde sie nicht anlügen«, sagte Jan.

»Die Entscheidung kann ich Ihnen nicht abnehmen.«

Jan wurde schlagartig klar, dass Dürmann ausschließlich daran lag, an die Informationen zu kommen. Er schien einen großen Fall hinter der Entführung zu vermuten. Oder wusste er mehr, als er ihnen verraten hatte? Warum war nicht Dürmann in der Nacht zum alten Industriegelände gekommen?

»Okay, ich gehe zu ihr. Wenn sie verlangt, die Geräte auszustellen, werde ich das machen.«

Als Dürmann nickte, stand Jan auf und machte sich auf den Weg zum Vernehmungszimmer.

»Hallo, Frau Lambert«, sagte Jan. »Sie wollten mich sprechen?«

»Unter vier Augen.« Sie deutete zum Mikrofon und der Kamera an der Decke. »Können Sie das ausschalten?«

»Das kann ich. Aber ich bleibe nach wie vor Polizist. Das ist Ihnen klar?«

Sie zuckte mit den Schultern. »Das Risiko muss ich wohl eingehen.«

Jan stellte das Mikrofon und die Kamera aus. »So, jetzt sind wir unter uns.«

Laura Lambert unternahm mehrere Anläufe, etwas zu sagen, brach aber immer wieder nach ein oder zwei Worten ab.

Jan beugte sich vor und legte seine Hand auf ihre. »Lassen Sie sich Zeit.«

Sie atmete tief durch, sah sich noch einmal im Raum um und begann stockend zu sprechen. »Ich bin da … also, ohne es … zu wollen, bin ich da … zwischen die Fronten geraten.«

»Was genau ist passiert?«

»Haben Sie Ihr Handy dabei?«, fragte Laura Lambert unvermittelt.

Jan holte sein Smartphone aus der Tasche.

»Haben Sie Musik auf dem Gerät? Könnten Sie etwas abspielen?«

Jan zögerte. Was passierte gerade? Wollte Laura Lambert ihn vorführen oder veralbern?

»Warum …«

»Vertrauen Sie mir einfach«, unterbrach sie ihn. »Bitte!«

Jan wählte eine ruhige Soulmusik aus, startete die Aufnahme und legte das Handy auf den Tisch. Er ahnte inzwischen, weshalb Laura Lambert ihn darum gebeten hatte.

»Ich habe als …« Sie brach ab, schien zu überlegen und sprach leise weiter. »Sie wissen es ja schon. Ich habe als Escort gearbeitet. Nicht häufig, und ja, es war lukrativ. Klar, es ging nicht um das schicke Abendessen, sondern um Sex. Wie immer bei Männern. Mir hat das nichts ausgemacht, solange die Typen keine Arschlöcher waren. Glauben Sie mir, auch in der feinen Gesellschaft laufen viele davon herum. Mit Vergewaltigungsszenen im Kopf und all diesem Scheiß, was die Pornoindustrie so produziert.«

Jan nickte, schwieg aber. Es forderte seine volle Konzentration, Laura Lambert bei der laufenden Musik und ihrer leisen Stimme zu verstehen.

»Mir war nicht klar, dass ich nur das Stück Speck in der Mausefalle war. Die haben die Hotelzimmer präpariert und alles aufgenommen. Wofür, brauche ich Ihnen nicht zu sagen.«

»Erpressung?«, fragte er halblaut.

»Was sonst? Es geht aber wohl nicht um ein paar Tausend Euro, sondern um Gefälligkeiten. Mir ist das erst klar geworden, als ich bei diesem Haak war. Ich wollte kein Geld von ihm, er hat es mir fast aufgedrängt. Okay, ich habe es genommen. Immerhin hat er mich in eine ziemlich brenzlige Lage gebracht. Aber als er sagte, dass es dann mit der anderen Sache ja wohl gegessen sei, bin ich hellhörig geworden. Und habe eins und eins zusammengezählt. Das war kein Zufall, dass ich genau bei ihm gelandet bin. Vereidigter Bausachverständiger. Dann bin ich die anderen Männer durchgegangen und habe verstanden, was da läuft. Bei dem nächsten Date habe ich dann das Zimmer nach einer Kamera abgesucht. Nicht direkt, sondern mit einem elektronischen Gerät, das ich von einem Freund bekommen habe. Bingo. Da war mir klar, was da läuft, und ich bin ausgestiegen.«

»Marco Müller wollte von Ihnen kein Geld eintreiben, als er Sie in der Kneipe angegangen hat, oder?«

Laura Lambert schüttelte den Kopf. »Nein, ich sollte weiterarbeiten. Sie wollten mich unter Kontrolle haben. Wahrscheinlich haben sie geahnt, dass ich etwas gemerkt habe.«

»Mit wie vielen Männern haben Sie sich getroffen?«

»Etwa zwanzig in den letzten zwei Jahren. Also nicht mal ein Date pro Monat. Es war so verdammt naiv. Ich habe ja nicht nur das Geld von den Männern bekommen, sondern auch noch tausend Euro pro Einsatz. Sie haben mir gesagt, dass sie die Männer langfristig an sich binden wollen und es eine Art Investition sei. Was für ein Quatsch. Sie haben mich gekauft und ich habe diesen Blödsinn mitgemacht.«

»Wissen Sie, wer dahintersteckt?«

»Ich habe immer nur mit Müller zu tun gehabt. Aber als mir klar wurde, was tatsächlich ablief, habe ich recherchiert.« Sie grinste gequält. »Wer weiß, vielleicht ist an mir eine gute Polizistin verloren gegangen.«

»Sie haben Informationen, wer die Hintermänner sind?«

»Ich weiß nicht, ob es der Polizei reichen wird, aber ich habe etwas.« Laura Lambert beugte sich zu Jan hinüber und flüsterte. »Sie wissen, weshalb ich mit Ihnen sprechen wollte?«

Jan wiegte den Kopf hin und her.

»Ich habe Angst, dass diese Leute auch Polizisten in der Hand haben.«

Jan nickte. Er hatte keine Wahl. Entweder ließ er sich auf ihre Ängste ein oder sie würde nicht weiter mit ihm sprechen.

Laura Lambert sah sich im Raum um. »Sind wir hier ganz sicher?«

Jan zögerte. Konnte er wirklich sicher sein, dass im Raum keine Wanze installiert war? Er flüsterte Laura Lambert zu: »Hatten Sie auch einen Kunden, der bei der Polizei ist?«

Sie nickte.

»Haben Sie ihn gesehen?«

Erneut nickte sie.

»Hier im Raum?«

Sie schüttelte den Kopf.

»In der alten Industrieanlage?«

Sie nickte wieder.

Jan schrieb in sein Notizbuch: *Der Kollege von Oberkommissar Weingart?* Er drehte den Block um und schob ihn zu Laura Lambert. Sie nickte zum vierten Mal.

Jan schrieb eine weitere Notiz: *Kennen Sie einen Anwalt, dem Sie vertrauen können?*

Laura Lambert bestätigte das schriftlich und schrieb den Namen des Anwalts auf. Jan schlug schriftlich vor, dass er den Anwalt informieren und dafür sorgen würde, dass der Vernehmungsraum auf Abhörgeräte überprüft werden würde. Sie zeigte ihm den erhobenen Daumen und lächelte erleichtert.

»Ich muss Ihnen noch eine Frage stellen«, sagte Jan jetzt laut. »Hat Herr Gepken jemals erwähnt, dass er bedroht wurde oder ihn eine fremde Person angesprochen hat?«

»Helmut und bedroht? Davon hat er nie gesprochen.«

»War die Geschichte von Helmut Gepkens Familie ein Thema? Insbesondere die seines Vaters?«

Laura Lambert legte den Kopf in den Nacken und schloss die Augen. »Da war etwas. Ich meine, Helmut hat mir davon erzählt, dass sein Vater im Krieg an Verbrechen beteiligt gewesen ist. Meinen Sie das?«

»Ja. Hat er mehr dazu gesagt? Ist in den letzten Jahren jemand auf ihn zugekommen, der dieses Thema angesprochen hat?«

»Es war für Helmut auf jeden Fall ein Thema. Er hat mehr als einmal drüber gesprochen. Es gab eine Nachricht von ihm, die ich nicht so richtig verstanden habe. Aber jetzt …«

Bisher war weder Laura Lamberts Handy noch ihr Laptop gefunden worden. Mutmaßlich waren sie von ihren Entführern mitgenommen und vernichtet worden.

»Was hat er geschrieben?«

»Es ging um seinen Vater. Das weiß ich noch. Helmut hat gefragt, ob er Verantwortung für die Taten seines Vaters übernehmen müsste.«

»Haben Sie ihm geantwortet?«

»Das weiß ich nicht mehr. Es kann sein, dass ich gerade einen Dienst in der Klinik hatte und es später vergessen habe.« Sie hielt inne. »Doch, so könnte es gewesen sein.«

»Herr Gepken hat das Thema nicht wieder angeschnitten?«

»Nein, ich glaube nicht. Es war auch ein oder zwei Wochen, bevor er …« Laura Lambert verstummte und seufzte.

Zurück im Nebenraum verschwieg Jan, was er von Laura Lambert erfahren hatte. Auf die Frage von Hauptkommissar Dürmann, was er so lange im Vernehmungszimmer gemacht habe, antwortete er ausweichend und behauptete, dass Laura Lambert sich auch bei ihm geweigert habe, über die Entführung zu sprechen, und am Schluss nach einem Anwalt verlangt habe.

»Tut mir leid, dass ich nicht mehr herausbekommen habe. Aber vielleicht hat sie zum Anwalt mehr Vertrauen.«

Er warf einen Blick zu Klaus Weingart. »Könnte ich Sie kurz unter vier Augen sprechen?«

Weingart sah ihn verblüfft an. »Um was geht es?«

»Können wir kurz auf den Flur gehen?«

Weingart zuckte mit den Schultern und folgte ihm.

»So geheimnisvoll?«, fragte er, als sie am Ende des Flurs am großen Fenster standen.

»Ich müsste Sie um etwas bitten, was Ihnen sicherlich mehr als ungewöhnlich vorkommt.«

Er zog die Augenbrauen zusammen. »Jetzt bin ich aber gespannt.«

»Ich frage einfach geradeheraus. Würden Sie mit einem HF-Detektor das Vernehmungszimmer kontrollieren?«

»Ihr Ernst?«, fragte Weingart erbost.

Jan erschrak. Hatte er sich die falsche Person für die Aufgabe ausgesucht?

»Mir ist klar, dass das eine ungewöhnliche Bitte ist. Und wenn Sie dort nichts finden sollten, werde ich mich selbstverständlich bei Ihnen entschuldigen. Aber bitte vertrauen Sie mir jetzt. Ich erkläre Ihnen später alles.«

Jan sah, wie Klaus Weingart mit sich kämpfte. »Ich kann dabei in Teufels Küche kommen. Ist Ihnen das klar?«

Jan nickte. Es war sinnlos, um den heißen Brei herumzureden. »Das ist mir klar. Ich würde natürlich die Verantwortung dafür übernehmen, sollte etwas schiefgehen.«

»Sind Sie sich vollkommen sicher?«

»So gut wie. Es ist wirklich wichtig, dass ich die Sicherheit habe, dass der Raum nicht abgehört wird.«

Weingart stöhnte leise auf. »Ich muss verrückt sein – aber ich mache es.«

Jan schrieb Hanna eine Nachricht und verließ die Polizeidirektion. Nach einem kurzen Gespräch mit dem Vorzimmer des Anwalts erklärte er ihm, um was es ging. Johannes Janning versprach, sich gleich auf den Weg zu machen.

Auf dem Weg zurück traf Jan auf Hanna. Er lotste sie zurück auf die Straße und drehte eine Runde mit ihr durch die angrenzenden Viertel.

»Himmel, wenn man dich einmal alleine mit etwas lässt«, sagte Hanna grinsend, wurde aber gleich wieder ernst. »In was für ein Wespennest haben wir da reingestoßen? Du hältst Lambert für glaubwürdig?«

»So würde sich zumindest die Entführung erklären. Die Leute hinter Müller haben mitbekommen, dass Laura Lambert im Fall Gepken verdächtigt wird, und vermutlich auch, dass Frau Lambert inzwischen zu viel von ihren Geschäften mitbekommen hatte. Die Situation wurde zu brenzlig. Aus Sicht dieser Leute hätte Laura Lambert ihr Wissen in die Waagschale werfen können, um einen Deal auszuhandeln.«

»Eine Art Mafia, die Menschen erpresst und dieses Erpressungspotenzial an andere verkauft. Soll ich das so verstehen?«

»So stellt es sich für mich dar.«

»Und wir mittendrin. Klasse!«

Jans Handy klingelte. Er zog es aus der Tasche und meldete sich.

»Weingart. Sie hatten recht. Ich habe zwei Wanzen gefunden.«

»Haben Sie sie entfernt?«

»Ja. Der Raum ist jetzt clean.« Er machte eine kurze Pause. »Und wie geht es jetzt weiter?«

»Verhalten Sie sich wie immer. Ich melde mich schnellstmöglich bei Ihnen.«

»Okay. Viel Glück.«

Siebenundzwanzig

Hanna

Hanna saß im Fahrerhaus des Wohnmobils neben Jan, der mit Jens Bölscher telefonierte und das Handy dabei laut gestellt hatte. In den letzten fünf Minuten hatte Jan die Ereignisse zusammengefasst und Bölscher um Rat gebeten.

»Ein Informant in unseren Reihen?« Bölschers Stimme klang empört. »Kann diese Abhöreinrichtung nicht eine andere Ursache gehabt haben?«

»Frau Lambert hat den Kollegen Dietmar Klose wiedererkannt. Er war ihr Kunde und ist ebenfalls in dem Hotelzimmer gefilmt worden.«

»Sollten Sie recht haben, würde das nicht nur innerhalb der Osnabrücker Polizei ein Beben auslösen, sondern auch in der Politik und Wirtschaft. Personen, die in den Bereichen arbeiten, scheinen ja mutmaßlich Zielobjekte dieser …«, Bölscher schien nach einem passenden Begriff zu suchen, »… kriminellen Organisation zu sein.«

»Danach sieht es aus. Uns liegt zuallererst die Sicherheit von Frau Lambert am Herzen. Sie sollte möglichst schnell aus Osnabrück an einen sicheren Ort gebracht werden.«

»Ich spreche mit meinem Vorgesetzten in Cloppenburg, der wird vermutlich mit dem Polizeipräsidenten in Oldenburg sprechen und der wiederum mit dem Oldenburger Generalstaatsanwalt, der auch für Osnabrück zuständig ist.«

»Wie lange wird das dauern?«, fragte Jan.

»Stunden, wenn überhaupt heute noch eine Entscheidung fällt.«

»Wir bleiben vor Ort«, sagte Jan. »Sie können uns jederzeit erreichen.«

Er beendete das Gespräch und warf einen Blick auf die Uhr. »Kurz nach eins. Was machen wir, wenn heute noch nichts entschieden wird?«

Hanna deutete nach hinten ins Wohnmobil. »Wir haben noch die Ersatzliege.«

»Keine gute Idee, oder? Wir dürfen nicht privat mit ihr in Verbindung gebracht werden. Ein Hotelzimmer wäre wohl die bessere Option. Der Anwalt soll sie nach Oldenburg fahren, wir buchen das Hotel und bleiben im Nebenzimmer.«

Hanna nickte. »Warten wir ab, was passiert. Hat der Anwalt deine Telefonnummer?«

»Er weiß, dass wir beide hier sind, und meldet sich, wenn es Neuigkeiten gibt.«

»Der Anwalt!«, sagte Jan und nahm das Gespräch an.

»Jan de Bruyn. Wie sieht es aus, Herr Janning?«

»Meine Mandantin und ich sind weiter im Gespräch.«

Jan verstand gleich, dass Laura Lamberts Anwalt nicht offen sprechen wollte.

»Verstehe. Möchte sie noch einmal mit mir sprechen?«

»Das könnte sein. Sind Sie noch vor Ort?«

»Ja, wir – meine Kollegin und ich – bleiben noch eine Weile in Osnabrück, bevor wir nach Oldenburg fahren.«

»Danke für die Information. Wissen Sie, wie lange Sie noch vor Ort sind?«

»Nein, wir warten noch auf einen Anruf unseres Vorgesetzten aus Oldenburg. Das kann sich allerdings noch etwas hinziehen. Ich stehe also noch weiter für ein Gespräch zur Verfügung.«

»Ich melde mich«, sagte der Anwalt und beendete das Gespräch.

Hanna hatte alles über die Lautsprecherfunktion mitgehört. Jetzt beugte sich Jan zu ihr hinüber und flüsterte: »Könnten hier auch Wanzen versteckt sein?«

Hanna schüttelte den Kopf und antwortete laut. »Das Wohnmobil habe ich elektronisch abgesichert. Wenn hier jemand einsteigt, erfahre ich es gleich.« Sie hob ihr Handy.

Jan atmete erleichtert auf. »Janning ist vorsichtig. Ihm scheint klar zu sein, was auf dem Spiel steht, wenn seine Mandantin mit ihren Vermutungen recht behalten sollte.«

Hanna nickte. »Jetzt heißt es warten.«

Kurz vor vier Uhr kam der erlösende Anruf aus Oldenburg. Kriminaldirektor Hagemann meldete sich. Sein Kollege aus Vechta hatte ihn informiert und ihn um Unterstützung gebeten. Gemeinsam hatten sie mit dem Polizeipräsidenten und dem Generalstaatsanwalt in einer Videokonferenz die Lage besprochen und die ersten Maßnahmen beschlossen. Eine davon war, dass Jan und Hanna den Auftrag hatten, Frau Lambert nach Oldenburg zu bringen, wo sie in einer sicheren Wohnung untergebracht und morgen von einer eiligst zusammengestellten sechsköpfigen SoKo befragt werden würde.

Jan rief anschließend Johannes Janning an und schlug vor, sich außerhalb des Kommissariats zu treffen. Hanna erwartete die beiden am Empfang und begleitete sie zum Wohnmobil. Nachdem Jan von den Entscheidungen des Generalstaatsanwaltes berichtet hatte, entschlossen sie sich, dass Laura Lambert mit ihnen im

Wohnmobil nach Oldenburg fahren und der Anwalt am nächsten Tag zur Befragung nachkommen würde.

Gegen neunzehn Uhr erreichten sie das Hotel, das die Oldenburger Kollegen für sie ausgesucht hatten. Hanna und Jan stellten sich für die erste Wache bis zum Morgen zur Verfügung und würden im angrenzenden Hotelzimmer mit Zwischentür zu Lamberts Zimmer übernachten.

Nachdem sie im Hotel eingecheckt hatten, durchsuchte Hanna ein weiteres Mal das Zimmer von Laura Lambert und bestellte anschließend für sie alle Pizza beim Lieferservice.

Laura Lambert aß ihr letztes Stück Pizza und klappte den Pappkarton zu. »Es ist wohl an der Zeit, dass ich mich bei Ihnen mehr als bedanke«, sagte sie. »Vielleicht verstehen Sie inzwischen, warum ich bei unserer ersten Begegnung nicht sehr kooperativ war.«

»Es hätte uns und vor allem Ihnen trotzdem einiges erspart«, antwortete Jan.

Laura Lambert seufzte. »Ich wusste nicht, ob ich Ihnen trauen kann.«

»Das war gestern. Sie müssen nach vorne schauen«, sagte Jan. »Es stehen Ihnen noch schwere Tage bevor. Und ich will ehrlich sein, Sie sind auch im Fall Helmut Gepken noch die Hauptverdächtige.«

»Das ist mir schon klar«, sagte Laura Lambert. »Was kann ich tun, damit zumindest Sie beide mir glauben?«

»Uns noch ein paar Fragen beantworten«, bemerkte Hanna.

»Bitte. Fragen Sie, ich antworte.«

Hanna nahm den Faden direkt auf. »Haben Sie noch einmal darüber nachgedacht, was Helmut Gepken Ihnen genau zur Vergangenheit seines Vaters gesagt hat?«

»Ja, habe ich. Während der ganzen Fahrt nach Oldenburg ging mir das Thema nicht aus dem Kopf. Ich muss gestehen, ich war zu dem Zeitpunkt, als Helmut mich darauf angesprochen hat, nicht so gut drauf.«

»Haben Sie noch die Nachricht, von der Sie gesprochen haben?«, fragte Jan.

Laura Lambert holte ihr Handy aus der Tasche und öffnete die App. »Augenblick. Das muss vor etwa zwei Monaten gewesen sein.« Sie fuhr mit dem Finger über das Display. »Mein Handy ist ja verschwunden, aber mein Anwalt hat mir ein neues besorgt. Ich könnte die Signal-App installieren und so auf die alten Daten zurückgreifen.« Nach einigen Minuten schaute sie auf. »Geschafft! Hier ist es. Es war doch eine E-Mail. Sie ist ziemlich lang.« Sie reichte Jan ihr Handy.

Liebe Laura, ich hoffe, dir geht es gut. Ich will dich auch nicht lange aufhalten. Mir geht wieder einmal eine Frage durch den Kopf, die mit meinem Vater zu tun hat. Es ist verrückt, dass ich nach so vielen Jahren immer noch die Last mit mir herumtrage. Ich habe dir doch erzählt, dass er ein strammer Nazi war und manche hier im Dorf immer noch darüber reden, dass er damals in Polen und Russland Verbrechen begangen hat. Ich konnte nie mit ihm darüber sprechen. Er hätte mich sofort aus dem Haus geworfen. Selbst meine Mutter hat darüber geschwiegen. Ich glaube auch nicht, dass er ihr etwas über die Zeit erzählt hat.

Die Gerüchte über seine Verbrechen im Krieg kannte ich ja, aber jetzt habe ich noch etwas anderes erfahren. Eine Frau war bei mir und hat erzählt, dass mein Vater Menschen aus der Umgebung an die Gestapo verraten hat. Im ersten Augenblick konnte ich das nicht glauben. Ich bin wütend geworden und habe die Frau rausgeworfen. Jetzt bereue ich es und würde gern mit ihr sprechen. Oder sollte ich das alles an mir abprallen lassen? Bin ich wirklich verantwortlich für meinen Vater, unter dem ich so lange gelitten habe? Wie würdest du damit umgehen? Aber jetzt ist es sowieso zu spät. Ich habe weder den Namen der Frau und schon gar keine Telefonnummer.

Ich sollte mit diesem ganzen Kapitel abschließen und meinen Vater endgültig beerdigen. Es ist Zeit dafür.

Liebe Laura, entschuldige, jetzt ist meine Mail doch länger geworden, als ich es beabsichtigt habe.

Vielleicht sehen wir uns bald wieder? Ich könnte nach Bersenbrück kommen und wir gehen irgendwo schön essen. Was meinst du?

Es grüßt dich ganz herzlich
dein Helmut

Jan bat Laura Lambert, ihr die Mail weiterzuschicken. Sie nahm das Handy zurück und nickte. »Mache ich sofort.« Jan gab ihr seine Adresse und schaute auf dem Handy, ob die Mail angekommen war.

»Können Sie damit etwas anfangen?«, fragte sie.

»Auf jeden Fall«, bestätigte Hanna. »Das könnte uns in den Ermittlungen entscheidend weiterhelfen.« Hanna bemühte sich, nicht mitklingen zu lassen, dass sie sich darüber ärgerte, erst jetzt diese wichtige Information bekommen zu haben.

Laura Lambert schien bemerkt zu haben, dass Hanna nicht erfreut war, dass sie die Mail verschwiegen hatte. »Ja, ich hätte eher mit Ihnen kooperieren sollen. Aber ich wusste wirklich nicht, was ich machen soll, als plötzlich die Polizisten vor meiner Tür standen.«

Jan stand auf, sammelte die leeren Pappschachteln ein und setzte sich wieder. »Sie haben mir von den Hintermännern dieser kriminellen Organisation erzählt, über die Sie Informationen gesammelt haben. Wir gehen davon aus, dass diese Leute von Ihrer Beziehung zu Helmut Gepken wussten.«

Laura Lambert sah Jan mit weit aufgerissenen Augen an. »Sie meinen, die haben Helmut …« Es schien ihr den Atem zu verschlagen.

»Was die Leute dann gemacht haben oder hätten, ist im Moment nicht so wichtig«, wiegelte Jan ab. »Wie hat diese

Organisation davon erfahren? Und noch wichtiger, seit wann wussten sie davon?«

Laura Lambert zuckte mit den Schultern. »Das weiß ich nicht. Wirklich nicht. Ich bin nicht herumgelaufen und habe es allen erzählt. Aber ein Geheimnis habe ich da auch nicht draus gemacht.«

»Sie sagten uns, dass das Geld für einen Freund war. Wir benötigen den Namen des Mannes.« Als Laura Lambert mit dem Kopf schüttelte, fügte Jan hinzu: »Sie brauchen keine Angst zu haben, dass das Finanzamt von uns informiert wird.«

»Das kann ich …« Laura Lambert schluckte schwer. »Ich möchte ihn da lieber raushalten.«

Jan schwieg und wartete ab.

»Ich verstehe ja, weshalb Sie den Namen brauchen, aber wenn Sie mit diesen Geldhaien sprechen, werden die wissen, wer sie verraten hat. Dann …« Sie sprach nicht weiter.

»Wir werden weder Sie noch Ihren Freund in irgendeiner Form in Gefahr bringen«, sagte Jan. »Es geht uns zunächst einmal darum, auszuschließen, dass Helmut Gepken von diesen Hintermännern getötet wurde. Sie können mir vertrauen, Frau Lambert. Wir wissen sehr wohl, was für Sie und Ihren Freund auf dem Spiel steht.«

Laura Lambert ließ sich Zeit für ihre Entscheidung. »Versprechen Sie mir das?«

»Ja, das verspreche ich Ihnen.«

»Jonas …« Sie rieb ihre Hände aneinander und zögerte. »Jonas Jentsch. Er hat ursprünglich in Osnabrück gewohnt, ist aber nach Hannover gezogen, um diesen Menschen endgültig zu entkommen.« Sie nannte Jan die Adresse und die Telefonnummer. »Ich möchte ihn aber vorher informieren. Das ist ganz wichtig.« Sie stand auf. »Ich versuche ihn jetzt zu erreichen.« Sie nickte Jan zu, ging in ihr Zimmer und schloss die Tür.

Achtundzwanzig

Jan

Am nächsten Morgen standen die Beamten der Oldenburger Kriminalpolizei vor ihrer Tür. Jan und Hanna ließen sich vorab ihre Ausweise zeigen, verabschiedeten sich von Laura Lambert und machten sich auf den Weg nach Damme, wo um zehn Uhr eine Dienstbesprechung der SoKo angesetzt war.

»Du denkst ernsthaft darüber nach, dass dieser Jonas Jentsch beziehungsweise die Kredithaie etwas mit dem Tod von Gepken zu tun haben?«, fragte Hanna, die am Steuer des Wohnmobils saß.

»Kannst du es ausschließen? Wenn diese Organisation Lambert entführt, um sie ruhigzustellen, könnte auch Gepken in ihren Fokus gekommen sein.«

»Und warum?«

»Die Geldbeträge waren hoch und vermutlich haben die Kredithaie nicht damit gerechnet, dass Jonas Jentsch das Geld so schnell auftreiben kann. Sie haben ihn in die Mangel genommen und er hat geredet. Letztlich hat er es von einer Freundin bekommen – das hat er sicher nicht als Geheimnis gesehen. Die Kredithaie haben die Info an die kriminelle Organisation weitergegeben …«

»Warum sollten sie das tun?«, unterbrach Hanna ihn.

»Richtig. Warum? Vielleicht gehören sie mit zur Organisation und wussten um Laura Lamberts Funktion als Köder für einflussreiche Männer. Sie haben sich gefragt, woher sie das Geld hat, und die Info weitergegeben.«

Hanna wiegte den Kopf hin und her. »Sehr spekulativ.«

»Die Organisation hat Lambert observieren lassen und ist ihr nach Rüschendorf gefolgt.«

»Und dann? Jan, das ist alles vollkommen abwegig. Denen ist doch vollkommen egal, woher das Geld kommt.«

Jan gab Hanna recht. Er hatte sich eine Theorie zusammengezimmert, die hinten und vorne große Lücken hatte. Mehr noch, sie ergab keinen Sinn. Trotzdem wollte er zumindest mit Jonas Jentsch sprechen. Hatte er ursprünglich vorgehabt, Jentsch persönlich in Hannover aufzusuchen, würde er es jetzt bei einem Telefonat belassen.

»Mag sein, dass ich mich verrannt habe. Ich telefoniere mit Jentsch. Wenn sich dann keine Verdachtsmomente ergeben, war's das.«

»Wir sollten uns auf die NS-Vergangenheit von Gepkens Vater konzentrieren. Wir müssen die Frau finden, die Gepken aufgesucht und mit den Taten seines Vaters konfrontiert hat.«

»Hattest du nicht eigentlich schon aufgegeben?«, fragte Jan. »Wo wollen wir da ansetzen?«

»Ich und aufgeben? Nach den Aussagen von Lambert und der Mail, die sie uns gezeigt hat, haben wir doch die Bestätigung, dass an meiner Theorie etwas dran sein könnte.«

»Das ist mir auch klar, Hanna. Aber wo wollen wir ansetzen?«

»Es gibt diese Frau und wir müssen sie finden. Dann wird sich rausstellen, ob es ein harmloser Besuch war, weil jemand Interesse an seiner Familiengeschichte hatte, oder ob mehr dahintersteckt.«

»Wie?«, fragte Jan.

»Erinnerst du dich an Eva Schwieters Hinweise auf die Berufsschule, wo ihr Freund Gepken von einer Mitschülerin wegen der mutmaßlichen Taten seines Vaters verbal angegangen wurde?«

»Natürlich. Aber hast du nicht gesagt, dass die Schule keine Unterlagen mehr hat, es keine Klassenlisten oder Ähnliches mehr gibt?«

»Klassenfotos! Die gab es doch sicher auch schon zu der Zeit, oder?«

»Vermutlich ja«, sagte Jan. »Woher nehmen und nicht …«

»Jan«, unterbrach Hanna ihn. »Eva Schwieters wird eventuell noch welche haben oder jemand anderes aus ihrer Klasse. Und anhand der Fotos werden sich die ehemaligen Schüler an die Namen erinnern und so weiter und so fort.«

»Ein langer Weg«, kommentierte Jan. Und das kann Wochen und Monate dauern, fügte er in Gedanken hinzu. Willst du so lange in Damme bleiben? Wird die SoKo so lange aufrechterhalten? Viele der damaligen Schüler werden schon nicht mehr am Leben sein. Und wer erinnert sich schon nach fast sechzig Jahren an seine Mitschüler?

»Klar, einfach wird es nicht«, sagte Hanna. »Aber wir schaffen es.«

Trotz des hohen Verkehrsaufkommens kamen sie rechtzeitig in Damme an, wo bereits die SoKo-Mitglieder auf sie warteten. Jens Bölscher eröffnete die Besprechung und bat Jan und Hanna, von den Ereignissen der letzten zwei Tage zu berichten.

Jan begann und übergab nach einer Weile an Hanna, die über die Befreiung von Laura Lambert und die Festnahme von Marco Müller und seinem Begleiter informierte.

»Wie ich auf der Fahrt nach Damme erfahren habe, ist Müller nach seiner Notoperation inzwischen außer Lebensgefahr. Er wird frühestens in einer Woche vernehmungsfähig sein. Sein Begleiter hat ausgesagt, dass er von Müller gezwungen worden sei, mit in die Industrieanlage zu kommen, und weder wusste, dass Laura Lambert dort festgehalten wurde noch warum.«

»Was ist der Hintergrund der Entführung?«, fragte Finn Eilers. »Ich verstehe das alles nicht.«

Jens Bölscher räusperte sich. »Die Osnabrücker Kollegen haben zunächst die Ermittlungen übernommen, bis der Generalstaatsanwalt entschieden hat, dass Oldenburg übernimmt. Frau Lambert befindet sich zurzeit dort und wird befragt. Leider dürfen weder ich noch die Kollegen Will und de Bruyn weitere Auskünfte zu den Ermittlungen geben. Nur so viel: Wir konnten Laura Lambert ausführlich befragen. Sie hat inzwischen zugegeben, dass sie Helmut Gepken im Bersenbrücker Krankenhaus kennengelernt hat, regelmäßig mit ihm Kontakt hatte und von ihm die hundertsechzigtausend Euro bekommen hat. Bisher haben wir keine Hinweise darauf, dass sie auch die Täterin ist.«

Niemand der Anwesenden rührte sich, es war absolut still im Raum. Nach einer gefühlten Ewigkeit richtete sich Michael Harms auf und sah in die Runde. »Und das glauben wir ihr jetzt?«

»Sie bleibt unsere Hauptverdächtige«, antwortete Jens Bölscher. »Aber ich gehe davon aus, dass wir sie vorläufig nicht weiter vernehmen können.«

»Warum nicht?«, wollte Finn Eilers wissen.

Jan sah, wie Stefan Böhmer, der Finn Eilers gegenübersaß, fast unmerklich mit dem Kopf schüttelte. Eilers zog die Augenbrauen zusammen, fragte aber nicht weiter nach.

»So weit erst mal der aktuelle Bericht«, übernahm wieder der SoKo-Leiter, sah auf seine Notizen und fuhr fort. »Gestern sind endlich die Handydaten von Helmut Gepken eingetroffen. Finn, was kannst du uns dazu berichten?«

»Uns liegen jetzt die letzten drei Monate vor. Hätte der Provider schneller reagiert, hätten wir uns viel Arbeit sparen können, da Frau Lambert zweimal in der Liste auftaucht. Zwei Telefongespräche über dreißig beziehungsweise einundvierzig Minuten. Eine Verbindung ging zu Eva Schwieters, die alte Bekannte oder Freundin von Herrn Gepken. Dann hat er zweimal mit seinem Hausarzt gesprochen und noch weitere Anrufe getätigt. Friseur, Gemeindeverwaltung, Kirchengemeinde und weitere unverdächtige Gespräche.« Der junge Kommissar schaute auf seine Notizen. »Alles in allem keine Überraschungen. Was nicht heißt, dass er nicht über einen Messenger kommuniziert hat. Selbst Gespräche und Videocalls sind ja dort möglich.«

»Wann ist das Handy zum letzten Mal benutzt worden?«, fragte Jan.

»Am Tag seines Todes. Am Vormittag. Später muss es ausgestellt oder die Sim-Karte entfernt worden sein.«

»Danke, Finn.« Jens Bölscher wandte sich an Michael Harms. »Hat die weitere Befragung mit dem Foto von Laura Lambert neue Erkenntnisse gebracht?«

»Stefan und ich waren sieben Stunden unterwegs und haben das Foto gefühlt tausendmal vorgezeigt. Einige Zeugen meinten, sie im Auto gesehen zu haben, aber niemand in der Nähe von Helmut Gepkens Haus. Inzwischen hat Frau Lambert ja zugegeben, dass sie den alten Herrn kannte. Von daher haben wir im Grunde genommen nichts Neues.«

»Danke, Michael.« Jens Bölscher schaute in die Runde. »Wir sind an einem kritischen Punkt angelangt. Unserer Hauptverdächtigen können wir weder nachweisen, dass sie die hundertsechzigtausend Euro von Gepken erschlichen hat, noch haben wir ein tragfähiges Motiv für die Tat oder Hinweise darauf, dass sie zum mutmaßlichen Todeszeitpunkt in Rüschendorf war. Ich muss es leider so sagen: Im Moment stehen wir wieder ganz am Anfang. Solange die Entführungssache um Frau

Lambert nicht geklärt ist, kommen wir nicht mehr an sie heran. Hinzu kommt, dass Frau Lambert bei den Befragungen angegeben hat, dass sie ein Alibi hat, den Namen des Mannes aber vorläufig nicht nennen kann.«

Jan hob die Hand und bekam das Wort. »Diese Aussage ist Teil der neuen Ermittlungen. Auch aus diesem Grund wollte Frau Lambert den Namen nicht nennen.«

»Wir bekommen ihn aber – zumindest über kurz oder lang?«, fragte Finn Eilers.

Jan nickte. »Davon gehe ich aus.«

Jens Bölscher räusperte sich. »Um es noch einmal zu betonen: Solange dieses angebliche Alibi nicht bestätigt ist, bleibt Frau Lambert unsere Hauptverdächtige.«

Hanna meldete sich. »Die Situation ist schwierig, aber kommt nicht selten bei komplizierten Fällen vor. Ich habe eine weitere Spur, von der ich in dieser Runde schon erzählt habe, die sich jetzt aber weiter konkretisiert hat.« Hanna berichtete von Laura Lamberts E-Mail und las sie vor. »Ich vermute, dass Gepken einen weiteren Kontakt mit einer Frau gehabt hat. Die Mail ist zwei Monate vor Helmut Gepkens Tod geschrieben worden. Ich sehe einen Zusammenhang mit den Vorfällen in der Berufsschulzeit, in der Gepken ähnliche Vorwürfe gemacht wurden.«

Hanna führte ihre Theorie weiter aus und erklärte, wie sie vorgehen wollte. »Sobald wir Namen von weiteren damaligen Berufsschülern haben, brauche ich eure Unterstützung.«

Ein Nicken ging durch die Runde. Jens Bölscher ging kurz die aktuellen Aufgaben durch und beendete die Besprechung.

Neunundzwanzig

Hanna

»Klassenfotos von damals?«, fragte Eva Schwieters, die Hanna telefonisch erreicht hatte. »Nein, die habe ich nicht mehr. Als ich nach Hannover ging, habe ich meine Vergangenheit hinter mir gelassen.«

»Erinnern Sie sich an Namen von Schülern oder Schülerinnen?«

»Schwer. Wir haben uns ja nur mit dem Vornamen angesprochen. Aber gut, da war eine Gisela. Sie hieß mit Nachnamen … Bömer, nein Bölle. Gisela Bölle. Sie kam aus Vechta.«

Nach und nach erinnerte sich Eva Schwieters an weitere vier Vornamen, war sich aber bei den Nachnamen nie vollkommen sicher. Hanna bedankte sich und beendete das Gespräch, bevor sie die Namen auf die SoKo-Mitglieder verteilte mit der Bitte, zu recherchieren, ob die jeweilige Person noch lebte und wo sie sich im Moment aufhielt. Ihr Plan war, von jedem der Ehemaligen weitere Namen zu bekommen.

»Kommst du weiter?«, fragte Jan, der erfolglos versucht hatte, Jonas Jentsch zu erreichen.

»Langsam, aber sicher.«

»Die alte Lehrerin, mit der du gesprochen hast – wie hieß sie noch gleich?«

»Frauke Hinrichs.«

»Genau. Das war doch seinerzeit ihre erste Stelle. Vielleicht hat sie Klassenfotos aufbewahrt.«

»Gute Idee.« Hanna griff nach dem Handy und suchte in ihren Notizen die Telefonnummer.

Frau Hinrichs nahm nach dem achten Klingelton das Gespräch an. Sie erinnerte sich gleich an Hanna und fragte, ob es Neuigkeiten geben würde.

»Leider nein. Ich suche immer noch nach den damaligen Schülern der Berufsschulklassen. Meine Frage ist: Haben Sie zufälligerweise Klassenfotos aus dieser Zeit?«

»Klassenfotos? Ich meine … doch, die müssten noch da sein. Das dauert aber einen Moment, bis ich den Kasten gefunden habe. Kann ich Sie gleich wieder anrufen?«

Zehn Minuten später war Hanna auf dem Weg zu Frau Hinrichs. Sie hatte sich von Finn Eilers ein Fahrrad geliehen und sich den Weg erklären lassen.

»Kommen Sie doch herein, Frau Will.« Die alte Dame hatte Hanna die Tür geöffnet und sie zu einer Tasse Tee eingeladen. In der gemütlichen Küche standen bereits die Kanne auf dem Stövchen und zwei Tassen auf dem Tisch.

Hanna setzte sich, während Frau Hinrichs aus dem Wohnzimmer die Kiste mit den Fotos holte. Zurück in der Küche, schenkte Frau Hinrichs Tee ein und öffnete die kleine Holzkiste.

»Ich habe übrigens mit meinem alten Kollegen nicht sprechen können. Ich wollte ihn doch fragen, ob er sich an die Schülerin erinnert, mit der Herbert damals Streit hatte.« Als Hanna nickte, fuhr sie fort. »Er ist leider vor einigen Wochen verstorben. Ich wollte die Angehörigen nicht mit meinen Fragen belästigen.«

»Das verstehe ich«, sagte Hanna.

Die alte Dame nahm ein Foto aus der Holzkiste. »Ich wollte sie eigentlich in ein Album kleben, aber wie das so ist, man findet einfach keine Zeit und irgendwann ist es einem nicht mehr so wichtig.« Sie nahm weitere Fotos aus der Kiste, legte sie zur Seite und griff erneut hinein.

»Hier habe ich eins.« Sie reichte Hanna ein Foto. »Wenn mich nicht alles täuscht, ist der dritte von links in der ersten Reihe Helmut.«

Hanna musterte das Foto und nickte. Sie drehte die Aufnahme um. Dort war die Jahreszahl 1967 notiert.

»Dieses Klassenfoto ist aus dem gleichen Jahr.« Die alte Dame reichte ihr die Aufnahme.

Nach einigen Minuten hatte Hanna eine Reihe von Klassenfotos vor sich liegen, von denen Frauke Hinrichs sicher war, dass sie dem gesuchten Zeitraum entsprachen. Zusätzlich fand sie von ihr selbst geschossene Fotos, die Situationen im Klassenraum und auf dem Schulhof zeigten.

Die nächste Stunde verbrachten sie damit, so vielen Gesichtern wie möglich einen Namen zuzuordnen. Mit zwölf Vornamen und zehn dazugehörigen Nachnamen verließ sie die Wohnung der alten Lehrerin.

Den Rest des Tages verbrachte die SoKo mit der Recherche nach den ehemaligen Berufsschülern sowie Telefonaten und Befragungen vor Ort. Gegen achtzehn Uhr schlug Jan Hanna vor, den Arbeitstag zu beenden. Sie hatten bisher weder etwas von Laura Lamberts Anwalt noch von den Oldenburger Kollegen gehört, die die Ermittlungen im Entführungsfall und den Verdacht auf Korruption in der Osnabrücker Polizeiinspektion betreuten.

»Olgahafen?«, fragte Hanna.

»Ich hatte eigentlich einen anderen Plan. Auf der gegenüberliegenden Seite vom Dümmer gibt es ein Wellnessresort. Ich habe uns da ein Penthouse für eine Nacht gebucht. Mit Blick auf den Dümmer. Und im Strandrestaurant hatten sie auch noch einen Tisch frei für uns.«

Hanna sah ihn mit gespielt entsetzter Miene an. »Ich habe meine Abendgarderobe nicht dabei. Und deinen Smoking hast du auch nicht eingepackt.«

»Alles geregelt. Wir dürfen in Jeans kommen. Es war nicht leicht, die Verantwortlichen zu überzeugen, aber …«

Hanna stieß ihn spielerisch in die Seite. »Schon gut. Eins zu null für dich.« Sie küsste ihn auf die Wange. »Aber der Abend ist noch lang. Also hüte dich vor meiner Revanche.«

Weit nach Mitternacht lagen sie im bequemen Doppelbett und sahen durch die lang gezogene Fensterfront auf den Dümmer, der durch den Vollmond in romantischem Licht gebadet wurde.

»Geld zu haben, hat auch Vorteile«, sagte Hanna. »Wie fühlt sich das für dich an, wenn du deinen Kontostand siehst?«

»Merkwürdig fremd. Deshalb vermeide ich es auch, so gut es geht. Einen Teil habe ich schon nach London überwiesen.«

Hanna registrierte nicht zum ersten Mal, dass Jan nicht mehr von *seiner Frau* sprach. War das ein gutes Zeichen? Hatte er endgültig akzeptiert, dass es kein Zurück mehr gab?

»Hast du noch Sehnsucht nach deinem alten Leben?«

Jan strich ihr zärtlich über den Kopf. »Sehnsucht würde ich das nicht nennen. Es tut weh, wenn ich daran denke, und das wird es auch wohl noch eine Weile tun. Wie eine Narbe, die immer mal juckt und die einem auffällt, wenn man nackt vor dem Spiegel steht.«

»Aber?«

»Ich träume nicht mehr von ihr. Ich glaube, das ist ein gutes Zeichen. Die Schuldgefühle zermürben mich nicht mehr, auch wenn sie mich hin und wieder noch mit Wucht erfassen und mich auf den Boden drücken. Aber ich wehre mich inzwischen mit aller Kraft. Das war einmal anders.«

Hanna schmiegte sich eng an Jan. So offen hatte er bisher nie über sein altes Leben gesprochen. Sie kannte die Gefühle, die er beschrieb, war aber eine Meisterin darin geworden, ihrem alten Leben aus dem Weg zu gehen, es in der hintersten Ecke ihres Körpers zu verstecken, so gut, dass es nicht mehr auffindbar war. Tat es trotzdem weh? Und funktionierte es? Bisher wunderbar, hörte sie eine laute Stimme. Du bist stark und unverwundbar. Bist du nicht, entgegnete die leise Stimme. Niemand ist das. Deine Verletzbarkeit macht dich stark.

»Hast du niemals Angst, was morgen und übermorgen kommt?«, fragte Hanna.

»Doch, habe ich. Und ich akzeptier sie, so gut es geht. Sie ist ein Teil von mir und das ist gut so.«

»Ich habe auch Angst«, flüsterte sie. »Angst um uns, Angst um dich und vor dem, was aus uns wird. Dabei hasse ich dieses Gefühl, von etwas abhängig zu sein. Ich hasse es.« Sie spürte, wie ihre Augen feucht wurden, kämpfte gegen die Tränen an und gab auf. Ihre Wangen wurden feucht, sie ließ es geschehen und fühlte, wie Jan sie hielt, konnte es zulassen und schwebte in seinen Armen. Der Knoten im Magen löste sich und verschwand.

Hanna richtete sich im Bett auf und ließ ihren Blick über den Dümmer schweifen. Jan schien unter der Dusche zu stehen. Sie stand auf, zog ihr T-Shirt aus und stand kurz darauf neben ihm und ließ sich die Haare einschäumen.

Sie trockneten sich gegenseitig ab und standen etwas unschlüssig voreinander, bis Hanna seine Hand nahm und ihn zurück ins Schlafzimmer zog.

»Wir kommen zu spät«, sagte Hanna, als sie gegen neun im Wohnmobil von dem Gelände des Wellnessresorts fuhren.

»Passiert schon mal, dass man verschläft.«

Hanna schmunzelte. »Das schönste Verschlafen seit Langem.«

»Ja, so könnte man es nennen.«

»Das klingt ja sehr abgeklärt, Herr de Bruyn.«

»Sind Männer nicht so?«, entgegnete er und setzte den Blinker.

»Zum Glück nicht alle.« Hanna erinnerte sich daran, dass sie am Abend zuvor in Jans Armen um ein Haar die drei verbotenen Worte ausgesprochen hätte. Wurde es Zeit, dieses selbst auferlegte Verbot hinter sich zu lassen? Sie setzte sich gerade im Beifahrersitz auf. »Die Arbeit ruft. Wir müssen die Frau finden, mit der Helmut Gepken vor fast sechzig Jahren wegen seines Vaters Streit hatte.«

»Du weißt, dass diese Begebenheit überhaupt nichts mit unserem Fall zu tun haben muss, oder?«

Hanna rollte mit den Augen. »Natürlich weiß ich das. Soll ich mich nicht an diesen Strohhalm klammern? Ja, es ist verrückt, was ich da angezettelt habe. Okay, reicht das?«

»Wenn wir in zwei Tagen nicht weiterkommen, sollten …«

»Ja«, fiel ihm Hanna ins Wort. »Die Frist habe ich mir auch schon gesetzt.«

In einer kurzen Besprechung im Kreis der SoKo tauschten sie die bisher ermittelten Namen aus und machten sich wieder an die Arbeit. Jens Bölscher hatte für den späten Nachmittag eine weitere Sitzung anberaumt.

Zurück an ihrem Schreibtisch rief Hanna Maria Drees an, die sie am Vortag nicht erreicht hatte. Jetzt meldete sich die alte Dame, Hanna stellte sich vor und fragte, ob sie Ende der

Sechzigerjahre die Berufsschule in Vechta besucht habe. Nach kurzem Zögern bejahte Frau Drees die Frage, blieb aber ausgesprochen zurückhaltend.

»Sind Sie wirklich von der Polizei?«, fragte sie. »Man liest ja so einiges über Anrufer, die nur Geld von einem erschleichen wollen.«

»Es ist richtig, dass Sie vorsichtig sind. Haben Sie ein Telefonbuch zur Hand?«

»Ja, es liegt vor mir.« Ihre Stimme klang noch skeptischer.

»Suchen Sie doch bitte die Telefonnummer der Polizei in Damme heraus und rufen dort an. Man wird Sie dann zu mir durchstellen.«

Wenige Minuten später war Maria Drees wieder in der Leitung, entschuldigte sich vielmals und fragte, was sie für Hanna tun könne.

»Erinnern Sie sich noch an Ihre Berufsschulzeit?«, fragte Hanna.

»Das ist lange her, aber es war eine schöne Zeit damals. Was wollen Sie wissen?«

»Herr Helmut Gepken ging zu der Zeit ebenfalls auf die Schule.«

»Helmut? Ja, an ihn erinnere ich mich. Wir beide sind doch bei der Gemeindeverwaltung in die Lehre gegangen. Wir sind oft zusammen mit dem Bus gefahren. Geht es Helmut gut?«

»Herr Gepken ist tot und wir von der Polizei untersuchen die Umstände. Dabei verfolgen wir eine Spur, die in die Vergangenheit zurückführt. Haben Sie damals mitbekommen, dass eine Mitschülerin Herrn Gepken darauf angesprochen hat, dass sein Vater im Zweiten Weltkrieg Verbrechen begangen hat?«

Es dauerte eine Weile, bevor die Frau antwortete. »Ja, tatsächlich gab es da etwas, aber ich weiß nicht mehr, ob das wirklich mit Helmut zu tun hatte. In der Zeit, Ende der Sechzigerjahre, kam dieses Thema so richtig auf. Wir hatten einen jungen Lehrer, der sehr engagiert war. Er hat diese dunkle Zeit häufiger im Unterricht angesprochen.«

Als Frau Drees nicht weitersprach, stellte Hanna ihre Frage noch einmal. »Haben Sie mitbekommen, dass Ihr Schulkamerad Helmut auf die Vergangenheit seines Vaters angesprochen wurde?«

Es blieb wieder eine Weile still in der Leitung, aber bevor Hanna fragen konnte, ob Frau Drees sie noch hören würde, antwortete die alte Dame. »Ja, das hat Helmut ziemlich getroffen damals. Das Mädchen war nicht in unserer Klasse, da bin ich mir sehr sicher. Aber an ihren Namen kann ich mich nicht erinnern. Oder warten Sie ...«

Hanna hielt unwillkürlich die Luft an.

»Es war ein ganz üblicher Mädchenname. Und der Nachname ... ja, das war einer, der auch ein männlicher Vorname war oder fast so. Wie Walters oder Johannsen. Vielleicht fällt er mir wieder ein. Ich muss darüber nachdenken.«

Hanna bedankte sich, fragte Frau Drees nach weiteren Namen von Schülern, an die sie sich erinnern würde, und beendete das Gespräch.

Dreißig

Jan

Jans Handy klingelte. Er sah aufs Display und nahm das Gespräch direkt an. »Herr Jentsch, vielen Dank, dass Sie zurückrufen. Ich bin Jan de Bruyn von der Oldenburger Kriminalpolizei. Sie haben sicher meine Nachricht abgehört?«

»Ja, deshalb rufe ich zurück. Laura hat mich auch informiert und meinte, ich könne Ihnen vertrauen.«

»Darf ich Ihnen ein paar Fragen stellen?«

»Deshalb rufe ich an.«

»Ihre Freundin Laura Lambert hat Ihnen insgesamt hundertsechzigtausend Euro geschenkt.«

»Ja, das ist richtig.«

»Sie hatten sich das Geld ausgeliehen?«

»Sozusagen. Die Bank wollte mir nichts mehr geben, da habe ich mich an einen Privatvermittler gewandt. Das war leider der größte Fehler meines Lebens. Aber meine Firma stand kurz vor dem Bankrott. Ein Szene-Café in der Nähe der Innenstadt. Ich hatte Pech mit Lieferanten und eine Mitarbeiterin hat über längere Zeit Geld unterschlagen. Eins kam zum anderen und als eine Steuernachzahlung fällig wurde, war ich quasi am Ende. Aber das wollten Sie sicher nicht wissen.«

»Doch, durchaus. Mir geht es allerdings in erster Linie um die – ich nenne sie jetzt mal Geldgeber.«

»Verbrecher, Kredithaie der schlimmsten Sorte. Die haben mir ganz üble Typen auf den Hals gehetzt und gedroht. Ach, mehr als gedroht. Ich wurde zusammengeschlagen und mir wurde ein Finger abgetrennt. Es war ein Riesenalbtraum. Laura hat das alles hautnah mitbekommen und mir dann geholfen. Eigentlich ja Helmut Gepken.«

»Haben Sie jemals diesen Menschen, die Sie bedroht haben, erzählt, woher Sie das Geld haben? Haben Sie den Namen von Herrn Gepken erwähnt? Oder Frau Lambert?«

»Nein, auf gar keinen Fall hätte ich einen von beiden mit hineingezogen. Nein, niemals.«

»Sie sind sich ganz sicher? Auch nicht versehentlich?«

»Definitiv nicht. Ich hätte mir nie verziehen, wenn ich Laura, aber auch Helmut in Gefahr gebracht hätte.«

Jan horchte auf. Kannte Jonas Jentsch Helmut Gepken persönlich?

»Woher wissen Sie eigentlich, von wem Ihre Freundin das Geld bekommen hat?«

»Sie hat es mir gesagt. Der Name fiel in unseren Gesprächen und ich habe ihn dann halt im Internet gesucht. War nicht sehr schwer.«

»Sie kannten Herrn Gepken persönlich?«

Als Jonas Jentsch die Antwort hinauszögerte, fügte Jan schnell hinzu: »Ich werde nichts von dem, was Sie mir erzählen, an Frau Lambert weitergeben.«

»Nun gut, ich habe Helmut angerufen und ihn anschließend in Rüschendorf besucht. Wir haben uns lange unterhalten. Ein sehr lieber und durchaus gebildeter Mann. Es war für ihn vollkommen in Ordnung, dass er seine ganzen Ersparnisse verschenkt hat. Letztlich ja an eine vollkommen fremde Person. Er kannte mich ja gar nicht und Laura hat auch verschwiegen, für wen sie das Geld brauchte.«

»Wann haben Sie ihn besucht?«

»Das ist jetzt … drei oder vier Wochen her. Warum fragen Sie?«

»Haben Sie auch über Herrn Gepkens Eltern und besonders seinen Vater gesprochen?«

»Ja, tatsächlich. Woher wissen Sie das?«

»Was hat er Ihnen erzählt?«

»Es ist so, mein Vater war ein ziemlich strenger Mensch. Man könnte ihn auch als brutal beschreiben. Ich habe sehr unter ihm gelitten und irgendwann ist das Gespräch darauf gekommen. Helmut hat mir dann seine eigene Familiengeschichte erzählt. Was er über die Jahre erlebt hat, ist weitaus dramatischer, als ich es erlebt habe.«

»Ging es in Ihrem Gespräch auch um die Vergangenheit seines Vaters während der NS-Zeit?«

»O ja, Helmut hat mich gefragt, ob ich wüsste, was meine Großväter in dieser Zeit gemacht haben. Und dann hat er erzählt, dass er nicht wisse, was sein Vater getan habe, es aber schon lange Menschen gäbe, die darüber sprechen würden. Ich war ehrlich gesagt ziemlich erstaunt. Helmuts Vater ist doch schon vor einer Ewigkeit gestorben. Das habe ich Helmut auch gesagt und er meinte, dass er eigentlich schon lange mit seinem Vater abgeschlossen habe, jetzt aber wieder daran erinnert worden wäre.«

»Hat Herr Gepken das konkretisiert?«

»Ich habe natürlich nachgefragt und er meinte, dass eine Frau bei ihm gewesen wäre, deren Großvater von seinem Vater an die Gestapo verraten worden sei. Der Großvater dieser Frau ist dann hingerichtet worden.«

»Hat er der Frau geglaubt?«, fragte Jan.

»Erst wohl nicht. Wenn ich das richtig verstanden habe, hat Helmut die Frau in hohem Bogen aus dem Haus geworfen. Aber später tat es ihm leid und er hoffte, dass sie sich noch einmal melden würde.«

»Herr Gepken war also bereit, noch einmal mit der Frau zu sprechen?«

»Auf jeden Fall. Es tat ihm total leid, dass er sie so behandelt hat. Ich vermute, dass Helmut wirklich grob geworden ist, als er die Frau rausgeworfen hat. Verbal und vielleicht auch handgreiflich.« Es entstand eine kurze Pause. »Ich will das nicht rechtfertigen, aber ich kann es verstehen. Wenn man so plötzlich mit der Vergangenheit konfrontiert wird, braucht man viel Kraft, um ruhig und gelassen zu bleiben. In Helmut steckte ein großer Klumpen Wut, der, ohne dass er es bemerkt hat, immer größer geworden ist. Es war nur eine Frage der Zeit, bis er geplatzt ist.«

Jan stellte noch weitere Fragen, bevor er sich bedankte und er Jonas Jentsch noch einmal versichern musste, dass seine Freundin Laura nichts von dem Besuch in Rüschendorf erfahren würde.

Hanna sah auf, als Jan das Handy zur Seite legte. »War das der Freund von der Lambert? Er kannte Gepken?«

Jan berichtete ihr, was er von Jonas Jentsch erfahren hatte.

Sie ballte die Hand zur Faust. »Sag ich doch. Wir sind auf dem richtigen Weg.«

»Wenn der Vorfall in der Berufsschule tatsächlich mit dem Besuch der Frau zusammenhängt.«

»Dann muss ihre Mutter die Frau gewesen sein, die mit Gepken zur Schule gegangen ist.«

»Hanna, Gepken kann weit mehr als nur eine Person an die Gestapo verraten haben. Wenn er ein eingeflei…«

»Das ist kein Zufall. Ich weiß es!« Sie hielt kurz inne und fügte hinzu: »Und ich habe schon eine Spur. Ich hole kurz die

Liste der Berufsschüler aus dem Drucker, die wir bisher ausfindig gemacht haben. Bin sofort wieder da.«

Kurz darauf kam sie mit mehreren A4-Ausdrucken zurück und ließ sich auf ihren Stuhl fallen. »Hier: Hannelore Peters.« Hanna erklärte Jan, warum sie gerade diesen Namen herausgesucht hatte. »Und hier: Inge Carstens. Die könnte auch passen.«

Jan schaute auf die Uhr. »Lass uns kurz etwas essen. Anschließend setzen wir uns mit den Kollegen zusammen und besprechen deine Theorie. Okay?«

Widerwillig ließ sich Hanna zu einer Pause überreden und folgte Jan.

»Okay, da sind wir wieder zusammen«, eröffnete Jens Bölscher das Meeting. »Wer beginnt?«

Hanna meldete sich zu Wort. »Ich würde gerne vorab berichten, da Jan und ich einen wichtigen Hinweis gefunden haben.« Sie fasste kurz das Gespräch mit Maria Drees zusammen und bat Jan, von seinem Telefonat zu erzählen. Die Kollegen hörten aufmerksam zu und Jan spürte, wie ein Ruck durch die Runde ging. Er hoffte, dass Hanna mit ihrer Theorie richtiglag – ansonsten würde sich ein weiterer Misserfolg direkt auf die Motivation der Kollegen niederschlagen.

Sie gingen die Liste der Schüler durch, die sich inzwischen auf stattliche zweiundvierzig Namen erweitert hatte. Eine weitere Person passte vom Nachnamen: Erika Behrendsen aus Vechta.

»Gibt es vonseiten der Zeugen weitere Hinweise auf die gesuchte Person, die Helmut Gepkens Vater beschuldigt hat?«

Michael Harms berichtete von einem Ehemaligen, der Gepken gekannt und über Dritte davon gehört hatte, was Gepkens Vater von einer Klassenkameradin vorgeworfen wurde. Er konnte sich allerdings weder an den Namen der Schülerin noch an ihre Klasse erinnern.

Stefan Böhmer hatte mit einer Frau auf seiner Liste telefoniert, die ebenfalls von den Gerüchten gehört hatte, sich aber auch nicht genau erinnern konnte.

»Damit verdichten sich wohl die Hinweise, dass es die Beschuldigungen tatsächlich gegeben hat«, fasste Jens Bölscher zusammen. »Uns fehlt allerdings mutmaßlich noch die Hälfte der Schüler, die seinerzeit zur Berufsschule gingen. Ich schlage vor, dass wir uns auf der einen Seite auf die drei Frauen konzentrieren, deren Nachnamen zur Zeugenaussage passen würden, und andererseits sollten wir die normale Suche weiterführen.«

Der SoKo-Leiter teilte die Aufgaben zu und schlug vor, dass sie sich am nächsten Tag nachmittags wieder zusammensetzen sollten.

Einunddreißig

Hanna

Hanna fluchte leise vor sich hin. Hannelore Peters war bereits 1979 mit fünfunddreißig Jahren verstorben. Kurz überlegte Hanna, ob sie die Recherche abbrechen sollte, machte sich aber schließlich wieder an die Arbeit. Nach einer weiteren halben Stunde hatte sie herausbekommen, dass Hannelore Peters Suizid begangen hatte. Ihre Mutter, Ilse Peters, hatte sie alleine aufgezogen. Sie war nicht mit dem in der Geburtsurkunde angegebenen Vater, Jakob Krömer, verheiratet.

»Es gab viele alleinerziehende Mütter um diese Zeit«, sagte Jan, dem Hanna von ihren Recherchen berichtet hatte. »Ist der Vater im Krieg gefallen?«

»Ich kann nichts zu ihm finden. Er scheint nicht aus Damme oder Umgebung zu stammen. Klingt alles nicht sehr vielversprechend, oder?«

»Jakob Krömer muss doch irgendwo zu finden sein.«

»Okay, ich suche weiter.«

Nach einer weiteren Stunde am Laptop entfuhr Hanna ein Jubelschrei. »Ich habe ihn. Er hat den Kriegsdienst verweigert und wurde 1944 hingerichtet. Geboren und aufgewachsen in Delmenhorst. Die Eltern sind Johann und Maria Krömer.«

»Kriegsdienstverweigerung war in dieser Zeit ungewöhnlich. Gibt es da mehr Informationen? Wenn die Tochter 1944 geboren wurde, muss Jakob noch in Freiheit gewesen sein. Wie alt war er 1944?«

»Zweiundzwanzig Jahre.«

»Also wäre er schon längst eingezogen worden«, sagte Jan.

»Du meinst, er ist untergetaucht?«

Jan nickte. »Vermutlich in Damme. Sonst hätte er wohl kaum Ilse Peters kennengelernt. Wie alt war sie 1944?«

»Neunzehn Jahre«, antwortete Hanna. »Es könnte also sein, dass sich Jakob Krömer in Damme versteckt hat. Möglicherweise sogar im Haus von Ilse Peters' Eltern.«

Hanna nickte. Ihre ursprüngliche Enttäuschung über den Tod von Hannelore Peters hatte sich schlagartig in nichts aufgelöst. Das Jagdfieber blühte erneut auf. »Und Helmut Gepkens Vater hat Wind von der Sache bekommen und Krömer verraten.«

»Möglich. Such mal nach dem Vater von Ilse Peters. Er sollte auch im Fokus der Gestapo gestanden haben. Wann ist er gestorben?«

Hanna ging ihre Unterlagen durch. »1946. Ich suche weiter.«

Nach einer weiteren Stunde hatte Hanna gefunden, wonach sie gesucht hatte. Hans Peters war zu Lagerhaft verurteilt worden, kam nach Kriegsende frei und starb an den Folgen der Folter und Haftbedingungen.

»Es passt alles«, sagte Hanna, die Jan von ihren Recherchen berichtet hatte.

»Aber?«

»Ich kann keine Angehörigen finden. Jakob wie Hannelore waren Einzelkinder. Hannelore hatte keine Kinder, Jakob keine weiteren außer Hannelore. Nahe Angehörige habe ich nicht gefunden.«

»Hannelore Peters war nie verheiratet?«, fragte Jan.

»Nein. Definitiv nicht.« Hanna schlug mit der flachen Hand auf den Tisch. »Verdammt, das kann doch nicht sein! Hannelore Peters muss die Person gewesen sein, die Helmut Gepken während der Berufsschulzeit auf die Taten seines Vaters angesprochen hat. Oder gibt es eine zweite Person, die ganz zufällig auch auf der gleichen Schule war?«

»Möglich, aber doch eher unwahrscheinlich.«

»Also verläuft die Spur im Sande«, murmelte Hanna. »Du hattest recht. Der Vorfall in der Berufsschule hat nichts mit dem Tod von Gepken zu tun.«

Jan nickte. »Leider sieht es danach aus.« Er sah auf die Uhr. »Schluss für heute. Olgahafen, schwimmen, Sonnenuntergang genießen, eine Flasche Wein und ...«

»Und?«, fragte Hanna schmunzelnd.

Jan hob den Zeigefinger. »Das ist eine Überraschung.«

»Mir geht Hannelore Peters nicht aus dem Kopf«, sagte Hanna.

Sie saßen in der Dämmerung auf einer der langen Bänke am Olgahafen und schauten auf den Dümmer See.

»Ich weiß ...«, fügte Hanna schnell hinzu, »... wir sollten Arbeit und Privates voneinander trennen.«

Jan nickte. »Das schaffen wir viel zu selten.«

»Mag sein, aber mir ging gerade ein Gedanke durch den Kopf.« Ohne auf Jans Reaktion zu warten, fuhr sie fort. »Ich hatte eine Schulfreundin, die als Baby adoptiert wurde. Ihre Eltern – also die Adoptiveltern – haben ihr das verschwiegen. Sie hat sich ewig und drei Tage gefühlt, als sei etwas falsch an ihrem Leben, sie am falschen Ort zur falschen Zeit. Ich habe da damals nicht so viel drauf gegeben. Als Teenager gehen einem viele Dinge durch den Kopf und ich habe mich auch häufig so gefühlt, wie sie es beschrieben hat. Aber gut, ich habe sie wiedergetroffen – da müssen wir so Mitte zwanzig gewesen sein – und da hat sie mir erzählt, dass sie erst vor Kurzem herausbekommen hat, dass sie adoptiert wurde.«

»Viele adoptierte Kinder fühlen so oder ähnlich. Viele suchen, wenn sie Zugriff auf ihre Adoptionsakten haben, ihre leiblichen Eltern. Manchmal hilft es, aber es gibt auch Fälle, wo das Treffen ein Desaster ist.«

Hanna nickte. »Darüber habe ich auch schon gelesen.« Sie machte eine kurze Pause. »Jetzt habe ich überlegt, ob Hannelore Peters nicht auch ein Kind bekommen und es anschließend zur Adoption freigegeben hat. Wäre das möglich? Sehen wir in unseren Datenbanken, wenn eine Person als Kind adoptiert wurde?«

»Nein, ich glaube, die Angaben findest du nur im Geburtenregister. Oder in der Adoptionsakte, die beim Jugendamt liegt, das die Adoption vermittelt hat.«

»Kommen wir da ohne Beschluss ran?«, fragte Hanna, die die Antwort schon erahnte.

Jan schüttelte den Kopf. »Und bevor du fragst: Den bekommen wir im Moment nicht.«

Hanna griff nach einem flachen Stein, der auf dem Boden lag, stand auf und warf ihn aufs Wasser. Der Stein machte fünf Sprünge auf der Wasseroberfläche, bevor er im Dümmer abtauchte.

»Das kann doch nicht wahr sein. Ist meine Theorie denn so absurd?«

»Sie ist nicht an den Haaren herbeigezogen, aber auch nicht belegbar. Die ganze Theorie, die auf den Kriegsverbrechen und Denunziationen von Erich Gepken fußt, ist halt nur Theorie.«

»Ja, schon gut«, sagte Hanna. »Ich muss jemanden finden, der Hannelore Peters gekannt hat. Eine Schwangerschaft kann man nicht verheimlichen. Das Umfeld von Peters muss das mitbekommen haben.«

»Was ist mit der Mutter von Hannelore Peters?«, fragte Jan.

»Ilse Peters ist 1980 gestorben. Ich habe eine Todesanzeige gefunden, in der etwas von langer, schwerer Krankheit stand.«

»Das würde passen«, sagte Jan. »Sie konnte ihre Enkelin deshalb nicht aufnehmen. Die Krankheit der Mutter, die vielleicht ungeplante Schwangerschaft, der Vater des ungeborenen Kindes, der unter Umständen nichts mehr mit Hannelore zu tun haben wollte – das alles kann zum Suizid beigetragen haben.«

»Ich mache mich morgen auf die Suche«, sagte Hanna. »Und ich finde es raus.«

Am nächsten Morgen verzichteten sie auf ihr Frühstück am Wasser und machten kurz Halt in dem Bäckerei-Café, tranken Kaffee und aßen ein belegtes Brötchen, bevor sie weiter zur Dammer Polizeistation fuhren.

Hanna ging akribisch ihre Unterlagen durch, suchte anschließend nach Verwandten von Hans und Erna Peters, den Eltern von Ilse und Großeltern von Hannelore.

Hans hatte zwei Brüder gehabt, nur einer von ihnen war verheiratet gewesen und hatte drei Kinder, zwei Söhne und eine Tochter. Beide Söhne fielen im Zweiten Weltkrieg, die Tochter heiratete und bekam drei Kinder. Zwei von den Kindern lebten noch, eins von ihnen in Damme.

Hanna richtete sich auf und gab Jan ein Zeichen, der gerade etwas auf seinem Laptop schrieb. »Ich glaube, ich habe jemanden gefunden. Die Tochter von Hannelore Peters Cousine, die in Damme wohnt.«

Jan zeigte ihr den erhobenen Daumen. »Fährst du alleine hin?«

Eine Stunde später saß Hanna in einem Dammer Café und wartete auf Claudia Moormann, die sie telefonisch bei ihrer Arbeitsstelle erreicht hatte.

Als eine Frau Anfang vierzig das Café betrat und sich umschaute, stand Hanna auf und winkte ihr zu. Claudia

Moormann ließ sich ihren Ausweis zeigen und bestellte anschließend ein Kännchen Kaffee.

»Der schmeckt hier übrigens ausgezeichnet«, sagte sie. »Ich habe noch nicht ganz verstanden, warum Sie mich sprechen wollen. Es geht um den Bruder meines Großvaters?«

»Sie wissen sicher, dass Ihr Großonkel kurz nach dem Zweiten Weltkrieg gestorben ist?«

»Ja, das ist mir bekannt. Er hat den Sohn eines alten Freundes versteckt, der aus religiösen Gründen den Kriegsdienst verweigert hat.«

»Religiöse Gründe?«, fragte Hanna.

»Die Familie gehörte den Zeugen Jehovas an.«

»Wissen Sie, was genau passiert ist?«

Claudia Moormann wiegte den Kopf hin und her. »Die ganze Geschichte war über Jahrzehnte eine Art Familiengeheimnis. Erst meine Mutter hat, als sie meinen Großvater in seinen letzten Jahren gepflegt hat, erfahren, was damals geschehen ist. Wie gesagt, mein Großonkel hat den Sohn seines alten Freundes aufgenommen und bei sich im Haus versteckt. Irgendwer hat sie verraten. Am nächsten Tag stand dann die Polizei vor der Tür, hat meinen Großonkel und natürlich den jungen Mann, den er versteckt hat, mitgenommen. Mein Großonkel kam ins Lager und hat wohl schlimme Sachen erlebt. Er war ein gebrochener Mann, als er nach dem Krieg freigelassen wurde. Nicht einmal ein Jahr später ist er gestorben. Mein Großvater war sich sicher, dass es mit der Behandlung in Haft zu tun hatte. Aber ganz genau weiß ich das nicht.«

»Wer hat ihn verraten?«

»Den Namen kenne ich nicht, ich weiß nur, dass der Mann aus der Umgebung stammte und Soldat war. Er ist dafür wohl auch nie bestraft worden. Sie wissen ja sicher, wie das nach dem Krieg war. Verschweigen, vergessen, beschönigen. Mein

Großonkel hat nicht einmal versucht, eine Entschädigung zu bekommen.«

»Die Cousine Ihrer Mutter, Ilse Peters, hat ein Kind bekommen. Als Vater ist Jakob Krömer eingetragen, der Mann, der von Ihrem Großonkel versteckt wurde.«

»Den Namen kannte ich bisher noch nicht. Das nicht eheliche Kind von einem Deserteur war in meiner Familie ein noch größeres Geheimnis. Eine Schande, wie mein Großvater es nannte.«

»Sie haben Ihre Cousine Hannelore Peters gekannt?«

»Nein, sie war schon tot, als ich geboren wurde.«

Hanna nickte und entschied sich dazu, die entscheidende Frage zu stellen. »Wissen Sie, ob Ihre Cousine Hannelore Kinder hatte?«

»Ich habe von der ganzen Geschichte erst gehört, als ich schon erwachsen war. Hannelore hat Selbstmord begangen und ihr Kind ist dann von einer Familie adoptiert worden. Mehr wusste meine Mutter aber auch nicht.«

»Sie sind ganz sicher, dass Hannelore Peters ein Kind bekommen hat?«

»Das denke ich. Warum sollte mich meine Mutter auch anlügen? Ich weiß es natürlich nur von ihr. Es war ein Mädchen, die Frau muss etwas älter sein als ich. Leider habe ich sie nie kennengelernt. Wissen Sie, wo sie wohnt und wie sie heißt?«

»Tut mir leid. Das weiß ich nicht.«

Hanna war froh, dass Claudia Moormann nicht weiter nachfragte und auch nicht wissen wollte, warum sie so interessiert an ihrer Familiengeschichte war. Sollten sie den Fall aufklären, würde sie noch früh genug erfahren, was geschehen war.

Sie bat Frau Moormann, am nächsten Tag kurz in der Polizeistation vorbeizuschauen, um das Protokoll zu unterschreiben. Sie unterhielten sich noch eine Weile, bevor Hanna sich verabschiedete.

Zweiunddreißig

Jan

»Reicht das jetzt für einen Beschluss?«, fragte Hanna den SoKo-Leiter, mit dem sie und Jan seit einer Viertelstunde zusammensaßen.

»So wie ich den Staatsanwalt kenne, wird er sich nicht darauf einlassen«, sagte Jens Bölscher. »Ich finde es beeindruckend, was ihr bisher herausgefunden habt, aber ein zwingender Beweis für einen Zusammenhang fehlt leider.« Der SoKo-Leiter stand auf. »Ich versuche ihn gleich zu erreichen.« Er verließ den Raum.

»Das wird nichts«, murmelte Hanna. »Wie soll er jemanden überzeugen, wenn er selbst nicht daran glaubt?«

Jan schwieg. Er konnte Jens Bölscher verstehen. Hannas Theorie war zwar nachvollziehbar, aber es gab bisher keine Hinweise, dass die Tochter von Hannelore Peters etwas mit dem Fall zu tun hatte. Sie hatten weder Zeugen, die eine fremde Frau in Helmut Gepkens Nähe gesehen hatten, noch andere Hinweise gefunden. Die Liste seiner Telefongespräche der letzten drei Monate war abgearbeitet, alle Gesprächspartner inzwischen bekannt. Auch im Haus waren weder weitere Fingerabdrücke noch DNA gefunden worden, die der Unbekannten zugeordnet werden konnten. Auf der anderen

Seite hielt Jan es für keinen unzumutbaren Eingriff in die Privatsphäre, wenn das Geburtenregister eingesehen wurde, um den Namen der Frau zu ermitteln. Sollten sich bei einer Befragung keine Verdachtsmomente auftun, könnten sie die Spur in Erich Gepkens Vergangenheit abhaken.

Nach ewig langen zehn Minuten kam Jens Bölscher zurück. Schon an seinem Gesichtsausdruck konnte Jan sehen, dass er keinen Erfolg gehabt hatte.

»Tut mir leid. Der Staatsanwalt war nicht einmal bereit, über meinen Vorschlag zu diskutieren. Wenn wir mehr haben, will er darüber nachdenken.«

Jan warf einen Blick zu Hanna. Sie schien kurz vor einem Wutanfall zu stehen. Er stand auf. »Okay, da kann man nichts machen.« Mit einem Blick zu Hanna sagte er: »Kommst du?«

»Ich hätte Bölscher in der Luft zerreißen können«, zischte Hanna, als sie den Flur entlang zu ihrem provisorischen Büro gingen. »Etwas mehr Power und …«

»Wir haben zu wenig«, unterbrach Jan sie. »Und wenn du ehrlich bist, weißt du das auch.«

Hanna blieb stehen. »Jetzt fällst du mir auch noch in den Rücken?«

»Natürlich nicht! Ich würde liebend gerne das Geburtenregister einsehen und mit der Frau sprechen.«

»Hat sich aber gerade nicht so angehört«, murmelte sie.

»Bitte, Hanna, jetzt lass uns nicht streiten. Wir sollten lieber überlegen, wie wir in der Sache weiterkommen.« Er hielt ihr die Tür auf und folgte ihr ins Büro.

»Dann müssen wir halt andere Wege gehen. Wer kann uns den Namen noch verraten? Richtig – das Jugendamt. Das adoptierte Kind ist jetzt fünfundvierzig, also werden wir dort keine Mitarbeiter mehr finden, die mit dem Fall zu tun hatten.«

»Jugendamt. Die werden uns keine Auskunft geben«, warf Jan ein.

»Das kommt drauf an, wie wir es anpacken. Wer von uns beiden kann besser schauspielern?«

Jan zögerte. Worauf wollte Hanna hinaus?

»Ich denke, das bist du«, fuhr sie fort. »Du hast dich viel besser unter Kontrolle als ich.« Sie öffnete ihren Laptop und tippte etwas ein. »Die Nummer des Dammer Jugendamtes habe ich schon mal.«

»Und wie denkst du dir, dass wir da Informationen bekommen?«

»Gar nicht. Du brauchst nur den Namen der Mitarbeiterin, die damals für den Fall zuständig war. Du rufst da an und sagst, dass du nach der Person suchst, die dich 1979 vermittelt hat.«

Jan stöhnte innerlich auf und sah Hanna an. »Auch den Namen werden sie mir nicht sagen.«

»Dann lass dir etwas einfallen.« Sie schrieb die Nummer auf einen Zettel und schob ihn über den Tisch.

Jan griff nach seinem Handy. Ihm war klar, dass Hanna selbst beim Jugendamt anrufen würde, wenn er es nicht tat. In ihrer momentanen Stimmung würde das schnell eskalieren.

Er wählte die Nummer, ließ sich durchstellen zur Abteilung, die die Adoptionen vermittelte, und sprach mit Petra Jansen.

»Was genau kann ich für Sie tun, Herr Meyer?«, fragte die Jugendamtsmitarbeiterin.

»Ich bin 1979, als einmonatiges Baby, vom Jugendamt in Damme an meine Eltern, also Adoptiveltern, vermittelt worden. Jetzt würde ich gern mit der Mitarbeiterin sprechen, die seinerzeit meine Eltern so freundlich behandelt hat.«

»Kennen Sie den Namen der Kollegin?«

»Nein, das ist es ja gerade. Sie müssen wissen, dass meine Eltern inzwischen beide verstorben sind. Zuerst mein Vater und vor zwei Monaten meine Mutter. Ich musste ihr auf dem

Sterbebett versprechen, dass ich Kontakt zu Ihrer Kollegin aufnehme und mich in ihrem Namen noch einmal bei ihr bedanke.«

»Das ist jetzt etwas schwierig, Herr Meyer. Ich würde Ihnen gern helfen, aber ich darf keine Namen und Adressen herausgeben. Vielleicht kommen Sie einfach bei uns vorbei und schauen in Ihre Adoptionsakte. Dort werden Sie auch den Namen finden.«

»Ja, das weiß ich bereits. Meine Eltern sind kurz nach meiner Adoption nach London gezogen. Mein Vater hat dort für eine große Bank gearbeitet. Ich lebe auch dort und bin nur für ein paar Tage in Deutschland. Leider in München. Es wäre unglaublich lieb, wenn Sie einmal eine Ausnahme machen könnten. Ich vermute auch, dass die Mitarbeiterin schon in Rente ist. Meine Adoption ist ja fast fünfundvierzig Jahre her.«

»Ja, davon gehe ich auch aus.«

»Es ist so, ich habe in München einen Termin nach dem anderen und werde gleich danach wieder nach London müssen. Sie verstehen sicher, dass ich meiner Mutter ihren letzten Wunsch erfüllen möchte. Vielleicht können Sie ja eine klitzekleine Ausnahme machen.«

»Sie können auch schriftlich …«

»Bitte, Frau Jansen. Sie würden mir und vor allem meiner Mutter einen unglaublich großen Gefallen tun. Es ist doch nur ein Name. Wissen Sie denn, wer zu der Zeit die Adoptionen begleitet hat?«

»Das schon. Ich habe mit der Kollegin noch zusammengearbeitet. Das ist jetzt auch schon wieder zwanzig Jahre her. Ich habe viel von Ursula gelernt.« Sie räusperte sich. »Tut mir wirklich leid – auch für Ihre verstobene Mutter –, aber ich kann Ihnen den Namen nicht geben. Bitte versuchen Sie es mit einer schriftlichen Anfrage.«

»Sind Sie ganz si…«

»Ja, Herr Meyer. Und jetzt muss ich mich leider wieder um meine Arbeit kümmern. Ich wünsche Ihnen alles Gute. Auf Wiederhören.«

Die Jugendamtsmitarbeiterin hatte aufgelegt.

Jan schaute hoch zu Hanna, die mitgehört hatte. Die zuckte jetzt mit den Schultern und öffnete ihren Laptop. »So lange kann das doch nicht her sein, dass die Frau in Rente gegangen ist. Wie hieß die Mitarbeiterin, mit der du gesprochen hast?«

»Petra Jansen.«

Wenige Minuten später hob Hanna den Arm. »Ich habe sie auf Facebook gefunden. Warte, ich scrolle mal die Meldungen durch.«

Jan stand auf und stellte sich hinter Hanna. Sie ging in Windeseile die Postings durch und hielt schließlich an. Ein Foto zeigte vier Frauen stehend in einem Büro. Sie hielten alle ein Sektglas in der Hand und schienen gut gelaunt zu sein. Im Text unter dem Bild stand: *Abschied von unserer lieben Ursula Feltrup, die sich nach vierzig Jahren in den verdienten Ruhestand verabschiedet hat.*

»Ich suche nach ihrer Adresse und dann besuchen wir sie«, sagte Hanna, die keinen Widerspruch zu dulden schien.

»Auch sie wird uns den Namen nicht verraten«, warf Jan ein.

»Abwarten.« Hanna sah auf und schmunzelte. »Mit dir an meiner Seite wird es schon klappen.«

Nach wenigen Klicks hatte sie die Adresse und Telefonnummer von Frau Feltrup gefunden, wählte ihre Nummer und sprach kurz mit ihr. Nachdem sie das Gespräch beendet hatte, sah sie triumphierend auf. »Sag ich doch. Sie erwartet uns in einer Viertelstunde. Wir können zu Fuß gehen. Ist nicht sehr weit von hier.«

Dreiunddreißig

Hanna

Hanna warf Jan einen kurzen Blick zu. Er schien nicht davon überzeugt zu sein, dass sie das Richtige taten. Würden sie die ehemalige Jugendamtsmitarbeiterin in Schwierigkeiten bringen, sollte sie ihnen den Namen des adoptierten Kindes verraten? Auch Hanna wollte das vermeiden. Aber wenn sie den Namen erst mal erfahren hatten, würde sich ein Weg finden, um niemandem zu schaden. Es musste einfach einen Weg geben. Die Datenschutzgesetze waren gut und richtig, aber wenn sie die Aufklärung von schweren Verbrechen verhinderten, war für Hanna eine Grenze erreicht. Einzig wichtig war ihr, dass die Informationen später vor Gericht Bestand haben würden. Ansonsten wäre ihre ganze Arbeit umsonst gewesen und die Täterin würde ungestraft davonkommen.

»Wie gehen wir vor?«, fragte Jan.

»Wir sagen die Wahrheit. Wir brauchen den Namen und Frau Feltrup ist die Einzige, die uns helfen kann.«

»Sie wird mächtig Ärger bekommen, wenn das herauskommt.«

»Das ist mir klar. Wir müssen uns dann einfach etwas einfallen lassen, um sie aus der Sache rauszuhalten.«

»Gut, dann versuchen wir es. Vielleicht erinnert sie sich auch gar nicht oder weigert sich.«

»Abwarten.«

Hanna zeigte auf ein eineinhalbstöckiges Haus am Ende der Straße. Der Vorgarten sah gepflegt aus, der rote Backsteinbau mit den Sprossenholzfenstern machten einen einladenden Eindruck.

Jan hielt Hanna die Gartenpforte auf, sie drückte auf die Klingel. Kurz darauf öffnete ihnen eine etwa achtzigjährige Frau die Tür und bat sie ins Haus. Als sie in der Küche Platz genommen hatten, ließ sie sich ihre Ausweise zeigen und bot ihnen etwas zu trinken an.

»Sie suchen eine Person, die als Kind adoptiert wurde? Habe ich das richtig am Telefon verstanden?«, fragte Frau Feltrup, als sie Hanna und Jan Kaffee eingeschenkt hatte.

»Das ist richtig«, sagte Hanna. »Wir benötigen die Frau als Zeugin, kommen aber im Moment nicht an ihre Daten. Vielleicht haben Sie von dem Tod von Helmut Gepken aus Rüschendorf gehört?«

Die Frau nickte. »Davon habe ich in der Zeitung gelesen. Ist er tatsächlich ermordet worden?«

Hanna war bei ihrem Gang zur Küche ein Bücherregal auf dem Flur aufgefallen, auf dem sie zahlreiche Krimis entdeckt hatte.

»Von Mord reden wir nicht, weil nur das Gericht feststellen kann, ob es sich um einen Mord handelt.«

»Ja, natürlich. Was für eine dumme Frage. Aber Herr Gepken ist getötet worden? Sozusagen Fremdverschulden?«

Hanna unterdrückte ein Schmunzeln. »Ja, das ist richtig. Wir haben jetzt über fast zwei Wochen im Umfeld des Opfers ermittelt und müssen dringend mit der Frau sprechen, die 1979 adoptiert wurde.«

»Kennen Sie den Namen der Mutter?«

»Hannelore Peters.«

Frau Feltrup nickte nachdenklich. »An Frau Peters erinnere ich mich tatsächlich. Ein unglaublich tragischer Fall. Sie war schon vor ihrem Freitod bei mir im Büro und hat sich erkundigt, wie eine Adoption abläuft. Ich war vollkommen entsetzt von der Nachricht und habe mir schreckliche Vorwürfe gemacht. Aber man steckt nicht drin in den Menschen. Alle Mütter, die über eine Adoption nachdenken, sind in einer ganz schwierigen Lebenssituation. Aber auf so eine Kurzschlussreaktion war ich nicht vorbereitet. Das war das erste und letzte Mal, dass ich so etwas erlebt habe.«

»Die Tochter konnte nicht zu Verwandten von Frau Peters?«, fragte Hanna, obwohl sie die Antwort schon kannte.

»Nein, das habe ich natürlich zuerst geprüft. Aber die Mutter von Frau Peters war schwer krebskrank. Die Ärzte hatten ihr zu der Zeit noch ein halbes Jahr gegeben. Ein Vater wurde von Frau Hannelore Peters nie benannt und der Großvater war ebenfalls verstorben.«

»Sie hatten eine gute Familie für das kleine Mädchen gefunden?«

»Ja, sogar ganz in der Nähe in Osnabrück. Zwei grundehrliche Menschen, die sich schon lange ein Kind gewünscht hatten. Ich habe die kleine Anja einige Male vor Ort besucht. Das ist so üblich, wenn Kinder adoptiert werden. Es ging ihr gut. Ihre Adoptivmutter hat auch sofort ihre Arbeit gekündigt, als das kleine Mädchen zu ihr gekommen ist.«

»Wie ist der Nachname der Adoptiveltern?«, fragte Hanna.

»Der Nachname. Er fällt mir gerade nicht ein. Warten Sie. Rübers? Nein, jetzt weiß ich es wieder. Rütters.«

Hanna starrte die alte Dame fassungslos an. Hatte sie das gerade richtig verstanden. Anja Rütters? Die Frau, die sie bereits in ihrer Wohnung befragt hatten und die einen DNA-Abstrich abgelehnt hatte.

Jan räusperte sich hörbar und zog damit Frau Feltrups Aufmerksamkeit auf sich. »Ich stelle mir Ihre Arbeit im Jugendamt sehr kräftezehrend vor. Mein Respekt, dass Sie so viele Jahre dort gearbeitet haben.«

Die alte Dame nickte. »Ich habe es gern gemacht. Aber Sie haben recht, es gab Zeiten, da habe ich mit der Arbeit gehadert. Ich bin geblieben, weil ich immer das Gefühl hatte, den neuen Eltern ein großes Glück zu bringen. Und es ging mir natürlich um die Kinder, die in guten Verhältnissen aufwachsen konnten. Das hat mir Halt gegeben.« Sie nickte nachdenklich. »Ja, es waren schöne, aber manchmal auch schwere Zeiten.« Sie schenkte Jan ein Lächeln. »Möchten Sie noch eine Tasse Kaffee?«

»Kann das wirklich sein?«, fragte Hanna, als sie das Haus der alten Dame verlassen hatten und zu Fuß zur Polizeistation zurückgingen. »Zwei Frauen, die mit Helmut Gepken etwas zu tun hatten und beide einen VW-Golf fahren mit der Zahl Zwei im Nummernschild?«

»Der Golf ist seit Jahrzehnten das meistgefahrene Auto in Deutschland«, sagte Jan. »Trotzdem ein unglaublich großer Zufall. Ich habe meinen Ohren auch fast nicht getraut, als sie den Namen Rütters nannte.«

»Wir müssen überprüfen, ob es mehrere Anja Rütters gibt«, sagte Hanna. »Und dann …?«

»Das weiß ich auch noch nicht. Aber ein Schritt nach dem anderen. Ich muss erst mal verdauen, was wir herausgefunden haben.«

Jens Bölscher hörte aufmerksam zu, als Hanna und Jan ihm berichteten, dass sie von einer Informantin den Hinweis erhalten hatten, dass Anja Rütters die leibliche Tochter von Hannelore Peters sei. Er fragte mehrfach nach, um was für eine Informantin es sich handeln würde, aber Jan blieb dabei, dass sie unerkannt bleiben möchte, er und Hanna sie aber als absolut vertrauenswürdig einschätzen würden.

»Das alles klingt sehr merkwürdig«, sagte der SoKo-Leiter. »Wenn Ihnen beiden nicht der gute Ruf vorauseilen würde, würde ich das nicht glauben.« Er seufzte schwer. »Aber ich gehe einmal davon aus, das Sie wissen, was Sie tun.«

»Sie können uns vertrauen«, sagte Jan ein weiteres Mal. »Wir würden das ganz sicher nicht leichtfertig hier einbringen.«

»Okay. Ich spreche noch einmal mit dem Staatsanwalt.« Er stand auf und verließ ihr provisorisches Büro.

Eine Stunde später saßen alle SoKo-Kollegen im Aufenthaltsraum der Polizeistation zusammen. Hanna und Jan waren bereits darüber informiert, dass der Staatsanwalt zum Richter unterwegs war, um einen Beschluss zur Einsicht ins Geburtenregister zu erwirken. Jetzt forderte er Hanna und Jan auf, von der neusten Entwicklung zu berichten.

Hanna führte im Detail aus, was sie herausgefunden hatten, ließ aber auch hier die ehemalige Jugendamtsmitarbeiterin aus dem Spiel.

»Informantin?«, fragte Michael Harms mit skeptischem Unterton.

»Vermutlich können wir heute noch das Geburtenregister einsehen«, übernahm Jens Bölscher. »Damit erübrigt sich dann jede weitere Diskussion.« Er holte tief Luft. »Gehen wir einmal davon aus, dass die Informationen richtig sind. Bei der ersten Befragung hat Frau Rütters abgestritten, Herrn Gepken zu kennen, geschweige denn Kontakt mit ihm gehabt zu haben. Auch wenn wir ihr ein Motiv nachweisen können, sind wir – sollte sie die Tat nicht gestehen – kaum weiter als vorher.« Er hob schützend eine Hand. »Nicht, dass ich falsch verstanden werde – ich halte die neue Entwicklung durchaus für einen Durchbruch, aber wir sind noch nicht am Ende der

Ermittlungen. Wir müssen Frau Anja Rütters nachweisen, dass sie die Täterin ist. Der erste Schritt wird sein, dass wir für eine Vernehmung ausreichend Indizien haben, die Frau Rütters mit Rüschendorf und Helmut Gepken in Verbindung bringt. Erst dann werden wir eine Freigabe für die erkennungsdienstliche Behandlung bekommen. Und ja, es sind keine weiteren Fingerabdrücke gefunden worden und ebenso wenig noch nicht zugeordnete DNA, aber das kann sich ändern. Die Kollegen der Kriminaltechnik werden das Haus noch einmal gründlich unter die Lupe nehmen müssen. Der erste Schritt ist, dass wir, sobald sichergestellt ist, dass Frau Rütters die leibliche Tochter von Hannelore Peters ist, mit ihrem Foto noch einmal Rüschendorf abklappern. Wir brauchen Zeugen, die sie oder ihr Fahrzeug gesehen haben. Idealerweise am Tatnachmittag oder -abend.«

Als der SoKo-Leiter Stefan Böhmer, der sich zu Wort gemeldet hatte, gerade zunickte, klingelte sein Handy. Er sah aufs Display, stand auf und ging raus. Kurz darauf kam er zurück und verkündete, dass der Beschluss erteilt worden sei und er sich direkt auf den Weg zum Standesamt machen würde, wo er vorsorglich schon einen Termin bei der Leitung gemacht hatte. Er schlug vor, dass sie eine Pause machen sollten, bis er wieder eintreffen würde.

Als Hanna die Nachricht von Jens Bölscher bekam, öffnete sie sie nicht sofort, sondern rief zunächst die Kollegen zusammen. Erst als alle sich im Aufenthaltsraum versammelt hatten, griff sie nach ihrem Handy, öffnete die Nachricht und las laut vor.

»Wir lagen richtig! Anja Rütters ist Hannelore Peters' leibliche Tochter.«

Ein Raunen ging durch die Gruppe, selbst Jan stieß einen leisen Jubellaut aus.

Sie unterhielten sich untereinander, bis Jens Bölscher wieder eintraf und um Ruhe bat.

»Erst mal ein Dankeschön an unsere Kollegin, die so hartnäckig an dem Ermittlungsstrang drangeblieben ist.« Die Kollegen einschließlich Jan klopften anerkennend auf die Tische.

Bölscher rief zur Ruhe. »Dann sollten wir jetzt einen Plan machen, wie wir morgen vorgehen. Der Kollege von der Kriminaltechnik sollte auch gleich bei uns eintreffen. Also …«

Vierunddreißig

Jan

»Eins noch?«, fragte Hanna, die seit drei Stunden mit Jan von Haus zu Haus zog und unermüdlich das Foto von Anja Rütters vorzeigte und Fragen stellte. Bisher hatten sie keinen Erfolg gehabt. Der eine oder andere Befragte hatte bei dem Foto gezögert, aber am Schluss immer abgewinkt.

»Ja, wenn es sein muss«, murmelte Jan. Seine Beine taten weh, sein Rücken schmerzte und er sehnte sich nach einem großen Glas Bier und Ruhe.

»Danach ist Schluss, versprochen«, antwortete Hanna, öffnete die nächste Gartenpforte und lief direkt auf die Haustür zu. Eine junge Frau mit einem etwa einjährigen Mädchen auf dem Arm öffnete die Tür und bat sie in den Flur des Hauses.

»Ich habe schon gehört, dass die Polizei die Anwohner befragt. Ist etwas passiert?«

»Sie haben sicher in den letzten zwei Wochen uns oder unsere Kollegen im Ort herumlaufen sehen«, sagte Hanna. »Es geht um den Tod von Helmut Gepken.«

Sie nickte. »Davon habe ich natürlich gehört. Aber ich weiß jetzt gar nicht, wie ich Ihnen da helfen kann.«

Hanna zeigte ihr das Foto von Anja Rütters. »Haben Sie diese Frau in den Tagen und Wochen vor Herrn Gepkens Tod in Rüschendorf oder Umgebung gesehen?«

Die Frau, die sich als Sophia Bahns vorgestellt hatte, warf einen langen Blick auf die Aufnahme.

»Sie ist vermutlich mit einem älteren VW Golf unterwegs gewesen«, fügte Hanna hinzu.

»Ich arbeite halbtags im Laden der Bäckerei. Hier in Rüschendorf.« Sie deutete auf ihr Kind. »Meine Mutter betreut dann Emilia. Neben dem Verkauf gibt es auch ein paar Stehtische und Kaffee zum Mitnehmen. Es könnte sein …« Sie schaute erneut auf das Foto. »Wenn mich nicht alles täuscht, war sie bei uns und hat sich einen Kaffee geholt.«

»Zum Mitnehmen?«, fragte Hanna, als Sophia Bahns nicht weitersprach. Sie schien in Gedanken die Zeit zurückzudrehen.

»Ja, ich überlege gerade, wann das war. Das ist schon eine Weile her. Die Frau ist mir aufgefallen. Sie war vorher noch nie da gewesen und sie schien völlig durcheinander zu sein. Aufgebracht, wütend. Ein Kaffee ohne Milch und Zucker. Stark sollte er sein.«

»Wie hat sie bezahlt?«

»Mit dem Handy. Daran erinnere ich mich auch. Bei uns im Dorf machen das noch nicht viele. Die meisten haben noch Bargeld in der Tasche.«

Hanna zwang sich, ruhig zu bleiben. »Können Sie den Zeitpunkt etwas eingrenzen?«

Sophia Bahns zuckte mit den Schultern. »Schwer, mit kleinem Kind kommt einem doch jeder Tag wie der andere vor.« Sie zog die Augenbrauen zusammen. »Nein, warten Sie. Meine Tochter war krank. Ja, eigentlich wollte ich gar nicht zur Arbeit gehen. Aber dann hat sich meine Mutter angeboten, mit ihr zum Kinderarzt zu fahren. Hier im Ort haben wir keine Ärzte.

Meine Mutter ist mit Emilia nach Damme gefahren. Ich könnte sie anrufen und fragen, wann das genau gewesen ist.«

»Das würde uns sehr helfen«, sagte Hanna.

Sie warteten im Flur, die junge Frau ging ins Haus hinein und kam nach wenigen Minuten zurück. »Ja, meine Mutter wusste es noch. Es ist vor genau acht Wochen gewesen. Auch am Donnerstag.« Sie lächelte. »Hilft Ihnen das jetzt weiter?«

»Bekommen wir die Überweisungsdaten der Bäckerei von der Bank?«, fragte Hanna.

»Das wird nicht so einfach sein«, sagte Jan. »Aber je mehr wir Anja Rütters nachweisen können, desto eher bekommen wir einen Beschluss, mit dem wir ihre Bankdaten bekommen. Immerhin haben wir eine Zeugin, die Rütters in Rüschendorf gesehen hat.«

»Machen wir Schluss für heute«, schlug Hanna vor. »Und hoffen, dass die Kollegen auch erfolgreich waren.«

»Hast du etwas aus Oldenburg gehört?«, fragte Hanna, als sie kurz vor Mitternacht im Bett des Wohnmobils lagen.

»Nein. Das wird wohl noch eine Weile dauern. Interne Ermittlungen sind immer kompliziert und können sich ewig hinziehen.«

»Ich muss immer noch über den Spruch nachdenken, den sie mir an den Kopf geworfen hat. Von wegen, ich würde Männer nur benutzen und wäre nicht besser als sie.«

»Den zweiten Teil des Satzes hat sie nicht so gesagt«, warf Jan ein.

»Aber gedacht.«

»Du benutzt mich nicht«, sagte Jan. »Wenn schon, dann brauchen wir uns gerade gegenseitig.«

»Und vor dir?«

»Ich war nicht dabei.«

»Doch. Erinnerst du dich nicht an den Typen auf dem Stellplatz in der Nähe von Stade? Du hast nichts gesagt, aber dein Blick sprach Bände.«

Jan schwieg. Natürlich erinnerte er sich an die Situation. Was hatte er damals über Hanna gedacht? Eine männerfressende Amazone? Nein, er hatte gesehen, dass sie sich selbst mehr verletzte als die Männer.

»Ich habe dich nicht verurteilt«, sagte Jan. »Auch nicht in Gedanken.«

»Aber gutgeheißen hast du es auch nicht.«

»Ich hoffe, dass ich nicht in solchen Kategorien gedacht habe. Registriert habe ich es, mehr aber auch nicht.«

»Du weichst mir aus. Klar habe ich die Männer benutzt. Es war nicht richtig, egal, warum ich es gemacht habe.«

»Hast du sie je im Unklaren über deine Absichten gelassen?«

»Eher nicht.«

»Sie hätten gehen oder gar nicht erst mitkommen können. Du hast sie nicht gezwungen und auch nicht vergewaltigt.«

»Ist es wirklich so einfach?«, fragte Hanna.

»Vordergründig auf jeden Fall. Warum dir die Distanz zu den Männern wichtig war, kannst nur du beantworten. Ich habe dich nie als männerfressende Amazone gesehen.«

Hanna schmunzelte. »Was für ein Etikett.«

»War es nicht das, was du dir vorwirfst?«

Sie wurde ernst. »Ja, vielleicht. Und sicher ist auch ein Körnchen Wahrheit daran – oder auch ein ganzer Klumpen.« Sie strich ihm zärtlich übers Gesicht. »Hast du keine Angst, dass ich wieder so werde?«

»Nein. Wenn es so kommt, kommt es. Aber jetzt bin ich bei dir und du bist bei mir. Alles andere wird sich zeigen. Nein, ich habe keine Angst. Nicht mehr.«

Fünfunddreißig

Hanna

Hanna stand früh auf, lief eine große Runde am Dümmer entlang und kam rechtzeitig zum Frühstück zurück zum Stellplatz.

»Du musst nicht jeden Morgen für mich Frühstück machen«, sagte sie, als Jan ihr den Becher mit dem Latte macchiato reichte.

»Ich weiß. Niemand zwingt mich.« Er schenkte ihr ein liebevolles Lächeln. »Also genieße es, solange es so ist.«

Hanna beugte sich zu ihm hinüber und küsste ihn auf den Mund. »Das werde ich.«

Sie griff nach einem Croissant und biss hinein.

Hanna berichtete als Erste von ihren Rüschendorf-Recherchen. Es war nicht zu übersehen, wie ein Ruck durch die Gruppe ging, als Hanna über das Gespräch mit Sophia Bahns berichtete. Anschließend gingen sie die Befragungen der zwei weiteren Teams durch.

Finn Eilers und der SoKo-Leiter machten es kurz. Sie hatten keine Zeugen gefunden.

Das dritte Team, Michael Harms und Stefan Böhmer, hatte mit einem Rentner gesprochen, der mehrmals täglich mit seinem Hund durch den Ort lief. An dem besagten Donnerstag vor zwei Monaten wäre er um ein Haar von einem Golf angefahren worden. Geistesgegenwärtig hatte er das Kennzeichen mit dem Handy fotografiert, um später eine Anzeige bei der Polizei aufzugeben. Als ihm sein Sohn am gleichen Tag wenig Hoffnung gemacht hatte, dass die Anzeige Erfolg haben würde, hatte er sich den Gang zur Polizei gespart.

»Und?«, fragte Finn Eilers. »Wessen Kennzeichen war es?«

»Es war der Golf, der von Frau …« Stefan Böhmer machte eine längere Kunstpause, und bevor sein junger Kollege sich empören konnte, fügte er hinzu: »… Frau Rütters benutzt wird.«

»Zwei Zeugen. Das ist perfekt«, sagte Jens Bölscher. »In beiden Situationen scheint Frau Rütters aufgebracht beziehungsweise unkonzentriert gewesen zu sein. Das passt zu den Zeugenaussagen, dass es Streit gab zwischen Gepken und Rütters.«

»Wie wollen wir weiter vorgehen?«, fragte Hanna.

»Darauf wollte ich gerade kommen. Bisher scheinen wir Frau Rütters nachweisen zu können, dass sie sich in Rüschendorf aufgehalten hat. Für den mutmaßlichen Todeszeitpunkt haben wir allerdings noch keine Zeugen gefunden, die sie gesehen haben. Noch wichtiger, die Kollegen der Kriminaltechnik sind gerade dabei, das Haus noch einmal komplett zu durchsuchen. Wir brauchen einen Beweis, dass Anja Rütters sich dort aufgehalten hat. Es ist fast unmöglich, einen Raum oder ein Haus zu betreten, ohne Spuren zu hinterlassen. Sollten die Kollegen welche finden, werden sie ausgewertet werden müssen. Wir haben heute Freitag, aber der Leiter der Kriminaltechnik hat mir zugesagt, dass mögliche Spuren am Wochenende ausgewertet werden. Ich würde vorschlagen, dass wir Frau Rütters am Montagvormittag zur Vernehmung holen. Wir werden heute weiter nach Zeugen suchen, die die Verdächtige am Tattag gesehen haben. Auch morgen, am Samstag, ist ein guter Tag, um die Personen zu erreichen, die bisher tagsüber auf Arbeit waren.« Der SoKo-Leiter hob schützend die Hände. »Ich weiß, das zweite Wochenende. Aber wir sind an einem entscheidenden Punkt der Ermittlungen und müssen die fehlenden Beweise finden.«

Sie gingen anhand einer Karte die Straßen in Rüschendorf durch und stellten einen Plan auf, welches Team welche Straßen übernahm. Gegen elf Uhr beendete Jens Bölscher die Besprechung und berief für den späten Samstagnachmittag eine weitere ein.

Hanna warf einen Blick auf ihre Schuhe, die nach den letzten zwei Tagen mühsamen Herumlaufens in Rüschendorf vollkommen verstaubt und verdreckt waren. »Ich kann nicht mehr. Haben wir noch viel vor uns?«

Jan faltete den Plan auseinander. »Bis auf diese Straße haben wir unser Soll vollkommen erfüllt. In vier Häusern haben wir niemanden angetroffen, aber da können wir morgen noch einmal vorbeischauen.«

»Morgen ist Sonntag. Da wollen die Leute noch weniger gestört werden.«

»Was schlägst du vor?«

»Wir haben bis jetzt niemanden gefunden. Wie groß ist die Wahrscheinlichkeit, dass da noch etwas kommt?«

Jan sah auf die Uhr. »In zwei Stunden wollen wir uns in Damme zusammensetzen. Was hältst du davon, wenn wir uns trennen und alleine losziehen? Dann sind wir in eineinhalb Stunden damit durch und kommen rechtzeitig in Damme an.«

»Aber anschließend fahren wir nach Hause und gehen ins beste Restaurant von Bad Zwischenahn.«

»Gute Idee. Ich versuche einen Tisch zu bekommen.«

Hanna sah an den müden und enttäuschten Gesichtern ihrer Kollegen, dass keiner von ihnen Erfolg bei der Suche nach weiteren Zeugen gehabt hatte. Jens Bölscher eröffnete die Besprechung und bat die Teams um einen kurzen Bericht. Eine Viertelstunde später beschlossen sie, die Zeugensuche vor Ort zunächst einzustellen und am nächsten Tag eine kurze Auszeit zu nehmen.

»Jedes Team hat noch ein oder zwei offene Stellen, potenzielle Zeugen, die wir nicht erreichen konnten«, sagte Jens Bölscher. »Hoffen wir, dass sie sich in der nächsten Woche bei uns melden. Ich denke, wir dürfen stolz sein auf unsere Leistung, auch wenn sie noch nicht den Erfolg gebracht hat, den wir uns erhofft haben. Ich wünsche euch allen einen erholsamen Sonntag. Wir sehen uns am Montag um Punkt zehn wieder.«

Hanna sah zu Jan hinüber, der am Steuer des Wohnmobils saß und gerade auf die Autobahn auffuhr. »Wenn du nicht mehr kannst, sag Bescheid.«

»Kein Problem.« Er legte den fünften Gang ein und warf einen kurzen Blick zu Hanna. »Sehr enttäuscht?«

Hanna schüttelte den Kopf. »Es geht. Wir hatten bisher schon sehr viel Glück bei den Ermittlungen. Noch mehr wäre ja fast unheimlich gewesen.«

»Lass uns warten und bis Montagmorgen abschalten.«

»Ein Kurzurlaub in einer wunderschönen Villa am Meer?«

»Du magst das Haus?«, fragte Jan erstaunt.

Hanna zuckte mit den Schultern. »Ein wenig, auch wenn es vollkommen snobistisch ist, zu zweit darin zu wohnen.« Sie hielt die Hand vor die Augen. »Himmel, wo ist die alte Hanna, die spottet und nach Gerechtigkeit giert? Du wirst das Haus bald verkaufen, warum sollten wir das jetzt nicht genießen? Den Garten, den See direkt vor dem Haus. Die Ruhe. Und wir können uns bei den vielen Zimmern wunderbar aus dem Weg gehen. Wer weiß, vielleicht brauchen wir das bald.«

»Nein, das werden wir nicht brauchen. Wenn ich dir auf den Wecker gehe, setzt du dich in dein Wohnmobil und fährst los. Wir würden es nicht aushalten, aneinander vorbeizuleben. Weder du noch ich.«

»Mag sein«, sagte Hanna, aber sie wusste, dass Jan recht hatte. Ähnliche Gedanken flogen ihr schon eine Weile durch den Kopf. Ganz oder gar nicht. Konnte man damit gemeinsam alt werden? *Hör auf, dir solche Gedanken zu machen. Wir sind noch jung, unser Leben liegt vor uns. Was immer es bringen wird.*

»Oder?«, fragte Jan.

»Nein, wahrscheinlich nicht.«

Hanna lag wach im Bett und starrte in die Dunkelheit. Der Wecker stand auf kurz nach zwei Uhr. Noch vier Stunden, bis es hell werden würde. Es war nicht das erste Mal, dass sie in der Nacht wach lag. Bereits in Portugal hatte sie hin und wieder Schwierigkeiten gehabt, durchzuschlafen.

Wie alt wäre ich jetzt?, schoss es ihr durch den Kopf. *Drei Jahre älter als Jans Sohn George. Wäre es auch ein Sohn geworden oder hätte ich eine Tochter bekommen? Wie hätte mein Leben ausgesehen, wenn ich … Lass es! Das bringt nichts. Du hast dich so entschieden und das war richtig so.*

Hanna stieg vorsichtig aus dem Bett, griff nach ihrer Jogginghose und einem Sweatshirt, verließ das Schlafzimmer und betrat die Terrasse. Das Wasser spiegelte den Mond wider, der den parkartigen Garten des Hauses in ein dunkelblaues Licht badete. Langsam ging Hanna auf den kleinen Privatstrand zu und setzte sich auf die Bank, die Jan auf Wunsch von Hanna dort aufgestellt hatte.

Eine gefühlte Ewigkeit starrte sie auf das Zwischenahner Meer, ohne dass sie einen klaren Gedanken fassen konnte.

»Kannst du nicht schlafen?«

Hanna schreckte auf und schaute nach hinten. Jan stand hinter der Bank und legte jetzt seine Arme um ihre Schultern.

»Nein.«

»Nicht zum ersten Mal, oder?«

»Du weißt davon?«, flüsterte sie.

»Ja, ich habe einen leichten Schlaf.«

»Du hast nie etwas gesagt.«

»Hätte es was genützt?«

Hanna schüttelte den Kopf. Sie klopfte mit der Hand auf die Bank neben sich. »Kommst du zu mir?«

Jan stieg über die Bank und setzte sich neben Hanna. Sie nahm seine Hand in ihre. »Möchtest du eigentlich noch mehr Kinder haben?«

Jan schien erstaunt über die Frage zu sein. »Darüber … also darüber habe ich mir ehrlich gesagt noch keine Gedanken gemacht.«

Hanna schwieg. Jans warme Hand fühlte sich gut an. Sicher und aufgehoben. Wie lange hatte sie dieses Gefühl nicht mehr zugelassen?

»Sie wäre heute dreizehn«, sagte Hanna in die entstandene Stille hinein. »Ich weiß nicht mal, ob es ein Mädchen geworden wäre. Wenn ich daran denke, ist es aber immer ein Mädchen.«

Jan nickte, schwieg aber.

»Ich habe es abgebrochen, beendet, bevor …« Ihre Augen wurden feucht. »Das ist so lange her. Warum muss ich immer wieder daran denken?«

»Weil es dich beschäftigt«, sagte Jan.

»Lukas … er wusste nichts von der … Schwangerschaft. Er hat erst später erfahren … nachdem ich … Das war zwei Tage, bevor er starb.«

Jan legte seinen Arm um Hannas Schulter und zog sie an sich.

»Du sagst gar nichts dazu?«

»Nein, das steht mir nicht zu, Hanna. Es war deine Entscheidung. Die eine wie die andere. Du wirst deine Gründe gehabt haben.«

Hanna richtete sich auf und schaute Jan an. »Wie hättest du reagiert? Sei ehrlich.«

»Das lässt sich nicht so allgemein beantworten.«

»Wenn ich es jetzt machen würde«, hakte Hanna nach.

»Ich wäre enttäuscht?«

»Warum?«

»Weil unsere Beziehung es nicht zugelassen hätte, dass wir über die Schwangerschaft sprechen und wir gemeinsam eine Entscheidung treffen.«

»Würdest du mich verlassen?«

»Nein, das glaube ich nicht. Ich hätte auch deine Entscheidung akzeptiert, wenn du sie gegen meinen Wunsch getroffen hättest.«

»Lukas hat in den zwei Tagen kein Wort mehr mit mir gesprochen.« Die Tränen liefen jetzt ungehindert über Hannas Wangen und tropften ins Gras. »Kein Wort. Ich wollte ihm erklären, was passiert ist, habe ihn angebettelt, dass er mir zuhört. Aber er hat sich umgedreht und ist gegangen.«

Sechsunddreißig

Jan

Den Sonntag verbrachten sie nach einem ausgiebigen Frühstück mit einem Gang um das Zwischenahner Meer. Hanna legte sich am Nachmittag für eine Stunde schlafen, anschließend schwammen sie eine Runde und schauten sich zusammen einen romantischen Film an.

Am Montagmorgen standen sie früh auf, fuhren nach einer Tasse Kaffee Richtung Damme und kamen so rechtzeitig an, dass sie sich ein zweites Frühstück in einem Dammer Café gönnen konnten.

Jens Bölscher stand auf, das Murmeln in der Runde verstummte.

»Es gibt eine gute und eine nicht so gute Nachricht. Fange ich mit der guten an. Wir haben nicht nur einen Beschluss, Frau Rütters erkennungsdienstlich zu behandeln, sondern dürfen auch ihre Wohnung durchsuchen. Die staatsanwaltliche Vorladung ist da – ich habe die Kollegen instruiert, dass sie Frau Rütters abholen. Für zwölf Uhr ist die Vernehmung geplant. Parallel dazu wird die Wohnung durchsucht.« Er hielt kurz inne. »Die nicht so positive Nachricht ist, dass die Kollegen der Kriminaltechnik trotz zahlreicher Überstunden noch keine weiteren Spuren entdeckt haben. Allerdings laufen die DNA-Analysen noch. Es besteht also noch Hoffnung.«

»Wer wird sie vernehmen?«, fragte Finn Eilers.

Der SoKo-Leiter schaute Jan und Hanna fragend an.

»Wir würden es gerne zweigeteilt machen«, sagte Jan, der auf der Fahrt nach Damme das Vorgehen mit Hanna abgesprochen hatte. »Michael und Stefan übernehmen den ersten Part, wir den zweiten. Danach sehen wir weiter.«

Jan erklärte, wie er sich den Ablauf vorstellte, sie diskutierten kurz den Vorschlag und setzten sich anschließend zu viert zusammen, um die Einzelheiten zu besprechen.

Jan, Hanna, Jens Bölscher und Finn Eilers saßen vor zwei Bildschirmen. Die eine Kamera war auf Anja Rütters gerichtet, die andere zeigte eine Aufnahme des gesamten Vernehmungsraums. Michael Harms und Stefan Böhmer waren soeben an den Tisch getreten und hatten sich gesetzt. Harms stellte sich und seinen Kollegen vor, teilte Frau Rütters mit, dass sie als Verdächtige im Fall Helmut Gepken vernommen werden würde, und fragte, ob sie einen Anwalt anrufen wollte.

»Habe ich das richtig verstanden? Ich soll diesen ...«

»Helmut Gepken, wohnhaft in Rüschendorf«, half Stefan Böhmer ihr.

»... diesen Herrn Gepken soll ich ermordet haben? Sind Sie von allen guten Geistern verlassen? Ich kenne keinen Helmut Gepken. Ich habe den Namen gerade zum ersten Mal gehört. Und ich habe niemanden ermordet. Das ist vollkommen irre.«

Jan konzentrierte sich auf den Bildschirm, der Anja Rütters in Großaufnahme zeigte. Ihre Empörung wirkte im ersten Augenblick echt und glaubwürdig, aber Jan sah Anzeichen, dass Anja Rütters emotionaler Ausbruch gespielt war. Sie hatte schnell geantwortet, flüssig gesprochen und ihre Stimme war in sich ruhig geblieben. Dabei hatte sie konzentriert gewirkt und nur mäßig überrascht.

Jetzt fragte Michael Harms Anja Rütters, ob sie in den letzten zwei bis drei Monaten in Rüschendorf gewesen war, und bekam zunächst keine Antwort.

»Frau Rütters, haben Sie meine Frage verstanden?«

Anja Rütters schaute auf. »Ich habe schon Ihren Kollegen gesagt, dass es sein kann, dass ich durch dieses Kaff einmal durchgefahren bin.«

»In den letzten drei Monaten?«, fragte Michael Harms ein weiteres Mal.

»Ich erinnere mich nicht. Hin und wieder gehe ich am Dümmer spazieren. Manchmal alleine, manchmal mit meinem Partner.«

»Frau Rütters. Wir sprechen von einem Zeitraum von zwölf Wochen. Und Sie wissen nicht, ob Sie zu der Zeit in Rüschendorf waren? Wir sprechen hier nicht vom Bäcker um die Ecke, sondern von einer Fahrtzeit von mindestens einer Dreiviertelstunde. Daran erinnert man sich normalerweise.«

»Ich habe keine Ahnung, woran Sie sich alles erinnern. Ich kann es einfach nicht ausschließen.« Sie beugte sich leicht zu Michael Harms vor. »Haben Sie das jetzt verstanden, Herr Kommissar?«

»Durchaus, Frau Rütters. Kommen wir zu Herrn Helmut Gepken.« Er legte ihr ein Foto von Gepken vor. »Schauen Sie sich die Aufnahme an. Kennen Sie den Mann?«

Anja Rütters zog das Foto zu sich her und musterte es. »Nein, diesen Mann habe ich bewusst noch nicht gesehen. Ob er mir einmal irgendwo begegnet ist, kann ich nicht ausschließen.«

»Waren Sie jemals in seinem Haus?«, stellte Stefan Böhmer direkt die nächste Frage.

»Nicht, dass ich wüsste.«

Böhmer legte ihr den richterlichen Beschluss vor. »Wir benötigen von Ihnen Fingerabdrücke und einen DNA-Abstrich.«

Anja Rütters zog den Beschluss mit einem schnellen Ruck zu sich. Zum ersten Mal, seit sie vernommen wurde, registrierte Jan Unsicherheit. Er war sich sicher, dass sie nicht auf einen Beschluss vorbereitet gewesen war. In den letzten Minuten hatte sich ihre Körperhaltung mehr und mehr verändert. War sie Jan vorher selbstbewusst, fast arrogant vorgekommen, kam Anja Rütters immer mehr ins Schwimmen. Ihre Antworten kamen bei Weitem nicht mehr so schnell und ruhig wie zuvor. Sie schien länger darüber nachzudenken und abzuwägen, was sie sagen sollte oder konnte, ohne sich in Widersprüche zu verstricken oder sich selbst ein Bein zu stellen.

»Muss ich das machen?«, fragte sie mit einem beleidigten Unterton.

»Ja, dazu sind Sie verpflichtet.«

»Und wenn ich mich weigere?«

»Verzögern Sie die Abnahme vielleicht um ein oder zwei Stunden, mehr aber auch nicht«, sagte Stefan Böhmer in einem Ton, der keinerlei Zweifel daran ließ, dass die Polizei zahlreiche Möglichkeiten hatte, die Maßnahme durchzusetzen. »Sie sollten lieber kooperieren.«

»Ich will meinen Anwalt anrufen. Sofort.«

Michael Harms und Stefan Böhmer unterbrachen die Vernehmung und verließen den Raum, nachdem sie Anja Rütters ein schnurloses Telefon zur Verfügung gestellt hatten. Ihr Handy war ihr bereits beim Betreten der Polizeistation unter einem Vorwand abgenommen worden.

Dreieinhalb Stunden später betraten Jan und Hanna den Vernehmungsraum, begrüßten Anja Rütters, aktivierten die Ton- und Bildaufnahme und setzten die Vernehmung fort.

Der Anwalt von Anja Rütters war eine Stunde nach ihrem Anruf in der Polizeistation eingetroffen. Patrick Stauche, ein hochgewachsener Mann Mitte vierzig, schwarzer Rollkragenpullover unter der Anzugjacke, Hornbrille, sprach kurz mit seiner Mandantin, ließ sich daraufhin die Ermittlungsakten zeigen, die allerdings noch auf dem Stand von vor vier Tagen waren, und sprach mit Jens Bölscher und lange mit seiner Mandantin. Anschließend fragte er mehrfach nach, wann die Vernehmung endlich wieder aufgenommen werden würde.

»Ich habe meiner Mandantin empfohlen, vorerst die Aussage zu verweigern. Aus unserer Sicht ist sie ungerechtfertigt in den Fokus Ihrer Ermittlungen geraten, die meines Erachtens ohne die gebotene Sorgfalt geführt wurden. Wenn Sie weiter keine Fragen an meine Mandantin haben, denke ich, die Befragung ist hiermit beendet.«

»Wir haben weitere Fragen«, sagte Hanna und wandte sich an Anja Rütters. »Ganz aktuell haben sich zwei glaubhafte Zeugen gemeldet, die Sie vor etwa zwei Monaten in Rüschendorf gesehen haben.«

»Warum erfahre ich das jetzt erst?«, fuhr der Anwalt sie an. »In den Ermittlungsakten …«

»Wie gesagt, eine ganz aktuelle Entwicklung«, unterbrach ihn Hanna. »Die Protokolle der Zeugenbefragung werden gerade geschrieben.« Sie sah Anja Rütters an. »Das widerspricht Ihren Aussagen erheblich.«

»Ich muss verwechselt worden sein«, zischte Anja Rütters. »Machen Sie Ihre Arbeit richtig und belästigen Sie keine unbescholtenen Bürger.«

»Wir machen unsere Arbeit. Gründlich und rechtssicher«, sagte Hanna ruhig. Sie nannte das Datum, an dem Zeugen Anja Rütters in Rüschendorf gesehen hatten, und fragte ein weiteres

Mal, ob sie sich an dem Tag in dem Ortsteil von Damme aufgehalten habe.

»Mir ist vollkommen unklar, auf was Sie hinauswollen. Laut Aktenlage ist …«, Patrick Stauche sah auf seine Notizen, »… Herr Gepken Wochen später tot in seinem Haus aufgefunden worden. Selbst wenn meine Mandantin zu dieser Zeit in Rüschendorf gewesen sein sollte, kann das wohl kaum etwas mit dem Tod dieses Mannes zu tun haben.«

»Das ist richtig«, sagte Hanna. »Laut anderen Zeugenaussagen hatte Herr Gepken an dem besagten Donnerstag eine heftige Auseinandersetzung mit einer Frau.«

»Interessant, aber mehr auch nicht. Wie Sie gesagt haben, eine Frau. Meine Mandantin ist durchaus weiblichen Geschlechts, aber ganz sicher nicht die einzige Frau in unserem Land. Wenn Sie nicht mehr haben, sollten wir …«

»Herr Anwalt«, unterbrach Hanna ihn. »Vielleicht üben Sie sich etwas in Geduld.« Sie wandte sich wieder an Anja Rütters. »Sind Ihre Eltern Ihre leiblichen Eltern?«

»Was soll die Frage denn jetzt?«, polterte Stauche. »Ich protestiere schärfstens gegen diese unprofessionelle Vorgehensweise.«

Hanna reagierte nicht auf den Anwalt und sah weiter Anja Rütters an. Die schien nicht mit der Frage gerechnet zu haben, hatte ihren Kopf gesenkt, als wenn sie über die Antwort nachdenken würde.

»Ich weiß nicht, worauf Sie hinauswollen. Natürlich sind meine verstorbenen Eltern, Hans und Marion Rütters, meine leiblichen Eltern.«

»Wann genau haben Sie erfahren, dass Sie adoptiert wurden?«, stellte Jan seine erste Frage.

»Haben Sie nicht zugehört?«, fuhr Anja Rütters Jan an.

»War es nach dem Tod Ihrer Mutter, als Sie die Adoptionsunterlagen gefunden haben?«

»Herr de Bruyn«, mischte sich der Anwalt ein, der zuvor seiner Mandantin die Hand auf den Arm gelegt und leise auf sie eingesprochen hatte. »Meine Mandantin hat Ihre Frage klar und deutlich beantwortet.«

Jan lächelte ihn an. »Aber leider nicht wahrheitsgemäß.« Er wandte sich wieder an Anja Rütters. »Unsere Kollegen haben heute Ihre Wohnung durchsucht. Die Unterlagen waren nicht leicht zu finden, aber darin sind unsere Kollegen der Spurensicherung nun mal Experten.«

Schlagartig wich sämtliche Farbe aus Anja Rütters Gesicht. Für einen Augenblick dachte Jan, dass sie aufgeben würde. Rütters war in sich zusammengesunken und atmete flach. Aber im nächsten Moment richtete sie sich auf und sah Jan fest in die Augen. »Ich habe keine Ahnung, wovon Sie sprechen. Nach dem Tod meiner Mutter habe ich einige Unterlagen mit nach Hause genommen, sie aber nie durchgesehen.«

Jan hatte mit dieser oder einer ähnlichen Antwort gerechnet und schon kurz nach dem Fund der Unterlagen darum gebeten, sie nach Fingerabdrücken zu untersuchen.

»Frau Rütters, Sie sind eine intelligente Frau und können sich sicher vorstellen, welche technischen Möglichkeiten unsere Kollegen haben. Sie haben unzählige Ihrer Fingerabdrücke auf den Unterlagen gefunden.«

Der Anwalt räusperte sich. »Ich möchte mit meiner Mandantin unter vier Augen sprechen, bitte.«

Jan stand auf. »Reicht Ihnen eine halbe Stunde?« Als Stauche nickte, schaltete Jan die Aufnahme aus, stand auf und verließ den Raum. Hanna folgte ihm.

»Bis jetzt ist es gelaufen, wie wir geplant haben«, sagte Jens Bölscher, als Jan und Hanna mit ihm und den drei anderen SoKo-Kollegen zusammensaßen.

Bölschers Handy klingelte, nach einem schnellen Blick aufs Display nahm er das Gespräch an und fragte den Leiter der Kriminaltechnik, ob es dringend wäre. Dann hörte er zu und bat darum, eine Seite zu fotografieren und per Mail zu schicken sowie direkt einen Beamten mit der Kladde nach Damme zu schicken.

»Die Kollegen haben etwas gefunden«, sagte Bölscher. »Ein Tagebuch von Anja Rütters Mutter. Ich bekomme gleich ein paar Seiten zur Ansicht. In spätestens einer Stunde sollten wir es hier haben.«

Hanna ballte die Faust. »Jetzt kommt sie aus der Nummer nicht mehr raus.«

Jan wiegte den Kopf hin und her. »Sie wird gleich alles zugeben, was wir ihr bisher nachweisen können. Das Wissen um die Adoption, den Besuch bei Gepken, den Rauswurf. Alles keine strafbaren Handlungen. Bisher können wir ihr nicht nachweisen, dass sie während der Tatzeit bei Gepken im Haus war, und noch weniger, dass sie ihm das Insulin gespritzt hat.« Er wandte sich an den SoKo-Leiter. »Wo war das Tagebuch versteckt?«

»Die Kollegen haben es erst spät entdeckt. Unter einem herausnehmbaren Dielenbrett im Schlafzimmer. Dafür mussten sie zuerst das Bett zur Seite schieben. Es war mehr oder weniger Zufall, dass sie das Versteck gefunden haben.«

»Also wird Frau Rütters davon ausgehen, dass wir es nicht gefunden haben.«

Bölscher nickte. Er öffnete seinen Laptop, tippte etwas ein und sah wieder auf. »Die Mail ist da. Ich habe sie gerade an Sie weitergeschickt.«

»Meine Mandantin möchte ihre Aussage ergänzen«, sagte Patrick Stauche, als sie eine halbe Stunde später wieder am Tisch im Vernehmungszimmer saßen. »Frau Rütters hat nach dem Tod ihrer Mutter erfahren, dass sie adoptiert wurde. Sie hat anschließend weiter recherchiert und hat nach und nach die Geschichte ihrer leiblichen Familie sozusagen ausgegraben. Da ich davon ausgehe, dass Sie bereits um die Familiengeschichte meiner Mandantin wissen, kann ich es kurz machen. Der Vater von Herrn Helmut Gepken hat den Großvater meiner Mandantin an die Gestapo verraten. Er hatte sich als Kriegsdienstverweigerer im Haus der Familie Peters versteckt.« Der Anwalt legte eine kurze Pause ein. »Es ist richtig, dass meine Mandantin an dem von Ihnen angegebenen Zeitpunkt in Rüschendorf war und mit Herrn Gepken gesprochen hat. Herr Gepken war allerdings nicht bereit, sich über das Thema auszutauschen, und hat meine Mandantin gebeten, sein Haus zu verlassen. Das war das erste und letzte Mal, dass meine Mandantin Herrn Gepken begegnet ist. Sie hat ihn weder getötet noch ist ihr bekannt, wer der Täter ist. Um es noch einmal ganz deutlich auszusprechen: Meine Mandantin hat absolut nichts mit dem Tod von Herrn Helmut Gepken zu tun. Es tut ihr leid, dass sie nicht schon bei ihrer ersten Befragung alles offengelegt hat, aber sie hat – und wie wir inzwischen wissen, zu Recht – befürchtet, dass sie sofort unter Verdacht kommt. Aus diesem Grunde hat sie das Treffen mit Herrn Gepken nicht erwähnt. Im Übrigen ist bei der Befragung – zumindest erinnert meine Mandantin es so – der Name Helmut Gepken nicht gefallen.«

»Netter Versuch, Herr Anwalt«, sagte Hanna. »Als Strafverteidiger verstehen Sie sicher, dass bisher alle Indizien und Beweise auf Ihre Mandantin hinweisen.«

»Von allen würde ich nun wirklich nicht sprechen, Frau Will. Es gab für meine Mandantin keinen Grund, Herrn Gepken für die Taten seines Vaters verantwortlich zu machen. Ihr Besuch bei ihm war allein dem Umstand geschuldet, dass meine Mandantin die bisherigen Informationen, die sie hatte, ergänzen wollte. Man kann ihr vielleicht vorwerfen, dass sie naiv war, Verständnis von dem Sohn eines Täters zu erwarten, aber ganz sicher keinen Mord.«

Jan beugte sich leicht nach vorne und sah Anja Rütters an. »Wie sind Sie an die Informationen zu Ihrer Familiengeschichte gekommen?«

»Dazu möchte sich meine Mandantin nicht äußern«, sagte Patrick Stauche. »Ich sehe auch nicht, welche Relevanz das für Ihre Ermittlungen haben sollte.«

Hanna stand auf. »Frau Anja Rütters, ich nehme Sie vorläufig fest. Sie stehen unter Verdacht, Herrn Helmut Gepken vorsätzlich getötet zu haben. Sie werden morgen einem Haftrichter vorgeführt, der entscheiden wird, ob Sie in Untersuchungshaft überführt werden.«

Siebenunddreißig

Hanna

»Wir brauchen mehr«, sagte Jens Bölscher, der soeben sein Gespräch mit dem Staatsanwalt beendet hatte. »Für die Untersuchungshaft wird es vielleicht reichen, aber bei einem Indizienprozess gibt es laut Staatsanwalt keine Garantie für eine Verurteilung.«

Finn Eilers, der kurz zuvor seinen Laptop aufgeklappt hatte, hielt die Hand hoch. »Die Standortdaten von Frau Rütters Handy sind da. Augenblick – ich hab's gleich. Hier …«

»Und?«, fragte Jens Bölscher, als der junge Kommissar nicht weitersprach.

»Sie war in der Zeit unterwegs. Auf der A1 Richtung Norden. Aber kurz vor der Abfahrt nach Damme muss das Handy ausgeschaltet worden sein oder der Akku war leer. Es gibt erst zwei Stunden später einen neuen Einwahlknoten. Der müsste in der Nähe ihrer Wohnung liegen.«

»Ganz sicher?«

Finn Eilers schaute hoch und schien seinen Ärger runterschlucken zu müssen. »Sehr sicher, aber ich gehe das gleich noch mal im Detail durch.«

Der SoKo-Leiter atmete erleichtert auf. »Dann wird das sicher für die U-Haft reichen. Ob der Staatsanwalt am Schluss Klage erhebt, wird sich zeigen. Außerdem hätten wir Zeit, weitere Beweise zu finden.«

»Wir sollten sie morgen Vormittag noch einmal vernehmen«, schlug Jan vor. »Ich glaube zwar nicht, dass sie gesteht, aber sie könnte sich verhaspeln und uns dadurch wertvolle Hinweise liefern.«

Jens Bölscher stimmte zu. »Ich werde das gleich veranlassen. Zehn Uhr?«

»Sie ist es, oder?«, fragte Hanna auf der Fahrt zum Stellplatz am Olgahafen. »Du hast den Bildschirm fast durchbohrt mit deinen Augen. Ich meine bei der ersten Vernehmung durch die Kollegen. Sie hat es getan.«

»Wenn Körpersprache als Beweis vor Gericht gelten würde, sähe es schlecht für sie aus«, sagte Jan, der auf dem Beifahrersitz saß. »Aber bei der momentanen Beweislage glaube ich nicht, dass es zur Anklage kommt.«

»Sie hat ein Motiv, sie hatte die Gelegenheit und an die Mittel ist sie durch ihren Job auch relativ einfach gekommen.«

»Und wir haben keinen Beweis, dass sie in der fraglichen Zeit bei Gepken war. Wenn sie den Anwalt wechselt – und davon gehe ich aus –, wird sie im Prozess mit viel Glück ungeschoren davonkommen.«

»Wird sie morgen gestehen?«

»Nein. Dafür wirkt sie zu gefasst. Sie ist fest davon überzeugt, dass sie jedes Recht hatte, Helmut Gepken zu töten. Sein Vater hat ihre ganze Familie zerstört. Ihr Urgroßvater starb an den Haftfolgen, ihr Großvater wurde hingerichtet, ihre Großmutter geächtet mit einem nicht ehelichen Kind von einem Fahnenflüchtigen, ihre Mutter hat Suizid begangen. Eine ganze Familie ausgelöscht durch einen Verrat. Was liegt da näher, als dass sie einen Teil von Erich Gepkens Familie tötet? Ich kann nicht einmal ausschließen, dass Helmut Gepkens Sohn nicht auch noch auf ihrer Liste steht.« Jan machte eine kurze Pause. »Um noch mal auf deine Frage zurückzukommen: Sie wird nicht einfach so gestehen. Unsere einzige Chance ist, sie aus dem Konzept zu bringen, sie zu provozieren. Beim Punkt Familiengeschichte, gerade was ihre leibliche Mutter anbelangt, ist sie verwundbar. Viel Hoffnung habe ich aber nicht, dass wir das morgen schaffen.«

»Keine unumstößlichen Beweise, kein Prozess oder letztlich Freispruch«, fasste Hanna zusammen. »Wunderbare Aussichten.«

»Bist du durch mit dem Tagebuch?«, fragte Hanna, als Jan die letzte der hundertachtzig Seiten auf den dicken Stapel legte. Die Kriminaltechnik hatte Fotokopien der Kladde angefertigt, damit Jan sie für die nächste Vernehmung von Anja Rütters zur Verfügung hatte.

»Manches habe ich überflogen. Ich weiß auch gar nicht, ob ich das als Tagebuch bezeichnen würde. Die Einträge liegen manchmal ein Jahr und länger auseinander. Zwischen ihrem achtzehnten und zweiundzwanzigsten Lebensjahr gibt es eine Lücke. Hannelore Peters hat mit vierzehn angefangen zu schreiben und kurz vor ihrem Suizid den letzten Eintrag geschrieben.«

»Das sind zweiundzwanzig Jahre in einer Kladde.«

»Sozusagen ein Leben im Schnelldurchgang.«

»Und?«

»Willst du die große oder die kleine Zusammenfassung?«, fragte Jan.

»Wenn die Zeit reicht, nehme ich die große.«

»Gut, ich versuche es.« Er legte den Stapel mit den Ausdrucken zur Seite. »Mit vierzehn, das war 1958, schreibt

Hannelore davon, dass sie die Einzige in der Klasse sei, die nichts über ihren Vater wisse. Das ist aber nur ein Eintrag unter vielen. Oft geht es um die üblichen Mädchenschwärmereien. Mit sechzehn hat sie ihren ersten Freund, der sie küsst. Kurz darauf muss ihre Mutter ihr erzählt haben, was mit ihrem Vater passiert ist. Sie ist durcheinander, weiß nicht, was sie davon halten soll, und spricht mit ihrem Freund darüber. Der ist entsetzt, dass ihr Vater ein Deserteur war, und hat sich von ihr getrennt. Erst mit fast achtzehn schreibt sie wieder etwas in die Kladde. Sie hat eine Lehre angefangen und nach einem halben Jahr den Betrieb verlassen. Anschließend war sie – so interpretiere ich das in die Zeilen hinein – in ärztlicher Behandlung wegen psychischer Probleme. Ich könnte mir vorstellen, dass sie auch in einer psychiatrischen Klinik untergebracht war. Erst als sie mit zweiundzwanzig einen neuen Anlauf für eine Ausbildung unternimmt, gibt es wieder relativ regelmäßig Notizen. Auch von ihrem Vater spricht sie und dass sie sich über die NS-Zeit informiert hat.«

»Neue Ausbildung? Da hat sie Helmut Gepken kennengelernt?«

Jan nickte. »Sie muss zu dem Zeitpunkt schon ziemlich genau über die Ereignisse um ihren Vater informiert gewesen sein. Sie schreibt in den Jahren nur noch in Stichpunkten – ich musste also einiges interpretieren. Sie hat Helmut Gepken angesprochen, Gepken schien damit nicht umgehen zu können, obwohl er ein so schlechtes Verhältnis zu seinem Vater hatte. Hannelore Peters hat ihn wohl mehr und mehr bedrängt. Dann muss etwas in ihrem Leben passiert sein, da es wieder fast zwei Jahre keine Einträge gibt. Ich vermute, sie hatte einen Rückfall in depressive Phasen. Erst nachdem sie die Ausbildung abgeschlossen hat, schreibt sie wieder, selten und häufig nur Belanglosigkeiten.«

»Keine Männer in ihrem Leben?«

»Nein, zumindest erwähnt sie sie nicht. Allerdings sind zu der Zeit einige Seiten herausgerissen worden. Es könnte sein, dass sie jemanden kennengelernt hat und die Beziehung gescheitert ist. Es gibt später ein paar Hinweise darauf, wo sie von einem Karl spricht und ihn verflucht.«

»Ist es nicht ungewöhnlich, dass eine erwachsene Frau in ihrem Jugendtagebuch weiterschreibt?«, fragte Hanna.

»Darüber habe ich mir auch Gedanken gemacht. Lebt sie weiter in der Zeit, in der sie noch annähernd glücklich war? Will sie nicht akzeptieren, dass sie älter wird, dass sie mit Dingen abschließen muss, um weiterzukommen? Das ist schwer zu sagen, weil die Kladde dafür zu wenige Informationen enthält.«

»Wie geht es weiter?«

»Das Vater-Thema lässt Hannelore Peters nicht los. Sie schimpft über die alten Nazis, die immer noch die Politik bestimmen würden, und überlegt – und jetzt wird es spannend –, den ›Mörder‹ ihres Vaters aufzusuchen, um ihn zur Verantwortung zu ziehen. Den Begriff Mörder hat sie genau so mehrfach benutzt, alles andere sind Andeutungen, die aber von Jahr zu Jahr immer deutlicher werden.«

»Das klingt schon fast nach konkreten Plänen?«

»Das Gleiche habe ich auch gedacht, aber Erich Gepken ist zwei Jahre nach Hannelore Peters gestorben. Sie kann also nichts mit seinem Tod zu tun haben.«

Hanna nickte. »Aber du gehst davon aus, dass auch Anja Rütters herauslesen konnte, was ihre leibliche Mutter vorhatte, oder dass sie sich zumindest den Tod von Erich Gepken wünschte?«

»Auf jeden Fall. Dazu braucht man nicht Psychologie studiert zu haben. Die Rache an dem ›Mörder‹ ihres Vaters zieht sich durch die Jahre. Es gibt andere Ereignisse, hin und wieder tauchen auch Männernamen auf, aber alle nur für kurze Zeit. Sie ist einsam, hadert mit ihrem Leben, muss immer wieder längere Krankheitsphasen gehabt haben, kam aber nie – so vermute ich – aus der Spirale heraus, die sie immer weiter aus dem normalen Leben katapultiert hat. Ihre einzige konstante Bezugsperson war ihre Mutter. Es muss ein sehr inniges Verhältnis gewesen sein, was bei der Geschichte der beiden Frauen auch nachvollziehbar ist.«

»Und die Schwangerschaft?«

»Hannelore Peters hat in der Kladde nie einen Kinderwunsch formuliert. Der Mann, dessen Vorname ich nicht kenne …«

»Sie hat den Vater ihres Kindes nie genannt?«, fragte Hanna erstaunt.

»Doch, mehrfach sogar, aber später seinen Namen mit einem schwarzen Stift so durchgestrichen, dass er nicht mehr lesbar ist. Ich gehe davon aus, dass die Beziehung kurz und intensiv war, er sie aber verlassen hat, als er von der Schwangerschaft gehört hat. Es sind zum Teil ganze Passagen geschwärzt, die um die Zeit geschrieben worden sein müssen, als sie den Mann kennenlernte.«

»Wieder ein Mann, der die Familie zerstört hat«, murmelte Hanna.

»Ja, so wird es auch Hannelore Peters gesehen haben. Die Schwangerschaft muss für sie eine einzige Qual gewesen sein. Einmal schreibt sie, dass sie kein Kind von diesem Teufel haben möchte, dann wieder freut sie sich auf das Kind und fragt sich, ob es ein Mädchen oder Junge werden wird. In dieser Zeit hat sie regelmäßig Einträge verfasst, man spürt in den Worten die wachsende Panik davor, Verantwortung für ein Kind übernehmen zu müssen, das sie unter Umständen nicht lieben kann. Sie verflucht das Kind und würde es in der nächsten Zeile am liebsten sofort in ihre Arme schließen. Ein ständiges Auf und Ab, das sie immer weiter zum Abgrund hingezogen hat.«

»Und dann die Krebserkrankung ihrer Mutter«, warf Hanna ein.

»Da wollte ich gerade zu kommen. Hannelore Peters scheint so geschockt gewesen zu sein, dass sie nur zwei Worte in ihre Kladde notiert hat: *Mama stirbt,* und dahinter vier Ausrufezeichen. Nach der Geburt gibt es keine Einträge mehr. Eventuell war sie nicht mehr in der Lage dazu. Aber das ist reine Spekulation.«

»Das klingt schon in deiner Zusammenfassung nach einem unglaublich schweren Leben. Was hat die Kladde mit Anja Rütters gemacht? Wollte sie das vollenden, was ihre Mutter nicht geschafft hat?«

»Am Ende kann man es vielleicht genau darauf reduzieren«, sagte Jan. »Selbst mich haben die Einträge emotional berührt und betroffen gemacht – darüber, was sie bei einer Person auslösen können, die ihre leibliche Mutter nie kennenlernen durfte, mag ich gar nicht nachdenken.«

Achtunddreißig

Jan

Jan betrat nach Hanna den Vernehmungsraum, in dem bereits Anja Rütters und ihr Anwalt auf sie warteten. Hanna eröffnete die Vernehmung, nannte Datum, Uhrzeit und anwesende Personen sowie den Grund der Vernehmung.

»Meine Mandantin wird vor dem Haftprüfungstermin keine weiteren Aussagen machen«, verkündete Patrick Stauche.

Jan legte wortlos die Kladde auf den Tisch, die in einem durchsichtigen Asservatenbeutel lag. Fast im gleichen Augenblick sprang Anja Rütters auf und schrie: »Das ist mein Eigentum! Lassen Sie Ihre schmutzigen Finger davon.« Als sie nach dem Beutel greifen wollte, zog Hanna ihn zurück.

»Setzen Sie sich bitte wieder, Frau Rütters«, sagte Jan.

Anja Rütters starrte ihn wutentbrannt an. Jan hielt ihrem Blick stand und wiederholte in ruhigen Worten seine Aufforderung.

Erst als Patrick Stauche seine Mandantin zurück auf den Stuhl zog, setzte sich Anja Rütters widerwillig.

»Ich habe die Aufzeichnungen Ihrer leiblichen Mutter gelesen«, sagte Jan. »Ich verstehe, dass Sie empört sind, aber ich war leider dazu verpflichtet.«

»Wer noch?«, stieß Anja Rütters aus.

»Bisher niemand außer mir.« Er machte eine kurze Pause. »Haben Sie Herrn Gepken das Buch gezeigt?«

Sie nickte und stieß hervor: »Daraus vorgelesen.«

Patrick Stauche legte die Hand auf Anja Rütters Arm und sprach auf sie ein. Sie schüttelte die Hand ab und sah Jan an. »Bekomme ich das Tagebuch wieder?«

»Das kann ich leider nicht entscheiden, Frau Rütters.« Er hielt kurz inne. »Wie hat Herr Gepken darauf reagiert?«

»Dem war alles egal. Der war genau wie sein Vater.«

»Wir haben mit vielen Freunden und Bekannten von Herrn Gepken gesprochen. Er hatte ein sehr schlechtes Verhältnis zu seinem Vater, der ihn in seiner Kindheit und Jugend tyrannisiert hat.«

Anja Rütters schwieg.

»Er hat ein Leben lang darunter gelitten, wer und was sein Vater war. Am Schluss hat er vereinsamt und alleine in dem Elternhaus gelebt.«

»Er hat diesen Verbrecher verteidigt, hat gesagt, dass das alles lange vorbei und vergessen wäre.« Sie stützte sich mit beiden Händen auf die Tischplatte und beugte sich weit nach vorne zu Jan. »Das ist es aber nicht. Er hat das Leben meiner Familie zerstört. Ich habe immer gefühlt, dass etwas nicht stimmt. Mit mir. Dieses Schwein hat meine Mutter überlebt. Dabei hätte er sterben sollen und nicht meine Mutter. Er!«

»Helmut Gepken war nicht für die Taten seines Vaters verantwortlich«, sagte Jan.

»Das hat meine Mutter anders gesehen. Haben Sie es nicht gelesen?«

Zum wiederholten Male versuchte Patrick Stauche seine Mandantin davon abzuhalten, mit Jan zu reden, aber sie schlug wieder seine Hand weg, die er auf ihren Arm gelegt hatte.

»Ich habe es gelesen und war tief erschüttert über das Schicksal Ihrer Mutter und Großmutter. Trotzdem glaube ich, dass Erich Gepkens Sohn keine Schuld trifft.«

»Oh doch! Auge um Auge, Zahn um Zahn.« Sie bebte vor Zorn. »Leben um Leben.«

»Haben Sie Helmut Gepken getötet?«

»Ja!«, schrie Anja Rütters. »Er hatte es verdient.« Sie sank zurück auf den Stuhl und in sich zusammen. Die Tränen liefen über ihre Wangen, sie schluchzte laut auf und wiederholte mehrmals: »Er hatte es verdient.«

Zwei Stunden später saßen Jan und Hanna zusammen mit Jens Bölscher im Büro des Staatsanwalts und sahen sich zusammen die Videoaufzeichnung an.

»Das wird helfen«, sagte der Staatsanwalt. »Aber ich befürchte, Frau Rütters widerruft ihre Aussage. Wir werden sehen, wie die Richter letztendlich entscheiden. Ich fürchte, es wird ein langer und komplizierter Indizienprozess mit unsicherem Ausgang werden.«

»Sie werden Frau Rütters also anklagen?«, fragte der SoKo-Leiter.

»Danach sieht es im Moment aus.«

»In etwa einer Woche kann ich Ihnen die vollständige Ermittlungsakte übertragen. In dieser Woche werden wir die Suche nach Zeugen in Rüschendorf noch einmal intensivieren. Ich habe aus Cloppenburg die Zusage, dass sechs weitere Kollegen der SoKo zugeordnet werden.«

Der Staatsanwalt stand auf, reichte zunächst Hanna und anschließend Jan die Hand und bedankte sich für ihren Einsatz.

Auf der Fahrt nach Oldenburg erreichte Jan, der auf dem Beifahrersitz war, die Nachricht, dass der Haftrichter Anja Rütters' Untersuchungshaft angeordnet hatte.

»Die U-Haft ist durch«, gab Jan die Information an Hanna weiter.

Hanna nickte. »Damit habe ich gerechnet.« Sie warf ihm einen Blick zu. »Du bist nicht zufrieden?«

»Kann man das sein? Zwei Familien, die durch einen Verrat zerstört wurden. Menschen, die für ihr Leben gezeichnet waren, Tod, Verzweiflung und kein Ende.«

»Das ist unser Job. Wir kommen erst, wenn alles zu spät ist, und sorgen dafür, dass die Täter vor Gericht kommen. Ob sie gleichzeitig auch Opfer waren, ist für unsere Arbeit irrelevant. Darüber entscheiden andere.« Hanna seufzte schwer. »Mir gefällt das auch nicht. Heute noch weniger als in früheren Zeiten.«

»Ich weiß. Ich glaube nicht, dass Anja Rütters voll schuldfähig ist. Es wäre falsch, sie fünfzehn oder mehr Jahre in eine Haftanstalt zu stecken. Sie braucht Hilfe.«

»Sie hat einen Menschen ermordet. Planmäßig und skrupellos.«

»Ja, das hat sie. Und dafür wird sie vor Gericht stehen.«

Hanna ließ ihren Blick über das Zwischenahner Meer streifen. Sie saßen auf der Bank direkt an ihrem Strand.

»Hier ist es doch schöner als am Dümmer.« Sie hob einen kleinen Stein und warf ihn ins Wasser. »Wir machen weiter, oder?«

»Nicht vor Anfang nächster Woche.«

»Fünf Tage nur für uns. Weiß Hagemann Bescheid?«

Jan nickte. »Er lässt uns in Ruhe. Es sei denn, die Welt geht unter.«

»Also machen wir weiter?«

»Soll ich das für dich entscheiden?«, fragte Jan. »Willst du aufhören?«

»Frag mich Sonntag noch einmal. Dann antworte ich dir.«

»Gut. Damit kann ich leben.«

Sie sahen eine Weile schweigend aufs Wasser. Es dämmerte bereits und würde spätestens in einer Dreiviertelstunde dunkel sein.

»Ist es dir schwergefallen?«, fragte Hanna. »Ich meine, Anja Rütters zu dem Geständnis zu bringen?«

»Ja.«

»Wie schwer?«

»Ich war kurz davor, die Vernehmung abzubrechen.«

»Hast du aber nicht.«

Jan seufzte. »Vielleicht fällt es Anja Rütters leichter mit der Schuld umzugehen, wenn sie es zumindest einmal laut ausgesprochen hat.«

»Du glaubst nicht, dass sie verurteilt wird?«

»Darauf wetten würde ich nicht.«

»Trotz des Geständnisses?«, fragte Hanna.

»Das wird sie widerrufen.«

»Die Kollegen werden einen Zeugen oder eine Zeugin finden, der oder die sie am Tatabend gesehen hat. Oder zumindest ihr Auto.«

Jan schwieg.

»Zum Glück sitzen wir nicht auf der Richterbank.«

»Ja, das Gleiche habe ich heute auch schon gedacht.«

Hanna zeigte aufs Wasser. »Schwimmen wir?«

»Ich habe keine Badehose dabei.«

Hanna zog ihr Sweatshirt aus. »Ich auch nicht. Auf, auf, Herr de Bruyn. Das wird dir guttun.« Sie streifte Hose und Slip ab und ließ ihr T-Shirt auf den Boden fallen.

Jan lächelte und knöpfte sich sein Hemd auf.

Neununddreißig

Nach vier Wochen Untersuchungshaft wurde Anja Rütters, unter strengen Auflagen und mit einer Fußfessel versehen, entlassen. Ein Dreivierteljahr später startete der Prozess gegen sie vor dem Landgericht Oldenburg. Sie hatte den Anwalt gewechselt und ließ sich von einem prominenten Strafverteidiger aus Hamburg vertreten.

Das Medieninteresse war überwältigend. In allen regionalen und überregionalen Zeitungen und Zeitschriften sowie auf den Online-Portalen wurde der Fall ausgiebig beschrieben und diskutiert.

Anja Rütters widerrief eine Woche nach Antritt der Untersuchungshaft ihr Geständnis. Ihr neuer Anwalt behauptete, dass sie bewusst in eine emotionale Stresssituation gebracht worden sei, in der sie eine Tat gestanden hatte, die sie nicht begangen habe.

Jens Bölscher sowie Jan und Hanna wurden neben weiteren dreiunddreißig Personen als Zeugen vor Gericht vernommen. Der Indizienprozess zog sich über neun Monate hin. Vielerorts wurde darüber spekuliert, ob die Indizien und Beweise für eine Verurteilung ausreichen würden. Die öffentliche Meinung über die Angeklagte war hoch gespalten. Es gab einige wenige Stimmen, die Anja Rütters für unschuldig hielten, andere für psychisch krank und somit nicht schuldfähig, während eine große Gruppe sie für eine eiskalte Mörderin hielt. Das Gericht ließ sich nach der Beweisaufnahme und den abschließenden Plädoyers vier Tage Zeit, bevor es das Urteil verkündete. Während dieser Wartezeit berichteten die Medien landesweit und spekulierten über einen Freispruch und dessen Folgen. Am fünften Tag verkündete der vorsitzende Richter das mit Spannung erwartete Urteil. Anja Rütters wurde des Mordes schuldig gesprochen und zu fünfzehn Jahren Haft verurteilt.

Laura Lamberts Informationen über die kriminelle Organisation, die in Osnabrück Männer erpresste und Kontakte in die Polizeiorganisation hatte, waren so umfangreich, dass wenige Wochen nach ihrer Befragung in Oldenburg zahlreiche Personen in Osnabrück und Umgebung festgenommen wurden. Dietmar Klose, der Kommissar, der mit Klaus Weingart beim stillgelegten Osnabrücker Industriekomplex aufgetaucht war, wurde suspendiert und angeklagt. Zwei weiteren Beamten aus der mittleren Ebene der Osnabrücker Polizeidirektion konnten ebenfalls Kontakte zu der Organisation nachgewiesen werden.

Laura Lambert kam ins Zeugenschutzprogramm und lebt inzwischen an einem unbekannten Ort in Deutschland.

Der Sohn von Helmut Gepken versuchte juristisch gegen die Schenkung seines Vaters an Laura Lambert vorzugehen, scheiterte aber vor dem Amtsgericht und bei der Revision vor dem Landgericht.

Folge der Autorin auf Amazon

Wenn dir dieses Buch gefallen hat, folge Anna Johannsen auf Amazon. Dann erhältst du eine Benachrichtigung, wenn die Autorin ihr nächstes Buch veröffentlicht. Um der Autorin zu folgen, gehe bitte folgendermaßen vor:

Desktop:

1) Suche auf Amazon.de oder in der Amazon App nach dem Namen der Autorin.
2) Klicke auf den Namen der Autorin, um auf die Autorenseite zu gelangen.
3) Klicke auf den »Folgen«-Button.

Smartphone und Tablet:

1) Suche auf Amazon.de oder in der Amazon App nach dem Namen der Autorin.
2) Klicke auf einen Titel der Autorin.
3) Klicke auf den Namen der Autorin, um auf die Autorenseite zu gelangen.
4) Klicke auf den »Folgen«-Button.

Kindle eReader und Kindle App:

Wenn du dieses Buch auf einem Kindle eReader oder in der Kindle App liest, wird dir automatisch angeboten, der Autorin zu folgen, nachdem du die letzte Seite des Buches gelesen hast.

Zeitfracht Medien GmbH
Ferdinand-Jühlke-Straße 7,
99095 - DE, Erfurt
produktsicherheit@zeitfracht.de

FSC
www.fsc.org
MIX
Papier | Fördert
gute Waldnutzung
FSC® C083411

Druck:
CPI Druckdienstleistungen GmbH
im Auftrag der
Zeitfracht Medien GmbH
Ein Unternehmen der Zeitfracht - Gruppe
Ferdinand-Jühlke-Str. 7
99095 Erfurt